Abgrund

Martina Horn

Stefan König, geboren 1959 in München, kennt die Berge als Alpinist, Autor und Filmemacher. Nach zahlreichen Sachbüchern – z.B. die Trenker-Biographie „Bera Luis“ und „Die Alpenwanderer des 19. Jahrhunderts“ – hat er mit seinen im Emons-Verlag erschienenen Alpenkrimis „Schattenwand“ (2009), „Kalter Fels“ (2010) und „Gletscherkalt“ (2012) für großes Aufsehen gesorgt.

Seine Krimis sind hart, psychologisch genau und höchst authentisch, wenn es um die Berge und das Bergsteigen geht. Die Berge spielen in seinen Alpenkrimis wirkliche Hauptrollen …

Königs neuer Bergkrimi „Abgrund“ erscheint im Bergverlag Rother. Eine Geschichte, die mit den Emotionen der Leser spielt und die das Tempo und die Spannung bis zum überraschenden Schluss unablässig steigert. Ein echter Alpenthriller!

Stefan König

Abgrund

Bergkrimi

Bergverlag Rother

Umschlagfoto: Edwin Schmitt
Umschlaggestaltung: Edwin Schmitt
Lektorat: Carlos Westerkamp, Berlin
Druck und Bindung: Litotipografia Alcione srl., Trento
Originalausgabe

2. Auflage 2013

ISBN 978-3-7633-7041-2

*„Jeder Mensch ist ein Abgrund,
es schwindelt einem, wenn man hinabsieht.“*

Georg Büchner

Das Ende

Welch ein Gefühl! Wer es nicht erlebt hat, nie Gelegenheit dazu hatte, vielleicht nie die Gelegenheit bekommt, kann das nicht nachvollziehen. Und wahrscheinlich vermögen alle Worte nicht, genau das zu beschreiben, was Peter Henning euphorisch empfand, wenige Augenblicke bevor er in den Tod stürzte, dabei mit seinem Körper immer wieder gegen den Fels prallte und zerschlagen und entstellt im Geröll am Fuß der Wand zum Liegen kam.

Sie waren früh aufgestanden, kurz nach fünf, hatten in der Gaststube der alten Bergsteigerhütte Hinterbärenbad lustlos ein kleines Frühstück zu sich genommen, waren sodann auf Pfaden und durch Steinschutt aufgestiegen bis zum Beginn der Felsen, waren dabei wach und munter und immer unternehmungslustiger geworden, hatten dann jedoch, wie so oft am Beginn einer alpin ernsten Tour, einen gewissen Dämpfer erhalten, als sie die Wand hinaufblickten, schier endlos, bis in den Himmel.

Doch das beklemmende Gefühl hatte sich verflüchtigt, nachdem jeder der beiden Seilpartner die ersten Meter geklettert war. Natürlich hatten sie beide um die bevorstehenden Schwierigkeiten und die möglichen Gefahren gewusst, doch das Klettern sammelte nun einmal alle Sinne wie in einem Trichter und fokussierte sie auf den Quadratmeter vor den Augen und die paar Meter über einem, die als Nächstes zu bewältigen waren.

Kleine Halt hieß der Berg. Plattendirettissima ihre Tour. Die Halt war nicht klein und die Plattendirettissima nicht einfach. 800 Meter Wandhöhe, 32 Seillängen, teils atemberaubend schöne Felspassagen, teils kleinsplittrig und abdrängend. Und anstrengend, allein schon der Länge der Tour wegen anstrengend.

Nach vier Stunden hatten sie die Hauptschwierigkeiten hinter sich gehabt. Die Wand hatte sich zurückgelehnt, die Klette-

rei war leichter geworden. Dritter Grad, kaum mehr, bisweilen weniger. Rinnen und Grate, die sich unschwer klettern ließen, die nichts als Spaß machendes Herumturnen erforderten, allerdings musste man konzentriert bleiben, durfte sich auch hier keine Fehler erlauben.

„Jetzt könnten wir das Seil wegtun", hatte Phil gesagt. „Kommen wir schneller voran. Außerdem ist eh alles leicht."

„Meinst du wirklich?", hatte Peter gefragt, doch Phil hatte seine Zweifel einfach weggewischt.

So hatten sie sich ausgebunden, das Seil aufgeschossen, es in Phils Rucksack verstaut und die kleine Pause genutzt, um die letzten Reste aus ihren Trinkflaschen zu zuzeln.

Peter Henning war skeptisch. Er hatte freilich schon öfter Passagen in diesen geringen Schwierigkeitsgraden ungesichert bewältigt. Doch diese Tour war lang gewesen, sie hatte ihn mehr angestrengt als erwartet, und irgendwie fühlte er sich nicht ganz wohl in seiner Haut. Ob es daran lag, dass er schlecht geschlafen hatte in der vergangenen Nacht?

Er hatte nach oben gesehen. Das Gelände erschien ihm tatsächlich leicht, wenngleich immer noch mit höchster Vorsicht zu genießen. Wenn einem da Griffe oder Tritte ausbrachen, könnte das einen Sturz ins Verderben geben.

Ich kann das, hatte er sich suggeriert. Ich kann das. Und wieder: Ich kann das.

Dort oben, vielleicht hundert Meter über sich, hatte er den Gipfel erahnen können. Dort oben sah er den Fels sonnenbeschienen, und das war ihm nach den Stunden im Grau der nordwestlich ausgerichteten Plattenwand wie eine Befreiung erschienen.

Wenn ich dort oben bin, hatte er gedacht, habe ich diese Tour gemeistert. Dann habe ich etwas geschafft, was ich mir noch vor einem Jahr nicht hätte träumen lassen. Eine richtige Bigwall, mit dreißig Seillängen. Und das in dieser wilden, rauen Landschaft des Kaisergebirges, das mit seinen Felszähnen und Abbrüchen durchaus einzuschüchtern vermochte.

Achtsam war er geklettert. Immer ein Stückchen hinter Phil, der auch nach der langen Tour noch kletterte, als ob alles nur ein Spiel wäre.

Henning bewunderte seinen Seilpartner. Er empfand nicht dasselbe für ihn wie für Tobias Thanner, der ihn zum Klettern gebracht und von dem er alles, wirklich alles, was er jetzt konnte, gelernt hatte. Dass er kein Naturtalent war und nie ein außergewöhnlicher Kletterer sein würde, das wusste er selbst am besten. Um das ging es ihm ja auch gar nicht. Es ging ihm darum, Freude zu haben … und die Natur, die Berge zu erleben … und sich selbst zu spüren … ja, sich selbst zu spüren und dabei auf ganz unschuldige Art zu probieren, wie weit dieses Leben dehnbar war.

Wie weit kann ich gehen?, hatte er sich manches Mal schon gefragt und dabei dasselbe Kribbeln verspürt wie als kleiner Junge, wenn es um Mutproben ging, die alles andere als ungefährlich waren.

Phil bewunderte er auch, aber Tobias war der Freund, der ihm in der Halle die Grundbegriffe vermittelt, der ihn sodann in den Klettergarten und anschließend in die Berge mitgenommen hatte. Tobias war derjenige, der ihm das Fenster aufgestoßen hatte. Ein Fenster zu einer Art Freiheit. Phil hingegen …

Peter Henning war müde. Das Klettern strengte ihn an. Doch zugleich schwanden die Selbstzweifel. Er fühlte sich jetzt auch ohne sicherndes Seil gut, der Fels war griffig und fest, in sich spürte er nur Selbstvertrauen, ruhige Selbstgewissheit und Freude. Eine Freude, die sich in Euphorie steigerte, als er die Grenze von Schatten und Licht überschritt, herauskletterte aus dem Fels- und Nordwandgrau und hinein in die Zone, die, von der Sonne angestrahlt, hell und freundlich und unendlich vertrauenserweckend wirkte.

Welch ein Gefühl!

Erlösung.

Belohnung.

Grenzenlose Freude.

Unsterblichkeit.

Jemand ganz Außergewöhnliches zu sein, zumindest für diese paar Minuten, beinahe so außergewöhnlich wie damals Neil Armstrong bei seinen ersten hüpfenden Schritten in den Wüsten des Mondes.

Ja! Ja! Ja!

Peter Henning jubelte erst nur in Gedanken, schrie seine Freude gleichsam stumm aus sich heraus. Dann jedoch konnte er nicht mehr an sich halten, ließ seinen Emotionen freien Lauf, brüllte hinauf zu Phil, der keine halbe Seillänge entfernt bequem auf einem Felsabsatz hockte und auf ihn wartete.

„Super!“, rief er. „Einfach nur super! Wir haben es geschafft! Ist das nicht Wahnsinn! So eine herrliche Tour! Und dazu dieses Wetter und diese Landschaft und diese Stimmungen.“

Und nach einer kurzen Atempause, die er nach derart vielen Seillängen dringend nötig hatte, fügte er noch hinzu: „Ich bin so was von glücklich!“

Wenig später kam er bei Phil an. Das Klettern war leicht, der Gipfel nah. Er blieb neben seinem erfahrenen Partner auf dem Felsband stehen, hielt sich mit einer Hand an einem festen Griff ein und sah hinab zum Fuß der Wand und hinaus durch das Kaisertal, das am Vortag ihr Weg ins Gebirge gewesen war. Das Wetter war großartig, mattblau der Himmel und nur ein paar vereinzelte Wolkenfetzchen darin.

„Schau dir das an“, sagte Henning. „Wie Segelboote auf dem Meer …“

Phil sagte nichts.

Henning packte den Griff noch fester und sah hinunter. Sie waren beinahe achthundert Meter über dem Einstieg ihrer Tour.

„Da unten sieht man im Geröll den Steig, auf dem wir heute früh zur Wand gegangen sind“, sagte er. Alles an ihm, in seinen Augen und seiner Stimme, war Begeisterung.

„Schau doch“, forderte er Phil auf. Der aber saß nur da und schwieg.

Henning besah sich seinen Griff, einen großen, massiven Henkel aus starkem Kalkfels, noch einmal genauer, spannte seine Finger mit ganzer Kraft darum und lehnte sich ein klein wenig hinaus – nicht weit, nur weit genug, um noch besser hinabsehen, noch mehr von der unter ihnen liegenden, gigantischen Wand überblicken zu können.

Das war der Moment, in dem er einen heftigen Schlag gegen die Schulter bekam. Einen Schlag, so stark, als hätte ihn ein Pferd getreten. Er spürte, wie sich seine Finger öffneten, sich vom Felshenkel lösten, wie er das Gleichgewicht verlor und vornüber kippte.

Ein Schrei wollte sich aus seinem Inneren lösen, doch es kam nur ein Glucksen, einem Schluckauf ähnlich.

Henning sah seine Hände, fuchtelnd und nach Halt suchend, wo es keinen Halt mehr gab. Er stürzte nach vorne, überschlug sich im leicht geneigten Fels, versuchte, mit den Fingern einen Griff zu finden, glaubte sogar für einen Moment, den Sturz abfangen zu können, doch der Schwung seines Körpers war viel zu groß. Die Fingernägel kratzten über den Fels, die Fingerkuppen platzten auf, zwei Fingernägel rissen aus den Nagelbetten. Er spürte das und sah es, doch er empfand keinen Schmerz.

Keinen Schmerz und keine Panik.

Er war ganz bei sich, wägte sachlich die Situation ab, prüfte die Optionen – wo war ein Felsvorsprung, der seinen Sturz noch bremsen konnte? Was würde sein, wenn nichts mehr ihn bremste? Und er nahm völlig ruhig und mit großer Gelassenheit zur Kenntnis, dass es nichts gab, was sein Leben noch hätte retten können.

Sein Körper hatte sich vom Fels gelöst, und seine Seele verließ nun den fallenden Körper. Ihm war, als könnte er sich selbst beim Absturz zusehen. Beinahe emotionslos beobachtete er sich selbst, sah sich stürzen und gegen den Fels prallen, weiterstürzen und wieder aufschlagen, wieder fallen und wieder gegen den Fels geschlagen werden, und so immer weiter, dem unentrinnbaren Ende entgegen.

Was ihn verwunderte in diesen vom eigentlichen Leben völlig losgelösten Momenten war der Umstand, dass er keinerlei

Schmerz verspürte. Nicht, als er das erste Mal aufschlug und sich beide Unterschenkel brach. Nicht beim zweiten Aufprall, bei dem es den Rücken erwischte und der Helm barst. Nicht beim dritten Aufschlag, dem schwersten, den er noch mit einem Rest von Bewusstsein miterlebte – da rammte es ihm den angewinkelten Ellbogen in den Leib und die Knochen des Unterarmes bohrten sich in seine Eingeweide.

Dieser dritte Aufprall nahm ihm die Sinne.

Sein Körper stürzte, sich wieder und wieder überschlagend, die gesamte Nordwestwand der Kleinen Halt hinunter. Auf dem breiten Band, das etwa in Wandmitte den schroffen Fels quer durchzog, wäre er fast zum Liegen gekommen, doch nach einem Augenblick scheinbarer Unentschiedenheit war der Sog der Tiefe doch größer, der Oberkörper und die gebrochenen Arme machten den Anfang, der Rest wurde gleichsam mitgerissen, über die Kante hinaus und dann weiter, nun in meist freiem Fall bis hinab ins Geröll, wo Henning einige Stunden zuvor mit bangen und zugleich hoffnungsfrohen Gefühlen den Anstieg begonnen hatte.

Vor der Hütte in Hinterbärenbad saßen die Leute bei Bier, Kaffee und Brotzeit in der Sonne, und sie hätten von Hennings lautlosem Absturz nichts, aber schon gar nichts mitbekommen, hätte nicht ein Mädchen von zwölf Jahren schrill aufgeschrien:

„Da fliegt einer runter! Papa! Mama! Da fliegt einer runter!"

Alle Anwesenden verspürten im selben Augenblick die ausweglose Gewissheit, dass es sich um einen tatsächlichen, fürchterlichen, mit Sicherheit tödlichen Absturz handeln musste, auf den das Mädchen mit ausgestrecktem Arm zeigte, den Mund und die Augen weit aufgerissen, geschockt von dem, was sie wohl als Einzige sah, geschockt bis an ihr in ferner Zukunft liegendes Lebensende.

Später glaubten alle, den fallenden Körper gesehen zu haben. Jeder der zutiefst erschrockenen Besucher der Hütte wollte etwas anderes gesehen haben. Die Versionen ihrer wild ausgetauschten Augenzeugenberichte waren sich in vielem ähnlich, wichen in ebenso vielem aber auch voneinander ab.

Die einen hatten eine Person stürzen sehen, die rot bekleidet war, andere sprachen von gelb, wieder andere von grün. In Wirklichkeit war das Mädchen wohl die Einzige, die wirklich einige Momente des Absturzes mitverfolgt hatte; jetzt aber schwieg sie, saß stumm am Tisch, wo ihr Essen ebenso kalt wurde wie das der anderen Gäste, denen es den Appetit verschlagen hatte. Gelegentlich nippte es an seinem Glas Spezi, winzige Schlucke, kaum mehr, als ein Vögelchen vom Wasser getrunken hätte.

Der Lärm eines Hubschraubers erfüllte das Kaisertal, das Geräusch des Rotors prallte von den Wänden zurück und setzte die Menschen vor der Hütte einem erschütternden Lärmstakkato aus. Bergretter und ein Notarzt wurden bei dem Verunglückten abgesetzt (wo es freilich nichts mehr zu retten gab), dann stieg die Maschine wieder auf, flog suchend die Wand ab, bis die Besatzung kurz unterm Gipfel den Kletterpartner des verstorbenen Mannes ausmachen konnte.

Wie sich schnell herausstellte, hatte der Überlebende der Bergtragödie den Notarzt dringend nötig. Er stand unter Schock, zitterte am ganzen Körper, brachte keine zusammenhängende, schlüssige Erklärung für den Unfallhergang zustande, sondern stammelte in ständiger Wiederholung immer wieder nur: „Ich bin schuld … es ist meine Schuld … ich bin schuld … ich bin schuld …“

Wieso war er schuld?

Was war geschehen?

Was genau hatte sich ereignet, ehe Henning aus dem Gleichgewicht geraten und aus der Wand gestürzt war?

Fragen, die sich die Bergretter aus Kufstein, der Notarzt und dann auch die Beamten der Gendarmerie stellten.

Als sich Phil einigermaßen gefangen hatte, wieder in der Lage war, die Geschehnisse genau zu schildern und auch über die psychische Stabilität verfügte, den Fragen und Nachfragen der Polizeibehörde zu begegnen, wurde rasch klar, wie sich der Unfall ereignet hatte und warum der Überlebende noch immer die Schuld auf sich nahm.

„Ich war es, der aufs Seil verzichten wollte", gab er zu Protokoll. „Peter war skeptisch gewesen. Aber ich wusste ja, dass er es draufhatte, dass es keinen Grund zur Sorge gab. Ich bin ein Stück vorausgeklettert, habe dann auf ihn gewartet, er kam zügig und souverän nach – und dann ist es passiert."

An der Stelle versagte ihm die Stimme. Er brauchte Zeit, sich wieder zu sammeln und seiner Erschütterung Herr zu werden.

„Ich wollte, dass es schneller weitergeht", fuhr er dann fort. „Nach zig Seillängen hat man im leichten Gelände einfach genug davon, zu sichern, das Seil einzuholen und nur langsam voranzukommen. Wer hätte auch ahnen können … Er war schon fast bei mir, als ihm ein Griff oder Tritt ausgebrochen ist … und dann hat er den Halt verloren …"

Er wischte sich die Tränen von den Wangen.

„Aber ich hätte es ahnen müssen. Ich war der Erfahrenere, Peter hat mir vertraut. Es ist meine Schuld. Ich würde alles dafür geben, das ungeschehen zu machen, glauben Sie mir."

Man glaubte ihm. Natürlich glaubte man ihm.

Ein Bergunfall, wie er an jedem Wochenende irgendwo in den Alpen passierte. Hunderttausende, ja, wahrscheinlich Millionen waren an jedem Schönwettertag zwischen Wien und Nizza in den Bergen unterwegs: wandernd, kletternd, mit dem Mountainbike und im Winter mit Ski oder Snowboard. Da passierte immer was.

Peter Hennings Tod war einer von vielen tragischen Bergunfällen.

Fehler waren gemacht worden, von Henning genauso wie von seinem Gefährten, darüber bestand kein Zweifel.

Ein Unfall, der hätte vermieden werden können.

Doch wer wollte den Stab brechen, wenn doch das Schicksal sein Urteil sprach?

„Er starb, wo er am liebsten war", stand in der Todesanzeige. Der Schmerz der Angehörigen war noch zu groß, als dass er Zweifel hätte aufkommen lassen. Noch flüchteten sich die Eltern, die Geschwister, die Lebensgefährtin in das Nahe-

liegende: ein Bergunfall. Fürchterlich, grausam, für Familien und Freunde unerträglich. Und doch nichts anderes als ein Unfall, wie er im Gebirge immer wieder geschah.

Ein Bergunfall. Einer von vielen.

Die Frage nach dem Warum stellte sich noch nicht.

EINS

Thanner saß in seinem Wagen, einem in die Jahre gekommenen Opel Astra, und er langweilte sich. Seit über einer Dreiviertelstunde stand er hier am Rand der Straße und beobachtete das Ärztehaus, in dem die Frau verschwunden war. Natürlich war er ausgestiegen, war ihr gefolgt, unbemerkt, wie er hoffte, aber in welche Praxis sie gegangen war, das hätte er nicht feststellen können, ohne aufzufallen. Es gab einen Zahnarzt, einen Orthopäden, eine Frauenärztin. Außerdem eine physiotherapeutische Praxis.

Es war ihm nichts übrig geblieben, als einen Euro in den Parkscheinautomaten zu werfen, den Bon aufs Armaturenbrett zu legen – und zu warten.

Neben sich auf dem Beifahrersitz lag sein ganzes Firmenkapital: sein Handy, sein Laptop – er nutzte den Zigarettenanzünder als Energiequelle – und, was im Augenblick das Wichtigste war, die digitale Spiegelreflexkamera mit Serienbildfunktion. Dafür war er extra zum Fotofachhändler in der Sonnenstraße gegangen, hatte sich ausführlich beraten lassen, um dann ganz ordentlich was auf den Tisch blättern zu müssen. Jetzt hoffte er, dass sie sich schon beim allerersten Auftrag lohnen würde.

Er stellte den Sitz in halbe Liegeposition, drehte den Zündschlüssel so weit, dass der CD-Player im Auto seinen Dienst tun konnte, und während er durch das eine Handbreit heruntergelassene Seitenfenster das Ärztehaus observierte, hörte er eine „Best of Judas Priest“-Scheibe, allerdings nicht in der gebührenden Lautstärke, denn damit wäre er aufgefallen, und er wusste, dass Auffallen nicht zu seiner Arbeit passte.

Ab und an warf er einen Blick auf die Zeitung des Tages, ohne wirklich zu realisieren, was er las; die Observation erforderte seine Aufmerksamkeit. Autounfälle, Fußballergebnisse, Politik und Feuilleton – er sah es, las die Headlines, die eine oder andere Bildlegende, hatte aber schon Sekunden später beinahe alles wieder vergessen. Nicht einmal die Unfallmeldung aus dem Kaisergebirge, ein kleiner Kasten am rechten Seitenrand, vermochte ihn abzulenken: „Münchner im Wilden Kaiser tödlich verunglückt – Kletterer stürzt aus der Wand", und so weiter, und so weiter.

Thanner schaute durch die Windschutzscheibe, er sah die Straße, den Gehsteig, die Häuser, und er sah die schmutzige Kühlerhaube seines Wagens. Er war ein bisschen stolz darauf, dass er eine eigentlich perfekte Tarnung hatte. Der dunkelblaue Astra wies unübersehbare Roststellen und Lackblasen an den hinteren Kotflügeln auf. Vorne links war er vor einiger Zeit angefahren worden – eine fußballförmige Delle war als Erinnerung daran geblieben. Und hinten links war er bei einer Fahrt durch enge italienische Kleinstadtgassen an einer Mauer entlanggeschrammt. Dass die Rücksitze umgelegt waren, ein Crash-Pad vom Bouldern als Matratze diente, ein Schlafsack zerknäult zwischen allem möglichen Kletterzeug lag, tat sicher ein Übriges, um dieses Fahrzeug absolut unverdächtig erscheinen zu lassen. Nicht zu vergessen die Aufkleber auf der Heckklappe: ein uralter, verblasster „Fight Gravity"-Sticker, ein neueres „Mello Bloco"-Logo, eine „Atomkraft? Nein danke"-Sonne mit Text in japanischen Schriftzeichen und noch zwei weitere, deren Herkunft beziehungsweise tieferen Sinn man schon lange nicht mehr ergründen konnte.

Tobs Thanner wartete. Er mochte die Musik. Im Moment hielt sie ihn munter, trieb ihn durch die depressive Phase des Nichtstuns. Vor allem aber mochte er den Sound von Judas Priest, Manowar oder Iron Maiden auf den Fahrten zum Klettern. Mit dem harten Metal-Rock brachte er sich mental in Schuss, ihm war dann, als würde ihn die Bassdrum mit ihrem treibenden Rhythmus über jede noch so schwierige, psychisch anspruchsvolle Kletterstelle hinwegpeitschen.

Aber ans Klettern war nicht zu denken. Egal, wie gut das Wetter in den nächsten Tagen werden würde. Er hatte einen Job. Einen ersten Auftrag. Dass es so leicht gehen würde, hatte er sich in den optimistischsten Momenten nicht vorstellen können. Vor ein paar Wochen hatte er ein Schild neben die Haustür montiert, auf dem sein Name stand, und darunter: „Fahndung – Sicherheit – Diskretion". Er hatte es sich tausend Mal angesehen und war tausend Mal der Meinung gewesen, dass es arg konservativ klang, nicht zu ihm und schon gar nicht zu seinem Auto passte. Er hatte auch andere Ideen gehabt, die waren aber auch nicht besser, und so war es dabei geblieben: „Fahndung – Sicherheit – Diskretion".

Ich werd auch eine Homepage brauchen, dachte er, wo alles drinsteht, was ich anzubieten habe. Muss mir jemanden suchen, der das gut und günstig macht.

Eine Frau verließ das Ärztehaus, ein Mann ging hinein. Doch die beiden interessierten ihn nicht. Diese Frau war blond, trug das Haar lang und offen, sie lief federnd und selbstbewusst auf ihren hohen Absätzen, sich ihrer Schönheit gewiss. Vielleicht lag auch Freude in ihrer Art zu gehen, vielleicht kam sie vom Gynäkologen und hatte soeben erfahren, dass sie schwanger war, Ultraschall, alles bestens.

Wahrscheinlich holt sie gleich das Handy aus der Tasche, dachte Tobs, ruft ihren Besamer an und teilt ihm die frohe Kunde mit. Die Frau kam an ihm vorbei, sie nahm ihn nicht wahr, doch er sah im Rückspiegel, dass sie das Handy ans Ohr drückte und telefonierte.

Treffer, dachte er. Vielleicht.

Dann kam sie: Elena Donath. Seine Zielperson. Hätte er sie schätzen müssen, hätte er allerhöchstens ein Alter von fünfunddreißig genannt. In Wahrheit war sie knapp zehn Jahre älter. Ihr Ehemann hatte ihn mit allen Daten versorgt. Geboren als Elena Karigalis am 11. März 1968 in Heidelberg. Tochter eines griechischen Zuwanderers und einer Deutschen.

Er schaltete den CD-Player ab, nahm die Kamera hoch, fuhr das Teleobjektiv aus, zielte durch den Spalt zwischen Scheibe und Türsteg und drückte dreimal den Auslöser.

Elena Donath blieb stehen, sah in seine Richtung. Instinktiv legte er die Kamera weg. Ob sie ihn entdeckt hatte? Nein. Sie fingerte eine Schachtel Gauloises – rote Packung – aus ihrer

Umhängetasche, suchte nach Streichhölzern oder einem Feuerzeug, doch ehe sie fündig wurde, hielt ihr ein des Weges kommender Mann eine kleine Zippo-Flamme entgegen. Sie nickte, blies den Rauch des ersten Zuges zur Seite, sah den Mann an, lächelte, nickte.

„Verdammt, verdammt, verdammt", murmelte Tobs. Er hätte diese Szene zu gerne fotografiert, das erste Mal, dass er sie mit einem anderen Mann auf einem Foto gehabt hätte. Aber er hatte sich nicht getraut. Sie war zu nah, die Gefahr, entdeckt zu werden, war einfach zu groß.

Der Mann berührte mit der Hand ihren Ellbogen, flüchtig nur, nickte, lächelte sie an und verabschiedete sich.

Tobs fragte sich, ob sie diesen Mann schon kannte. Ob sie ihn früher bereits getroffen hatte. Oder ob sie ihn wieder treffen würde. Fragen, nichts als Fragen.

Es war der Moment, da ihm bewusst wurde, wie schwer es werden würde, sich in diesem Job zurechtzufinden. Mathematische Probleme zu lösen war das eine. Reingeworfen, ja, reingerührt zu werden in einen Salat aus Fragen und Platzhaltern, aus Gesichtern und Bewegungen, aus Vermutungen und Verdächtigungen, aus richtig und aus falsch, das war etwas ganz anderes.

Elena Donath überquerte die Straße, allein, und ging in entgegengesetzter Richtung davon. Sie bewegte sich nicht schnell, nicht kraftvoll, nicht freudig. Nein, bei ihr hatte kein Frauenarzt Euphorie ausgelöst.

Wahrscheinlich war sie beim Zahnarzt und hatte sich den Zahnstein entfernen lassen.

Tobs ließ die Kamera liegen, stieg aus dem Auto, schloss es ab und folgte ihr in gehörigem Abstand.

Er konnte sich Zeit lassen. Elena Donath ging gemächlich, schlendernd, besah sich die Schaufenster, schien aber nichts Konkretes zu suchen. Er fragte sich, wo sie hinsteuern würde. In dieser endlos langen Straße, die aus dem Münchner Osten herausführte, um irgendwann die Pampa zwischen Stadt und dörflichen Vororten zu erreichen, gab es nicht allzu viele

Geschäfte, die interessant hätten sein können. Wohnblocks, Tankstellen, Gebrauchtwagenhändler, Reihenhäuser, die bezogen worden waren, als noch kein Mensch den heutigen Massenverkehr in Erwägung gezogen hatte. Und dann, auf einem kurzen Abschnitt, geballt ziemlich alles, was für ein Stadtviertel wichtig erschien: Bäcker, Metzger, Café. Apotheke und Ärztehaus. Boutique, Stadtbücherei und Buchhandlung. Optiker, Friseur, Schuhgeschäft. Zwei Banken und zwei Versicherungsbüros. Sportartikel und Fahrräder. Fotoladen und Immobilienmakler. Man konnte durchaus ein Viertelstündchen damit zubringen, sich hier umzusehen. Doch dann?

Würde sie nach Hause zurückkehren? Das Haus, vor dem er sie am Morgen ohne ihr Wissen erwartet hatte, war nicht weit entfernt. Eigentlich hätte sie laufen können, hatte jedoch den Wagen genommen, ihren Wagen, einen kupferfarbenen Mini, war hierher in die Wasserburger Landstraße gefahren, und ging jetzt nicht zum Auto zurück, sondern in die genau andere Richtung, stadteinwärts.

Wenn sie stehen blieb, tat er es auch. Stellte sich vor eine Schaufensterscheibe und sah hinein, ohne etwas bewusst wahrzunehmen.

Wie lange kann man jemanden verfolgen, ohne dass man ertappt wird?, dachte er.

Zu spät bemerkte er, dass ein Linienbus an der Haltestelle heranrollte, Elena mit wenigen Schritten hinzueilte und einstieg. Ehe Tobs sich's versah, war das Objekt seiner Observation verschwunden.

Er schaute dem Bus nach, Linie 93.

Und er fragte sich, ob er nicht doch lieber als Trekking-Guide mit kulturbeflissenen Wandersenioren auf den Spuren der Blauen Reiter durchs bayerische Voralpenland ziehen sollte.

Oder noch besser: In den Kaiser fahren, das Kletterzeug im Rucksack, und irgendwo, rechts oder links über der Steinernen Rinne, in eine kompakt-felsige Tour einsteigen.

Er legte den Kopf in den Nacken. Die obersten Stockwerke der Hochhäuser waren von der Sonne beschienen. Sie leuchteten beinahe weiß – so wie der Fels im Kaiser oder im Wetterstein, wenn das Licht leicht schräg darauffiel und die Zacken und Spitzen auf eine Art verzauberte, dass sich die Klettersucht mit Nachdruck einstellen musste.

Für Tobs war das fast nicht auszuhalten.

Er erinnerte sich an seine letzte Kaisertour, die Südost an der Fleischbank, vermeinte, den Fels geradezu in den Fingern und die Sonne auf seinem Rücken spüren zu können – und das machte alles noch schlimmer …

Was soll das alles?, dachte er. Warum mache ich das?

ZWEI

Es war ein herrlicher Tag gewesen: heiß, aber nicht zu heiß und ohne die Gefahr von Gewittern. Droben in den Felsen, beim Klettern, waren die Temperaturen insgesamt angenehm. Der Himmel wolkenlos, gut die Sicht, und die Konturen der Felskanten und -pfeiler waren scharf und deutlich.

Thanner war mit seinem wesentlich älteren Kletterpartner Ricardo Casula durch die Fleischbank-Südost gestiegen, Ricardo in seiner typischen alpinen Art, zupackend, ein bisschen holprig im Stil und nie zögernd, bei Bedarf in den Haken zu fassen oder sich mit einer Bandschlinge als Tritt über eine unangenehme Kletterstelle zu mogeln. Er hingegen „by fair means", immer sportlich ambitioniert, mit guten, flüssigen Bewegungsabläufen und einer enormen Unzufriedenheit, wenn er eine Passage mal nicht so souverän überwand, wie er sich das selbst abverlangte.

Zwei Wochen und zwei Tage war das her. Sie waren auf der Terrasse der Wochenbrunner Alm gesessen, jeder ein Weißbier vor sich, hatten hinaufgesehen zum Ellmauer Tor, das den Hauptkamm des Wilden Kaisers markant in zwei Hälften trennte, und hatten einfach nur den Tag Revue passieren lassen.

„Ich hab die Südost das erste Mal vor dreiundzwanzig Jahren gemacht, da war ich achtzehn", sagte Ricardo. „Heute war es das fünfte Mal. Immer wieder eine tolle Tour. Heute ist sie viel besser abgesichert. Wo früher alte Messerhaken die Standplätze markierten, hast du heute gebohrte Standhaken. Dafür ist das Gestein jetzt noch viel mehr abgespeckt als damals."

„Jede Zeit hat ihre Probleme", sagte Tobias Thanner, den seine Kletterfreunde immer nur Tobs nannten. Er verzog sein Gesicht zu einem lakonischen Lächeln.

„Da magst du recht haben", gab Ricardo zurück. Er leckte am Schaum des Weißbieres und nahm dann einen langen Schluck, der das hohe Glas bis zur Hälfte leerte.

„Wie steht es um deine Probleme?“, fragte er dann.

Ricardo wusste, dass Tobs seit dem Tod seiner Mutter vor drei Monaten den einzig wahren Halt verloren hatte. Er hatte nicht nur bei ihr im Haus gelebt, einem kleinen Sechziger-Jahre-Reihenhaus in Berg am Laim, einem Stadtteil im Münchner Osten, sie hatte ihn auch ausgehalten, sprich: Er war nicht in die Verlegenheit gekommen, seinen Unterhalt selbst aufbringen zu müssen. Stattdessen hatte er seiner Leidenschaft fürs Klettern frönen können, war viel auf Reisen gewesen, meist zu den tollsten Kletter- und Boulderregionen der Welt, und war folgerichtig dann nicht nur über den Tod der Mutter erschüttert gewesen, sondern auch darüber, dass er sein Leben fortan selbst würde meistern müssen.

„Probleme?“, fragte Tobs. Er wurde nicht gerne auf Privates angesprochen. Nicht einmal von Ricardo, dessen leise Ratschläge er über all die Jahre immer zu schätzen gewusst hatte.

„Was willst du tun? Du hast mir vor ein paar Wochen im Oberreintal erzählt, dass du dich nach irgendeinem Job umsehen müsstest. Schon was in Aussicht?“

„Schon“, sagte Tobs. Er kaute auf einem Fingernagel herum, den er sich beim Klettern eingerissen hatte. „Aber so richtig spruchreif ist das noch nicht.“

„Könntest du nicht Bergführungen machen? Oder Kletterausbildung?“

„Geht nicht. Da müsste ich Bergführer sein. Und dazu bräuchte ich eine jahrelange Ausbildung, für die mir allerdings eine entscheidende Voraussetzung fehlt. Wie du weißt, bin ich ein ziemlich durchschnittlicher Skifahrer. Und so ein staatlich geprüfter Berg- und Skiführer muss das verdammt gut können.“

„Und warum machst du nicht Wander- und Trekkingführungen? Für den Summit Club oder Hauser oder wie diese Anbieter alle heißen?“

Tobs besah sich den Fingernagel. „Hab auch schon darüber nachgedacht. Aber ich kann mir das nicht wirklich vorstellen. Wäre nichts für mich …“

Er sah Ricardos zweifelnden Blick, und das veranlasste ihn dazu, doch etwas mehr zu sagen, als er eigentlich vorgehabt hatte.

„Soll ich mit Wandergruppen durch Metéora latschen oder durch die Vikos-Schlucht? Und ringsum tun sich die herrlichsten Kletterwände auf und ich muss unten bleiben. Muss mir das Geschwätz der Teilnehmer anhören, ihre Angebereien oder ihre Wehleidigkeiten. Scheiße wäre das, wirklich scheiße."

„Aber irgendwas musst du doch tun. Ich bezweifle, dass dein Erbe groß genug ist, um bis ans Lebensende damit durchzukommen. Wahrscheinlich bist du schon in ein oder zwei Jahren so blank wie die Schlüsselstellen an der Kampenwand. Kannst du mit deinem Studium nichts anfangen?"

Tobs hatte Mathematik und Geographie studiert. Ersteres, weil ihn knifflige Denkaufgaben immer gereizt hatten, Letzteres, weil er gern die Welt bereiste. Mit den Studien hatte er nie Karrierepläne verknüpft – sie hatten ihn einfach interessiert. Und sie hatten ihm noch genug Zeit gelassen, um daheim oder in der Kletterhalle zu trainieren und dann draußen schwierige Routen zu klettern.

„Könntest du dich nicht als Lehrer bewerben?", fuhr Ricardo fort.

Die Antwort war eine wortlose: Tobs tippte sich mit dem Zeigefinger an die Stirn.

Doch so schnell gab sein Gegenüber nicht auf. „Du hättest jede Menge Ferien. Drei Monate im Jahr. Wer hat das schon. Und verdienst dabei nicht schlecht. Überleg dir das."

Tobs sah Ricardo an. Er mochte ihn, mochte ihn wirklich. Aber diesen Vorschlag mit dem Lehramt fand er völlig daneben. Es blieb ihm nichts anderes übrig, als reinen Wein einzuschenken und mit dem, was „noch nicht richtig spruchreif" war, herauszurücken.

„Ich mach mich selbstständig", sagte er. Und er sah Ricardo dabei nicht an, sondern schaute an ihm vorbei in Richtung Ellmauer Halt, dem höchsten Berg des Kaisergebirges. „Auch wenn du staunen wirst und mir das vielleicht nicht zutraust: Ich werde Privatdetektiv."

Ricardos Blick war ein einziges Fragezeichen.

„Schau doch nicht so blöd wie die Schafe droben am Ellmauer Tor!", sagte Tobs. „Was ist so wundersam daran? Man braucht weder eine Ausbildung noch ein Diplom. Jeder kann sich Privatdetektiv nennen und so ein Schild an die Tür hängen. Und der Job ist nicht schwierig. Es geht ja nicht um Mord und Totschlag, sondern darum, irgendwelche fremdgehenden Frauen oder wild herumvögelnden Ehemänner zu beschatten, ein paar Fotos zu machen, einen Bericht abzuliefern. Die Bezahlung ist sehr ordentlich, was für mich bedeutet: einen Fall erledigen und dann wieder eine Woche ins Gebirge. Und das Beste daran: Ich bin mein eigener Chef, niemand kann mir dreinreden."

Er machte eine winzige Pause. Dann sagte er: „Und, was meinst du?"

DREI

„Sie ist eine überaus intelligente Frau. Sie werden es nicht leicht haben, das sollte Ihnen klar sein", hatte dieser Donath bei ihrem ersten Treffen gesagt.

Tags zuvor hatte ihn der Mann angerufen und ihm mitgeteilt, dass er unter Umständen einen Auftrag für ihn hätte. „Nichts Besonderes. Meine Frau beobachten. Keine große Sache. Für Sie reine Routine."

Wenn der wüsste, hatte Tobs gedacht und sich für den nächsten Tag mit dem Mann verabredet.

Treffpunkt war die oberste Etage bei Karstadt am Karlstor: Im großräumigen Selbstbedienungsrestaurant gab es um diese Zeit, halb elf Uhr vormittags, immer Tische, an denen man ungestört reden konnte.

„Ich habe ein Climax-Magazin in der Hand", hatte Tobs gesagt. „Daran erkennen Sie mich."

„Ein was?", hatte Donath am Telefon gefragt.

„Vergessen Sie es", hatte Tobs geantwortet. „Ich werde schon da sein und einen weinroten Pulli tragen."

Somit war er für seinen potenziell ersten Auftraggeber leicht zu finden gewesen. Tobs war an einem der Tische gesessen, hatte einen Cappuccino vor sich und einen Bienenstich und hatte die wenigen eintreffenden Gäste taxiert – war es der oder jener oder doch ein anderer? Als Donath dann mit großen Schritten auf ihn zukam, war ihm der Mann auf den ersten Blick unsympathisch. Die wenigen Sekunden, die es dauerte bis Donath bei ihm war, reichten freilich nicht, um sich diese sofortige Antipathie erklären zu können. Aber die halbe Stunde danach reichte auch nicht, um sie wieder verschwinden zu lassen.

„Herr Thänner?", sagte der Mann, und es war eigentlich weniger eine Frage als eine Bitte um Bestätigung.

„Thanner", sagte Tobs. „Tobias Thanner. Herr Donath, nehme ich an. Setzen Sie …"

Doch Donath saß bereits, hatte sich den Stuhl gegenüber genommen und kam ohne Umschweife zur Sache.

„Ich habe Sie angerufen, weil ich einen zuverlässigen Privatdetektiv suche. Sie sind doch zuverlässig?“

Tobs rang sich ein gequältes Lächeln ab.

„Es geht um meine Frau.“

Den Moment des Schweigens nutzte Tobs, um einzuhaken. „Hier ist Selbstbedienung. Vielleicht möchten Sie sich zuerst etwas holen, bevor wir …“

Donaths Antwort kam unwirsch: „Verstehen Sie mich nicht falsch, aber ich bin nicht hier, um mit Ihnen einen Kaffeeklatsch abzuhalten.“

Arschloch, dachte Tobs.

Leiser fuhr Donath fort: „Sie müssen entschuldigen. Für mich ist das keine alltägliche Situation. Es würde mir in jeder Angelegenheit schwer fallen, einen Detektiv zu beauftragen. Damit also einen fremden Menschen in meine persönlichen Anliegen, meine Sorgen einzuweihen. Um wie viel schwerer noch fällt mir das bei etwas, wo es um mein Privatleben, meine Intimsphäre geht. Verstehen Sie das?“

Tobs verstand. Und er nickte.

„Ich will nicht lange um den heißen Brei herumreden“, sagte Donath. Seine Stimme schien von einer Sekunde zur anderen jegliche Kraft zu verlieren. „Meine Frau betrügt mich. Ich vermute, sie tut das seit Jahren. Sie müssen wissen, ich bin geschäftlich viel unterwegs. Gelegenheiten hat sie also. Und sie ist schön. Elena ist eine wirklich schöne Frau. Nicht so, wie Sie vielleicht meinen, nicht wie ein Model, nach dem sich alle Männer umdrehen. Sie ist auf die besondere Art schön, die man beim ersten Blick nicht erkennt, die einen dann aber beim zweiten Blick vollkommen überwältigt.“

Er muss sie lieben, dachte Tobs. Dieser Mann muss seine Elena sehr lieben. Doch was nützt ihm dann ein Detektiv? Was nützt es ihm, faktisch belegt zu bekommen, was er schon lange vermutet und was doch das Ende dieser Liebe mit sich bringen musste?

Fragen lagen ihm auf der Zunge. Doch er spürte irgendwie, dass es gut war, noch abzuwarten.

„Wir sind seit elf Jahren verheiratet. Sie ist vierundvierzig, ich bin sechs Jahre älter. Wir haben keine Kinder. Das heißt, keine gemeinsamen. Ich habe aus erster Ehe einen Sohn, Claus. Aber wir, Elena und ich, haben kaum Kontakt zu ihm. Ich glaube, ich habe ihn schon zwei Jahre nicht mehr gesprochen, geschweige denn gesehen …"

Tobs sah ihn nur an. Er spürte Mitleid, aber zugleich tiefe Abneigung gegen Donath, der ihm im sportlichen Blazer gegenüber saß, die Bügelfalten in der Hose scharf geschnitten, das marineblau-weiß-gestreifte Hemd am Hals leger geöffnet. Das herauslugende Brusthaar so silbern wie die Koteletten.

Früh grau geworden, dachte Tobs. Ist doch erst fünfzig, der Mann. Er war ganz sicher, dass er in diesem Alter seine Frau, so er verheiratet wäre, einfach zur Rede stellen und danach unter Umständen einen Schlussstrich ziehen würde. Oder eine Versöhnung feiern, einen Neuanfang starten würde. Jedenfalls würde er keinen Detektiv engagieren.

„Haben Sie mit Ihrer Frau über Ihren Verdacht gesprochen? Weiß sie von Ihren Vermutungen?"

„Nein. Ich habe Elena nie darauf angesprochen. Vielleicht ahnt sie, dass ich Verdacht hege. Vielleicht ist sie sich ihrer Sache aber auch ganz sicher. Ich weiß es wirklich nicht."

Tobs holte einen winzigen Block und einen Kuli aus der Hemdtasche. „Ich muss mir Notizen machen", sagte er.

„Das brauchen Sie nicht", sagte Donath. „Ich habe alles vorbereitet."

Er zog einen Umschlag aus der Innentasche, schob ihn über den Tisch und sagte: „Alles Wichtige steht da drin. Außerdem zwei Fotos. Und jetzt …" Er stand auf. „Jetzt hole ich mir doch noch einen Kaffee."

Ehe Donath zurückkam, hatte Tobs die am Computer zusammengestellten Informationen überflogen: Lebensdaten, beruflicher Weg, Hobbys und Interessen, persönliche Kontakte, wichtige Adressen.

Als sich Donath wieder gesetzt hatte, sagte Tobs: „Sie erwarten von mir also, dass ich Ihnen den Beweis für die Seitensprünge Ihrer Frau liefere. Das müsste möglich sein – so sie das tut, was Sie vermuten. Allerdings befürchte ich, dass dann Ihre Ehe zu Ende geht."

Es war ihm, als flöge ein bitteres Lächeln über Donaths Gesicht. So kurz, dass er danach glaubte, sich getäuscht zu haben.

„Und was ist, wenn ich Ihnen keinen Beweis liefere? Wenn ich nicht das kleinste Anzeichen für eine Unredlichkeit Ihrer Frau finde?"

Donath beugte sich über den Tisch. Er sprach ganz leise.

„Wenn Sie meine Verdächtigungen in Wohlgefallen auflösen könnten, junger Freund, würde ich Ihr Honorar verdoppeln … Aber darüber sprachen wir ja noch gar nicht, über Ihr Honorar."

Er nahm einen zweiten Umschlag aus der Tasche, legte ihn auf den Tisch, behielt aber seine linke Hand darauf.

„Hier sind zweitausend Euro drin. Das ist Ihr Starthonorar und Ihr Honorar für die erste Woche. In den drei darauf folgenden Wochen bekommen Sie von mir jeweils tausend. Und wenn Sie mir am Ende dieser vier Wochen den Ehebruch meiner Frau beweisen können, zahle ich Ihnen nochmals dreitausend."

Tobs rechnete. Achttausend. Verdammt viel Geld für einen leichten Job. Er tat alles, um sich seine Freude nicht anmerken zu lassen.

Donath schob den Umschlag über den Tisch. „Machen Sie auf! Schauen Sie rein! Sie müssen sich nicht genieren. Dieses Geld ist nicht schmutziger als jedes andere."

Er grinste. „Und vergessen Sie nicht: Wenn Sie mir in vier Wochen den Beweis für die Untreue meiner Frau erbringen können, lege ich dreitausend als Prämie obendrauf. Wenn sie mir aber die Unschuld meiner Frau beweisen können, bekommen Sie das doppelte Honorar. Sechzehntausend. Doch damit sollten Sie lieber nicht rechnen."

VIER

„Folgender Vorschlag“, sagte Ricardo am Telefon. „Ich nehm mir am Freitag frei und wir fahren in die Berchtesgadener. Ich möchte gerne wieder ans Häuslhorn. Da war ich vor ewigen Zeiten mal. Gibt zum einen den Bergvagabundenweg, ist für mich ein Sechser, für dich ein Siebener, weil du das ohne Haken schaffst …“

„Ich kann nicht“, unterbrach ihn Tobs. Doch Ricardo ließ sich nicht bremsen.

„Jetzt warte doch erst mal ab. Wir könnten am Freitag den Bergvagabundenweg klettern, vom Gipfel wieder Richtung Wandfuß absteigen, uns dort in die Büsche hauen – das Wetter soll optimal werden – und dann am Samstag die Verschneidung probieren. Soll im Mittelteil so um die A2 sein. Da hangle ich mich mit der Strickleiter hoch und du kannst das frei probieren. Also, sag, wie klingt das?“

Tobs sah senkrechte Felswände vor sich. Wandhöhen vierhundert bis sechshundert Meter. Er sah kleingriffige Platten und leicht abdrängende Schulterrisse, sah, obwohl er noch nie am Häuslhorn war, einen weit ausbauchenden Überhang, in dem alte Normalhaken steckten, und er sah – mit den Augen eines Süchtigen – diesen besonderen Fels der Berchtesgadener Alpen: fest und kompakt und unwiderstehlich. Aber es half alles nichts.

„Ricardo! Ich kann nicht. Nicht am Freitag, nicht am Samstag. Ich habe einen Auftrag.“

„Du hast was?“

„Einen Auftrag.“ Und Tobs erzählte seinem Freund von diesem seinem ersten Job. Von Donath, dem gehörnten Ehemann, von Elena, der Frau, die er beschatten sollte, und die ihm dabei doch auch irgendwie leid tat, und von dem Treffen bei Karstadt, das ihm obskur vorgekommen war.

„Das war wie in einem schlechten Film, das kann ich dir sagen.“

Es entstand ein kurzes Schweigen. Stille am anderen Ende der Leitung.

„Bist du noch da?“, fragte Tobs.

„Natürlich. Ich habe nur ein paar Sekunden lang nachdenken müssen. Vielleicht ist nachdenken das falsche Wort. Ich hab dem Gefühl nachgespürt, das sich da in mir geregt hat. Kein gutes, muss ich dir sagen. Frag mich nicht, warum. Aber ich hab da wirklich kein gutes Gefühl.“

„Nun mach aber mal halblang“, sagte Tobs. „Ich fahre einer Frau hinterher, beobachte sie ein paar Wochen, mache Fotos, und das war's.“

„Das war es nicht“, widersprach Ricardo. „Es hat etwas Krankes, das sollte dir klar sein. Die Frau beschatten lassen – hör mir doch auf mit so was! Die Beziehung ist kaputt, und mit der Erledigung deines Auftrags klopfst du noch die Sargnägel rein.“

Natürlich hatte Ricardo recht. Tobs wusste es – und doch wollte er es nicht wahrhaben. Er hatte zwölf Hundert-Euro-Scheine, einen Fünfziger und ein paar Münzen vor sich auf dem Tisch liegen – den Rest von Donaths Anzahlung. Die anderen siebenhundertfünfzig hatte er für die Kamera ausgegeben, für zwei CDs im Sonderangebot (Judas Priest, „Sad Wings of Destiny“, und Jimi Hendrix, „Valleys of Neptune“) sowie diverse Lebensmittel, um den Kühlschrank zu füllen. Er sagte sich, dass es schwierigere Arbeiten gab als Frau Donath nachzulaufen. Und wahrscheinlich hatte ihr Alter ja recht: Bestimmt betrog sie ihn nach Strich und Faden. Warum also Skrupel?

„Lass mich nur machen“, sagte er zu Ricardo. Am liebsten hätte er gesagt: „Leck mich doch.“ Aber er mochte Ricardo, mochte ihn gern. Und ganz tief im Inneren wusste er auch, dass Ricardos Bedenken berechtigt waren.

„Lass mich das ausprobieren. Aussteigen kann ich immer noch. Glaub mir, es wäre mir auch lieber gewesen, ein gestohlenes und in Palermo wieder aufgefundenes Auto abzuholen. Würde wahrscheinlich mehr Spaß machen und weniger langweilig sein. Doch wie gesagt, ich probier das jetzt. Und ich muss halt Erfahrungen sammeln. Hilft ja alles nichts."

„Okay", sagte Ricardo. Und nach einer kleinen Weile fügte er hinzu: „Aber pass auf dich auf. Und meld dich, wenn dir wieder nach klettern zumute ist."

Tobs fuhr den Laptop hoch, und während er darauf wartete, sein Passwort eingeben zu können, blätterte er im Booklet der neu erworbenen Judas-Priest-CD.

Von 1976, dachte er. So alt schon … Da war ich noch gar nicht auf der Welt.

Neben dem Laptop lagen die Bilder von Elena Donath, die er von ihrem Mann bekommen hatte. Eines davon schien ein Urlaubsfoto zu sein. Die Frau saß in kurzer Hose und einem ärmellosen Top auf einer niedrigen Mauer, dahinter das Meer, blau-grün, und darüber ein wolkenlos blauer Himmel. Ihr Gesichtsausdruck passte zum Wetter. Sie strahlte ins Objektiv, die Sonnenbrille ins Haar gesteckt. Eine glückliche Frau. Auf die Rückseite des Fotos war das Datum gestempelt. Es war gerade mal etwas mehr als ein Jahr her, dass es abgezogen worden war.

Angenommen, dachte er, der Fotograf war ihr Mann. Was war danach geschehen? Was hatte sich seither ereignet? War sie irgendwann nicht mehr glücklich gewesen mit ihm? Oder war sie damals, am Meer, einfach nur eine glänzende Schauspielerin gewesen?

Er tippte sein Passwort ein und schob den Chip seiner Kamera in den Schlitz. In den letzten Tagen hatte er Elena immer wieder fotografiert, er hatte schon drei Dutzend Bilder hochgeladen, keines davon allerdings zeigte sie in einer verfänglichen Situation.

Mit den neuen Bildern verhielt es sich nicht anders.

Allmählich begann er sich zu fragen, warum er diese Fotos machte, die nichts anderes zeigten als Elena Donath beim Verlassen des Hauses, beim Betrachten eines Schaufensters, beim Überqueren der Straße, auf der Terrasse eines Cafés (hier wenigstens nicht allein, sondern im Gespräch mit einer anderen, etwas jüngeren Frau).

Er zoomte bei einem der neuen Bilder das Gesicht heran, so nahe es nur ging, ohne allzu sehr an Schärfe einzubüßen. Er stand auf, ging im Zimmer umher – seinem großen Dachgeschosszimmer – und besah sich immer wieder das Porträt, aus gewisser Distanz und aus der Nähe. Er versuchte, sich in die Gedanken und die Gefühle der Frau zu versetzen und versuchte herauszufinden, wie sie wirklich war. Er hatte nie Gelegenheit gehabt, auch nur ein paar Worte mit ihr zu wechseln. Zumindest bisher nicht.

Er verließ den Raum im Dachgeschoss, streifte durch das Haus, ging durch die Zimmer im ersten Stock, wo Mutter ihr Schlafzimmer gehabt hatte, wo sich das Bad befand, außerdem ein Gästezimmer, das allerdings selten benutzt worden war. Alles war noch genau so wie vor ihrem Tod.

Er sah das alles, die Möbel, die Bilder auf der Schlafzimmerkommode, den großen Spiegel, an dem sie sich über Jahrzehnte zurechtgemacht hatte, die offene Box mit den vielen Medikamenten, die sie zuletzt hatte nehmen müssen. Er sah es und sah doch durch alles hindurch.

Er stieg die Treppe hinunter ins Parterre. Wohnzimmer, Küche, Flur, Gäste-WC.

Was soll ich mit alldem?, fragte er sich. Es wäre das Beste, das Haus zu verkaufen. Davon könnte ich wahrscheinlich jahrelang sorglos leben, ohne irgendwelche ahnungslosen Frauen verfolgen zu müssen.

Er machte Licht und ging hinunter in den Keller. Hier war, abgesehen vom Vorratsraum und dem Heizkeller, seine „Dependance“: Mountainbikes, Ski, Skistiefel, Seile, Helme, Kisten mit Karabinern, Expressen, Klemmkeilen und all dem Zeug. Und eine Wand war seine Trainingswand: Sie war mit Schichtholz verkleidet und mit winzigen Holzleistchen versehen. Sicher kein ideales Trainingsgelände, aber schon gut, um kleingriffige Quergänge zu üben, die Beweglichkeit zu schulen und immer neue Abläufe einzustudieren. Davon, von diesem Lager, das wurde ihm in diesem Moment bewusst, würde er sich am schwersten trennen.

Doch der Gedanke, das Haus aufzugeben, war überhaupt bedrückend. Hier war er aufgewachsen, er hatte nie anderswo gelebt – abgesehen von den Wochen, da er auf Reisen war –, das hier war sein Zuhause, hierher war er bislang von allen Unternehmungen zurückgekehrt, das war sein Basislager, sein Kinderzimmer, sein ganzes Leben.

Das gibt man nicht so leicht her, dachte er.

Und er hätte auch gar nicht gewusst, wo er dann hätte leben wollen. Vielleicht näher an den Bergen. Vielleicht.

Er nahm sich eine Liter-Flasche Cola aus dem Träger im Vorratskeller und stieg wieder bis in sein Dachgeschoss hinauf. Durch die Dachgaube kam grelles Licht. Die Sonne musste die Wolken verdrängt haben, aus dem bislang trüben Tag konnte vielleicht doch noch etwas werden.

Er strich um seinen Laptop wie ein junger Hund um eine Katze, von der er nicht wusste, ob sie sich zum Spielen eignete oder ob sie eine Gefahr darstellte.

Ich kenne dich nicht, dachte er. Meine liebe Elena, ich kenne dich nicht. Ich weiß nicht das Geringste von dir. Wie du sprichst, wie du bist. Kenne dich nicht, wenn du fröhlich bist. Weiß nicht, wie du dich benimmst, wenn du sauer bist. Nichts ist verdammt wenig.

Er überlegte sich, Donath anzurufen und ihm zu sagen, dass er genug von diesem blöden Auftrag hatte. Er nahm das Handy, suchte die Nummer, starrte aufs Display – und legte das Handy wieder weg.

Er nahm ein Blatt Papier und schrieb einzelne Worte untereinander:

arrogant
intelligent
blasiert
scheu
gefährlich

gefährdet
sexy
attraktiv
langweilig
dumm
nymphoman
prüde

Dann setzte er sich vor den Laptop und hypnotisiere Elena Donaths Porträt. Ihre Augen waren auf ihn gerichtet. Was sagten diese Augen? Was erzählten sie von ihrem Leben? Was von der Beziehung zwischen ihr und ihrem Mann?

Er schob „Sad Wings of Destiny“ in das CD-Laufwerk, ohne dabei das Foto aus den Augen zu lassen. Er hätte aufstehen und die CD in der richtigen Anlage mit den großen Boxen abspielen können. Aber er wollte diesen Blickkontakt nicht verlieren. Der Blick dieser Frau war alles, was er zur Verfügung hatte.

Es vergingen mehr als fünf Minuten, ehe er ihren Augen, schönen, leicht mandelförmigen Augen mit winzigen Fältchen in den Winkeln, nicht mehr standzuhalten vermochte. Die Musik hatte er in diesen Minuten gar nicht wahrgenommen. Erst jetzt, da er wie aus Trance in die Realität zurückkehrte, spürte er das Unheimliche in der Stimme des Sängers, das Lauernde in der Musik, und dieses Lauernde steigerte sich plötzlich zu Gewalt und Schrecken, zu Qual und Angst, um in einem Furor aus treibendem Schlagzeug und Bass zu enden, akzentuiert von spitzen Schreien aus der Unterwelt.

Tobs mochte diesen Sound. Kraftvoll, geradezu brutal. Gewalt, die nichts weiter war als ein Spiel.

Er strich dumm, langweilig, prüde. Er brauchte keine drei Sekunden darüber nachzudenken.

War sie arrogant, intelligent, blasiert?

Um „intelligent“ machte er einen Kringel.

Er unterstrich „scheu“, „sexy“, „attraktiv“ und „nymphoman“.

Scheu schloss er wieder aus. So wie sich bewegt hatte, wie sie gegangen war, wie sie bei einem Obsthändler etwas ausgesucht und gekauft hatte – nein, scheu war sie nicht. Gestrichen.

Nymphoman? Geil auf jeden Kerl, der in der Lage wäre, es ihr richtig zu besorgen? Er beobachtete sie jetzt schon ein paar Tage. Nicht einmal hatte sie sich nach einem Mann umgesehen, geschweige denn, dass er etwas bemerkt hätte, was nicht nur als flüchtige Begegnung zu werten gewesen wäre. Gestrichen.

Attraktiv – das traf zu. Er machte einen Kringel drumherum. Und sexy? Schwierig, dachte Tobs, schwer zu beurteilen. Für mich ist das eine ziemlich alte Tante, vierzehn Jahre älter als ich. Er versuchte herauszufinden, wie ein älterer Mann diese Frau empfinden würde. Wahrscheinlich hätte ihm dabei geholfen, einen Vater gehabt zu haben. Natürlich hatte er einen Vater gehabt, doch der war irgendwann, als Tobs noch klein war, verschwunden. Er hatte ihn nur einmal getroffen, da war er elf, und sein Vater war wie aus dem Nichts aufgetaucht, hatte Mutter und ihm italienisches Gebäck und einen Karton voller Pesto-Gläser mitgebracht und war nach einigen Stunden wieder verschwunden.

„Dein Vater ist ein Herumtreiber“, hatte seine Mutter gesagt, als Tobs gerade achtzehn Jahre alt geworden war. „Ein Abenteurer und ein Taugenichts. Immerhin hat er über all die Jahre Geld für dich geschickt. Sonst hätten wir das Haus nicht halten können. Solange er Geld schickt, ist er am Leben ...“

Vor ein paar Jahren war die Quelle versiegt. Das Geld ausgeblieben. Und seine Mutter wollte nicht wissen, was aus ihm geworden war. Und sie machte Tobs glauben, dass es auch für ihn ohne Bedeutung war, ob sein Erzeuger lebte oder das Zeitliche gesegnet hatte.

Aber er hatte nie vergessen, dass es einen Vater gab oder gegeben hatte. Vergeblich hatte er in Mutters Unterlagen nach Bildern gesucht. Und immer wieder dachte er an diesen Mann, von dem er keine Vorstellung mehr hatte. In den seltsamsten Situationen – wie zum Beispiel jetzt, wo er versuchte, sich mit Elena Donath vertrauter zu machen – dachte er an den Vater.

Woher soll ich wissen, ob diese Frau sexy ist? Für mich erst mal nicht, dachte er. Vielleicht fände Ricardo sie sexy, der ist ungefähr in ihrem Alter.

Er ließ die Frage offen.

Ist sie gefährlich?, dachte er. Gefährlich in dem Sinn, dass sie bereitwillig ihre Beziehung aufs Spiel setzt, keine allzu große Angst hat, sich die Finger zu verbrennen?

Oder, fragte er sich, ist sie gefährdet? Gefährdet durch falsche Verdächtigungen ihres Mannes?

Er neigte dazu, Letzteres zu glauben, und machte ein dickes Fragezeichen hinter „gefährdet".

Was habe ich?, dachte er. Alles basiert auf Vorurteilen, auf Vermutungen. Ich müsste noch mal mit Donath reden, mehr in Erfahrung bringen. Aber ich mag ihn nicht. Und wahrscheinlich würde ich ihm eh nicht alles glauben.

Er warf einen Blick auf das Regal mit den Büchern, den CDs, dem Krimskrams. Eines der leeren Pesto-Gläser hatte er aufbewahrt und es durch die Jugendjahre hindurch mit lauter Pfennigstücken gefüllt. Er betrachtete es mit Wehmut.

Er dachte: Elena Donath, vierundvierzig Jahre, verheiratet. Attraktiv, intelligent, vielleicht ein bisschen blasiert, unter Umständen sogar arrogant. Für Männer ab fünfundvierzig strahlt sie wahrscheinlich sogar Sex-Appeal aus. Das aber ganz unaufdringlich; sie macht nicht den Eindruck, als würde sie es darauf anlegen, sexy zu wirken.

Gefährdet, dachte er. Sie ist die Gefährdete. Sie ist eher Opfer als Täter.

Er klickte auf die Entertaste des Laptops, damit der Bildschirmschoner verschwand und das Foto von Elena wieder freigab.

„Warst bestimmt mal ein schönes Mädchen", sagte er halblaut zu sich selbst. Doch das hörte er kaum, weil ja immer noch „Sad Wings of Destiny" aus den blechern klingenden Lautsprechern seines Laptops dröhnte.

Viel gebracht hatte ihm diese Analyse nicht. Doch eines immerhin wusste er jetzt: So konnte es nicht weitergehen.

FÜNF

Elena Donath hatte gelernt, auf der Hut zu sein. Sie hatte sich von Kind auf immer in Acht genommen. Sie war kein ängstliches Mädchen gewesen, und sie war auch keine ängstliche Frau geworden. Nur vorsichtig. So etwa wie ein wildlebendes Tier, das ständig seine Umgebung sondiert, um jede Gefahr rechtzeitig erkennen zu können.

Als sie am späten Morgen aus dem Gartentor vor dem Waldtruderinger Haus trat, war alles wie immer.

Ein paar hochklassige Autos standen in den Einfahrten vor den Garagen und am Straßenrand. Über die halbhohen Mauern, hell getüncht, ragte gepflegtes Buschwerk, flirrendes Birkengeäst, wie künstlich erscheinende Blautannenspitzen. Hier war es so ruhig, dass man glauben konnte, es wäre ein Sonntagmorgen und die meisten Menschen schliefen noch. Doch hier war es um diese Zeit immer ruhig. Die wenigen Kinder, die in diesem Viertel aufwuchsen, waren bereits in den Kindergarten, die Tagesstätte oder zur Schule gebracht worden. Die Erwachsenen waren irgendwo zur Arbeit oder sie arbeiteten von zu Hause aus oder sie arbeiteten nicht, weil es dafür keine Notwendigkeit gab. Wer hier lebte, war entweder ein Hochstapler oder er hatte es geschafft, hatte genug Geld, um sich keine allzu großen Sorgen mehr machen zu müssen.

Es war alles wie immer: Ein paar Vögel zwitscherten oder schimpften, irgendwo bellte ein Hund, in einer Seitenstraße wurde ein Wagen angelassen. Nichts war ungewöhnlich – bis auf den alten Opel, der in den letzten Tagen immer wieder einmal hier in der Straße aufgetaucht war. Das Auto war ihr gleich aufgefallen, weil sie es noch nie hier gesehen hatte und weil es untypisch war für diese Straße. Sie hatte das Fahrzeug freilich nicht mit sich in Verbindung gebracht, zumindest zunächst nicht. Sie war an dem Wagen vorbeigegangen, hatte einen jungen Mann darin sitzen gesehen, der sie allerdings keines Blickes gewürdigt und nichts getan hatte, als an seiner

Leberkässemmel zu nagen. Und sie war im Geiste die verschiedenen Gründe durchgegangen, die für die Anwesenheit des Mannes hätten stehen können: Dass er, der hundertfünfzig Meter von ihrem Haus entfernt im Wagen saß, entweder ein Polizist war, der, gut getarnt, irgendwen beschattete. Oder dass es sich um einen ebenfalls gut getarnten Securitymann handelte. Sie hatte eine dritte Möglichkeit in Erwägung gezogen: Dass dieser Typ nichts Gutes im Schilde führte, vielleicht ein Haus im Hinblick auf einen späteren Einbruch observierte. Allerdings war es die vierte Alternative, die ihr am plausibelsten erschien: Dass ihr Mann ihr wieder einen Detektiv auf den Hals gehetzt hatte.

Dreckskerl, dachte sie.

Sie blieb achtsam, am nächsten Tag und in den Tagen danach. Bald sah sie ihre Vermutung bestätigt, dass die Aufmerksamkeit des jungen Mannes mit seinem alten Opel ihr galt. Sie bemerkte ihn, wenn sie zu Fuß unterwegs war. Sie sah ihn inmitten von Kleiderständern, wenn sie in einem Innenstadt-Kaufhaus am Herumstöbern war. Sie sah ihn draußen vorbeigehen, wenn sie im Kreutzkamm saß, ein Kännchen Kaffee trank und ein Stück der von ihr so geliebten Herrentorte aß. Dank der Rundumverglasung des Cafés in der Maxburg entging ihr wenig von dem, was außerhalb vor sich ging.

Entweder ein Detektiv, dachte sie, oder ein gottverdammter Stalker.

Natürlich überlegte sie, die Polizei zu verständigen, verwarf den Gedanken aber schneller, als sie die erste Tasse Kaffee trinken konnte. Sie beschloss, zunächst einmal selbst herauszufinden, was genau der Kerl von ihr wollte.

Letzte Gewissheit bekam sie, als sie ihn während eines Geschäftebummels an der Wasserburger Landstraße sah. Sie war vom Frauenarzt gekommen, Routineuntersuchung, und hatte eigentlich nur noch ein paar kleine Besorgungen machen wollen. Als sie ihn entdeckte, blieb sie vor Schaufenstern stehen, beobachte ihn in der Spiegelung, verschaffte sich Klarheit darüber, dass seine Anwesenheit ausschließlich ihr galt, spielte ein kleines Katz-und-Maus-Spiel mit ihm, das sie darin enden ließ, plötzlich in einen Linienbus zu steigen, der Richtung Innenstadt fuhr – sie hatte ja Zeit.

Und da sah sie seine Reaktion: Er, der etwa vierzig Meter entfernt vor einem Schaufenster gestanden war, hatte zwei, drei schnelle Schritte Richtung Bushaltestelle getan. War dann aber stehen geblieben, einsehend, dass er das nicht mehr schaffen würde – oder dass er es schaffen würde, es aber sehr auffällig sein musste, wenn er ihr so hinterherhecheln würde.

Sie hatte sich auf einen Sitz am Fenster fallen lassen, und sie hatte selbst auf diese Entfernung die Ratlosigkeit im Gesicht des Mannes gesehen.

Arschloch, hatte sie gedacht. Lächelnd. Kleines, schmieriges Schnüffler-Arschloch.

Elena Donath fuhr bis in die St.-Veit-Straße, stieg dort in die Trambahnlinie 19 um und stieg nach einer nachdenklichen halben Stunde an der Oper aus. Sie sah sich immer wieder um – doch von dem Mann, der offensichtlich hinter ihr her war, gab es keine Haarspitze zu sehen.

Du jämmerlicher Dilettant, dachte sie.

Und sie beschloss, den Spieß umzudrehen und sich für eine gewisse Zeit auf seine Fährte zu setzen.

Bei Eilles kaufte sie Kaffee, ganze Bohnen aus Zentralafrika, ungemahlen. Dann schlenderte sie zum Alten Rathaus und hinüber zum Viktualienmarkt. Vor dem „Kaffee & mehr" war noch einer der kleinen Tische frei. Sie trank einen Cappuccino, aß eine Butterstreuselschnitte dazu und war zufrieden. Ein schöner Tag. Nicht zu heiß, nicht zu kühl, angenehm. Sie sah hinauf zum Turm des Alten Peter, wo die Leute von der Balustrade aus die Blicke über die Stadt genossen.

Von dort oben, dachte sie, müsste man heute eigentlich die Berge sehen. Bei Föhn, das wusste sie, rückte die Alpenkette von den Allgäuern im Westen bis zu den Berchtesgadenern im Osten scheinbar ganz nahe.

Müsste auch mal wieder rausfahren, dachte sie. Sie sah das Ferienhaus vor Augen, stellte sich vor, wie sich dort in den letzten Wochen die Vegetation entwickelt haben würde, wie die Luft auf elfhundert Metern jetzt roch.

Sie war immer gegen die Anschaffung eines Ferienhauses gewesen. „Man nutzt es ja doch viel zu wenig", hatte sie gesagt, „und außerdem mag ich nicht in jeder freien Minute dort sein, sondern auch mal woandershin fahren." Mittlerweile aber war sie froh, dass es dieses Haus gab. Wenn sie auch nicht allzu oft hinkam, so genoss sie es doch jedes Mal.

Ich werde nächste Woche wieder rausfahren, dachte sie.

Oder übernächste. Denn eigentlich war ihr noch mehr daran gelegen herauszufinden, wer dieser Typ war: Detektiv oder Perversling.

Ein Spiel.

Ja, es war ein Spiel. Natürlich war es das.

Ihr war bewusst, dass es gefährlich sein konnte. Doch zum einen war sie kein ängstlicher Mensch. Und zum anderen: Gab es denn schönere Spiele als die, in denen man umkommen konnte wie eine Fliege in der Flamme?

SECHS

Auch ohne diesen Auftrag hätte Tobs jene Tage als deprimierend empfunden. Seine Mutter war noch nicht lange tot. Das Haus war verwaist, Parterre und erste Etage kamen ihm vor wie Friedhöfe, und er schaffte es nicht, die Räume irgendwie für sich in Besitz zu nehmen. Der Garten verwilderte, das kleine Rasenstück gehörte gemäht, aber wenn er zu Hause war, konnte er sich einfach nicht dazu aufraffen. Dann hing er entweder im Dachgeschoss an seinem Laptop herum oder er quälte sich in seinem Trainingsraum, machte Klimmzüge an den Fingerspitzen, Bauchmuskelübungen und Stretching, wobei er sich mittlerweile fragte, wofür das alles noch gut sein sollte. Irgendwie hatte er das Gefühl, dass dieses Leben ihm alle Energie aus dem Körper zog und, was noch schlimmer war, auch aus der Seele.

Es war ein Fehler, gleich mit dieser komischen Arbeit anzufangen, dachte er. Ich hätte erst einmal ein paar Wochen klettern gehen sollen. Abstand gewinnen von allem, den Kopf frei bekommen, Mamas Tod verarbeiten. Was tue ich? Hinter einem obskuren Frauenzimmer herlaufen. Wie ein perverser Spanner komm ich mir vor. Privatdetektiv, dass ich nicht lache. Seit mehr als einer Woche beobachte ich sie jetzt schon, und ich finde nicht das kleinste Anzeichen dafür, dass sie sich mit irgendeinem Mann trifft außer dem ihren, geschweige denn mit einem anderen herumvögelt. Mein Job ist ungefähr so unbefriedigend wie Elena Donaths außereheliches Sexualleben …

Das Handy piepste, es war Ricardo.

„Ich nehme an, dass du auch am kommenden Wochenende keine Zeit hast."

Es war keine Frage.

„Wenn du keine Zeit hast", fuhr er fort, „mach ich was Leichteres mit Johanna. Sie hätte Lust, wieder den Gerberkreuz-Grat zu klettern. Du erinnerst dich? Wir haben den Pfeiler daneben gemacht und ich hab mich in der Schlüsselstelle angestellt wie ein Anfänger."

Tobs erinnerte sich, ja. An den langen Zustieg zu dem nicht allzu hohen Pfeiler. An abwechslungsreiche, aber auch nicht gerade berauschende Kletterei. An die Schlüsselseillänge – die vorletzte Seillänge – in der das Vorsteigen an Ricardo gefallen war und an dessen Schwierigkeiten, aus der sehr kompakten, griffarmen Wand in einen bauchenden Schulterriss hineinzukommen. Vom Standplatz aus hatte er gesehen, wie sehr Ricardo sich quälte, wie er kämpfte und an seinem absoluten Limit herumturnte. Als er es dann irgendwie doch geschafft hatte und Tobs nachkommen konnte, war ihm schnell klar geworden, wie kritisch die Situation gewesen war. Eine saublöde Stelle – die sich dann, plötzlich und durch Zufall, in Wohlgefallen auflöste: In der Plattenwand war ein versteckter Griff. Überhaupt nicht zu sehen, nur zu ertasten. Und Tobs war beim tastenden Herumsuchen nach einem Griff geradezu hineingefallen: Fixieren, durchziehen, schon war er mit dem linken Bein im Riss, überstieg einen Klemmblock und alles war geschafft.

Ja, er erinnerte sich. Erinnerte sich auch daran noch, dass er, am Standplatz angekommen, Ricardo auf den Helm klopfte: aufmunternd und mit Respekt für dessen kämpferische Leistung.

Er erinnerte sich, und es wäre ihm lieb gewesen, aus seiner Verpflichtung herauszukommen und am Wochenende einfach nur klettern zu können.

„Geht nicht", sagte er. „Hab zu tun, du weißt doch."

„Ich weiß", sagte Ricardo. „Es klingt aber alles andere als begeistert."

„Bin ich auch nicht. Wahrscheinlich hast du recht gehabt, dass dieser Job nichts für mich ist. Komme mir vor wie ein Idiot."

Ricardo ließ sich schildern, was Tobs in den letzten Tagen erlebt beziehungsweise nicht erlebt hatte.

„Das Problem ist, dass ich die Frau nicht zu fassen bekomme. Sie ist glatt wie ein Fisch. Es gibt keine Hinweise darauf, dass sie sich mit einem Mann trifft, aber auch keine Beweise fürs Gegenteil. Sie verlässt das Haus, geht irgendwohin, manchmal kann ich ihr folgen, manchmal entwischt sie mir, und irgendwann kehrt sie nach Hause zurück. Das ist alles, mehr weiß ich nicht. Es ist zum Kotzen. Ich hocke herum und warte. Warte und fotografiere. Und dann schaue ich mir die Fotos an, wie ein Bekloppter."

„Wenn die Frau schön ist, gibt es Schlimmeres", sagte Ricardo lakonisch.

„Vergiss es", erwiderte Tobs. Und nach einer ganz kleinen, stillen Pause sagte er: „Ich weiß noch nicht, ob ich am Wochenende nicht vielleicht doch Zeit habe. Wenn ich den Typen heute anrufe und ihm den Kram vor die Füße werfe, dann habe ich Zeit."

„Er wird sein Geld zurück wollen", sagte Ricardo. „Aber darauf solltest du nicht verzichten. Mach diesen Job fertig und such dir danach etwas anderes. Und …" Ricardos Stimme war ein Zögern, ein Nachdenken zu entnehmen: „Und wenn du ihn anrufst, dann nicht, um die Sache hinzuschmeißen. Verlang von ihm, dass er dir klare Angaben macht. Sag ihm, du kannst nicht den ganzen Tag warten, ob irgendetwas geschieht. Er soll dich informieren, wenn er einen Verdacht hat. Und dann setzt du dich ganz konkret auf ihre Fersen."

So kannte er Ricardo: sachlich, analytisch, immer mit Sinn und Verstand.

„Du hast recht", sagte Tobs. „Das werde ich tun. Ich halte dich auf dem Laufenden." Ohne weiter aufs Wochenende einzugehen, beendete er das Gespräch.

***

„Wie stellen Sie sich das vor?", sagte Donath. „Soll ich jetzt meine Frau selbst bespitzeln? Für was zahle ich Sie eigentlich? Und gar nicht schlecht noch dazu."

Tobs hatte sich auf das Gespräch vorbereitet. Hatte vermutet, dass Donath so oder ähnlich reagieren würde. War die verschiedenen Möglichkeiten seiner Reaktion durchgegangen. Das half ihm jetzt, ruhig zu bleiben, sich seine innere Aufgeregtheit nicht anmerken zu lassen. Er ließ Donath reden und schwieg selbst dann, wenn der eigentlich eine Antwort oder irgendetwas Ähnliches erwartet hätte.

„Wenn ich wüsste, was meine Frau treibt, hätte ich wohl keinen Anlass, jemanden wie Sie für viel Geld zu engagieren. Aber wenn ich das schon tue, will ich auch einen guten Service. Verstehen Sie mich? Ich will eine gute Arbeit und vor allem: Ergebnisse!"

Tobs schwieg.

Schwieg so lange, bis Donath ins Telefon plärrte: „Sind Sie eigentlich noch dran? Hören Sie mir überhaupt zu?"

„Ich höre Ihnen zu", sagte Tobs sehr ruhig und sehr leise. „Sogar mit größter Aufmerksamkeit höre ich Ihnen zu. Und jetzt machen Sie bitte das Gleiche."

Donath wollte ihn unterbrechen, doch Tobs ließ es nicht zu.

„Ich werde mich jetzt für drei Tage von diesem Auftrag verabschieden. Sie werden nichts von mir hören und Sie werden mich nicht erreichen können. Probieren Sie es erst gar nicht. Drei Tage lang werden Sie Zeit haben, sich darüber Gedanken zu machen, ob Sie kooperieren wollen oder nicht. Und ich für meinen Teil werde in diesen drei Tagen entscheiden, ob ich weitermache oder es sein lasse. Ich melde mich. Auf Wiederhören."

Er fühlte sich besser nach diesem Telefonat. Noch hatte er nichts gewonnen außer zweiundsiebzig Stunden Zeit. Aber er wusste in dem Moment, da er den Hörer aufgelegt hatte, auch schon ganz genau, wie er diese Zeit nutzen würde.

Er stieg hinunter in seine Dependance und begann damit, die Sachen zusammenzusuchen, die er bei seinem Vorhaben benötigen würde. Es war ein gutes Gefühl, den Klettergurt, ein paar Schlingen und ein paar Karabiner in den Rucksack zu packen, dazu den leichten Schlafsack, zwei Hände voll Müsliriegel, die Fleecejacke, die Sonnenbrille, die Sonnencreme und die Stirnlampe. In der Küche mixte er Wasser und Isostar-

Pulver in der Aluflasche; zwei Eineinhalb-Liter-Flaschen Mineralwasser, ein paar Knäckebrote, einen Ranken Salami und eine Tafel Ritter-Sport (Rum-Trauben-Nuss) packte er zusätzlich ein.

Tobs fühlte sich befreit. Er wusste, in ein paar Stunden würde er in einer anderen Welt sein. Er freute sich auf die Einsamkeit. Er gab einem Schnittlauchstock, der verkümmernd auf der Fensterbank stand, noch ein paar Schluck Wasser und packte den Fotoapparat – den Apparat, den er sich vor Kurzem für seinen Detektivjob angeschafft hatte – obenauf in seinen Rucksack. Dann zog er die Haustür hinter sich ins Schloss.

Ich hätte jemandem Bescheid darüber geben sollen, dachte er, was ich vorhabe. Am besten Ricardo. Doch er schob die Zweifel beiseite. Er wusste um sein Handy in der Deckeltasche des Rucksacks. Es war abgeschaltet, doch immerhin war es da, wenn er in eine Notsituation geraten würde.

Er ließ den Opel an, schob eine Manowar-CD in den Player, schaltete aber schon nach ein paar Minuten auf das Radio um. Irgendwie war ihm nicht nach Metal-Sound zumute.

Eine Sendung über Fischer in der Bretagne aufmerksamer verfolgend, als er das für möglich gehalten hätte, fuhr er aus der Stadt hinaus.

SIEBEN

„Du wirkst bedrückt“, sagte Donath, der beinahe lautlos das Zimmer betrat, das sich Elena im ersten Stock als das ihre eingerichtet hatte. Sie stand neben dem Fenster und lugte durch den Spalt zwischen Wand und Vorhang auf die Straße hinaus. Sie schrak zusammen, als sie ihren Mann hörte.

Die Zimmertüre stand offen, im Haus war es ganz ruhig, und Donath war eingetreten, ohne dass seine Schritte auf dem weichen, hellen Teppich auch nur das geringste Geräusch gemacht hätten.

„Es fällt mir schon ein paar Tage auf“, sagte er. „Doch zunächst habe ich meinen Wahrnehmungen misstraut. Kennst du das?“

Er wartete keine Antwort ab, sondern sagte schnell: „Natürlich kennst du das.“

Sie drehte sich ganz zu ihrem Mann um und sah ihn an.

„Du täuscht dich“, sagte sie. „Es geht mir gut.“

„Wirklich?“

„Ja. Wirklich. Ich wüsste nicht, was mich bedrücken sollte.“

Sie sah die Skepsis im Blick ihres Mannes. Und er schien das Zögern zu bemerken, das einen Moment lang von ihr Besitz ergriff.

Ich sollte es ihm sagen, dachte sie. Sollte ihm sagen, dass mich ein Mann verfolgt.

„Elena“, sagte er. „Gibt es etwas, das du mir sagen möchtest?“

„Nein“, sagte sie. „Es ist gut. Alles ist gut.“

Donath trat bis auf einen Schritt heran, lächelte ganz leicht und tätschelte ihr mit der linken Hand die Schulter – eine Geste, die sie verabscheute. Sie wusste nicht mehr, wie lange ihr das schon zuwider war.

„Ich mache mir einfach Sorgen um dich“, sagte er. „Ich fürchte immer, du könntest wieder in eine Depression verfallen. Das wäre doch schlimm. Und noch mehr fürchte ich, dass du dann den Glauben an mich und an unsere Liebe und ans Leben verlieren könntest. Du verstehst, was ich meine."

Sie wunderte sich, dass er sie immer noch in seinem Besitz wähnte. Wo doch ihre Zuneigung zu ihm und ihre Verbindung längst verloren gegangen war. Da war einmal ein Feuer gewesen, eine Flamme – auch wenn sie das beinahe nicht mehr glauben mochte. Dann hatte die Flamme zu flackern begonnen wie ein Kerzenschein, wenn plötzlich eine Tür aufgemacht wird. Und der Wind war zu stark geworden, hatte die Flamme ausgelöscht. Ein bisschen Rauch noch, dünner werdend, sich auflösend, nichts mehr sonst.

„Du machst dir zu viele Sorgen", sagte sie. „Du brauchst dir keine Sorgen zu machen. Es geht mir gut."

Er sah sie prüfend an.

„In Ordnung", sagte er. „Das ist schön. Ich lasse dich jetzt für zweieinhalb Stunden allein. Es geht nicht anders. Habe noch einen Besichtigungstermin in Harlaching. Danach aber komme ich gleich heim. Wir könnten zusammen essen, was meinst du?"

„Italienisch", sagte sie.

„Italienisch", bestätigte er. „Bei Tassilo?"

Es war keine Frage.

***

Die Osterfelderbahn brachte ihn in ein paar Minuten auf zweitausend Meter Höhe. Er war der letzte Fahrgast in der letzten Gondel an diesem Nachmittag.

„Jetzt noch los?", fragte ihn der Techniker, der mit hinauffuhr.

Tobs erzählte ungern Fremden etwas über das, was er in den Bergen tat. Andererseits, so dachte er, könnte es ja nicht schaden, wenn wenigstens irgendwer Bescheid wusste, wo er sich herumtrieb. Nicht einmal Ricardo hatte er über sein Vorhaben informiert. Macht heutzutage eh kaum mehr wer, jemanden vorab zu informieren, dachte er. Man hat ja das Handy mit.

Nur dass es meist dann keinen Empfang hat, wenn man es am dringendsten bräuchte.

„Ich geh über die Ferrata auf die Alpspitze und dann hinüber zur Biwakschachtel am Grat. Morgen dann über den Jubiläumsgrat."

Der Mann beäugte Tobs' Ausrüstung und musterte ihn von oben bis unten: sah die Bergstiefel, Goretex und modisch in Rot-Grau. Sah die an den Knien und im Gesäß verstärkte Berghose, den Rucksack, der wohl alles enthielt, was es für eine solche Tour brauchte, und sah das Gesicht von Tobs. Alles zusammen schien den Mann zufriedenzustellen: Die gute Ausrüstung und die Augen seines Gegenübers, die keine Großspurigkeit ausstrahlten, sondern Selbstsicherheit und Ruhe.

„Man fragt halt", sagte er auf die etwas bärbeißige Art, wie sie im Werdenfelser Land nicht selten anzutreffen ist.

„Man hat halt schon oft Alleingänger aus die Wänd holen müssen", erklärte er nach einigen Sekunden der Stille, die nur unterbrochen wurde durch das Rattern der Gondelaufhängung, während sie den Stützpfeiler passierte.

„Gibt manche, die sich selbst überschätzen, und die man dann rausholen muss. Nicht immer lebendig."

Tobs schenkte den Worten des Mannes wenig Aufmerksamkeit. Er sah hinunter ins Tal, das sich bei Garmisch-Partenkirchen immer mehr öffnete, sah hinüber zum Kramer, der ja gewiss ein herrlicher Aussichtsberg sein musste, der ihm aber bislang immer zu unbedeutend erschienen war – statt auf den Kramer zu wandern, war er immer lieber im „richtigen" Gebirge unterwegs gewesen, war durch Wände und über Grate geklettert, hatte stets das Abenteuer gesucht, ja, es gebraucht, um wirklich glücklich zu sein. Im Wetterstein hatte er es oft gefunden.

Als die Gondel ruckend die Bergstation erreicht hatte, verabschiedete sich Tobs mit einem Nicken – irgendwie hatte er ja Verständnis für die Besorgtheit des Mannes.

„Aufpassen!", sagte dieser und hob grüßend die Hand.

Auf der Terrasse vor der Station war niemand. Auch in der Umgebung war es menschenleer. Nein, das stimmte nicht ganz: Drunten, bei den Klettergartenfelsen unter der Alpspitz-Nordwand, waren noch Leute. Und auf dem Fahrweg, der sich hinabzog Richtung Hochalm, konnte er zwei Wanderergruppen ausmachen, die wohl ihren Bergtag absteigend ausklingen ließen.

Er schnürte den rechten Schuh noch etwas enger – es war beinahe schon ein Ritual, dies am Beginn einer Tour zu tun, dann klinkte er die Schließe des Rucksack-Hüftgurts ein und machte sich auf den Weg. Dem AlpspiX, dieser vor einiger Zeit errichteten Aussichtsbrücke oberhalb der Bergstation, warf er zunächst nur einen kurzen Blick zu.

Tobs hasste es, wenn in den Bergen künstliche Abenteuer installiert wurden. Gibt Sensationen genug in den Bergen, war seine Meinung.

Doch weil niemand da war, nicht auf der Terrasse und nicht droben beim AlpspiX, entschloss er sich, dieser Touristenattraktion doch noch einen Besuch abzustatten. Er ging die paar Schritte hinauf zu den beiden einsam ins Leere ragenden Aussichtsplattformen. Die Stege bestanden aus grobmaschigen Stahlgitternetzen, durch die man unweigerlich in die Tiefe schauen musste. Selbst für ihn, der sich längst an Tiefblicke gewöhnt hatte, war es ein sonderbares Gefühl, auf diesem Gitter zu stehen und Hunderte von Metern der Leere unter sich zu haben. Er ging auf dem leicht nach links gebogenen Stahlgestell bis ganz nach vorne und ließ den Blick auf sich wirken: Tausend Meter tiefer lag das Höllental, durch das ein klassischer Anstieg auf die Zugspitze führte.

Er erinnerte sich daran, ihn als Jugendlicher gegangen zu sein, mit zwei Schulfreunden, die beide über ähnlich wenig Bergerfahrung verfügt hatten wie er selbst. Er dachte an ihre Wanderung durch die Höllentalklamm, in der das Wasser wild, beinahe furchterregend wild getost hatte. Erinnerte sich an die Nacht in der überfüllten Höllentalangerhütte, an den frühmorgendlichen Aufbruch, an die berühmten Klettersteigstellen „Leiterl“ und „Brett“, erschauderte bei dem Gedanken, wie leichtfertig sie über den kleinen, doch wie er sich später bewusst gemacht hatte, keineswegs ungefährlichen Gletscher gestapft waren, und er vermeinte das Glücksgefühl, das ihn oben am fast dreitausend Meter hohen Gipfel überkommen hatte, noch einmal genauso zu spüren wie damals, als er gerade einmal sechzehn Jahre alt gewesen war. Morgen würde er wieder dort stehen, aller Voraussicht nach, mit anderen Gefühlen, doch gewiss auch dann noch mit guten, enthusiastischen.

Er sah in den Himmel, sah das beinahe durchsichtige Blau, in dem nur zwei winzige, wattebauschige Wolken trieben, und er war glücklich, die Stadt verlassen zu haben, war glücklich, hier zu sein.

***

Elena machte einen Spaziergang und ging wieder nach Hause. Sie stand am Fenster ihres Zimmers, und sie war verwirrt. Wo war der Mann, der sich in den letzten Tagen allzu auffällig auf ihre Fersen gesetzt hatte? Sie hatte keine Angst. Sie hätte selbst nicht sagen können, warum sie keine Angst in dieser Situation bekommen hatte. Oder besser: Warum die Angst schnell verflogen war.

Wie ein Detektiv sieht der nicht aus, hatte sie anfangs gedacht.

Dann hatte sie geglaubt, der Mann würde ihr Gewalt antun, würde sie irgendwann sexuell belästigen oder sie vielleicht sogar entführen wollen. Aber diese Befürchtungen waren genauso verflogen wie die Angst. Dieser Mann machte ihr keine Angst. Er war ihr ein Rätsel, aber sie fühlte sich nicht bedroht. Warum hätte er sie entführen sollen? Sie waren wohlhabend, das ja. Aber ganz gewiss nicht wohlhabend genug, um für Entführer interessant zu sein. Da wären allein aus der Nachbarschaft einige andere viel weiter oben auf der Liste gestanden. Und wenn er ihr sexuell etwas hätte anhaben wollen, dann wäre er ihr nicht einfach immer nur nachgelaufen. Dann hätte er versucht, sie in sein Auto zu ziehen. Oder er hätte sie vom Auto aus beobachtet und sich dabei den Schwanz befummelt.

Nein, es ist etwas anderes, dachte sie. Ich weiß nicht was, aber es hat weder mit seinem Schwanz noch mit meinem Geld zu tun.

Ich werd das herausfinden, dachte sie. Irgendwie werde ich es herausfinden. Sobald der Mann wieder auftaucht.

Falls er wieder auftaucht.

***

Schon der Anstieg zur Alpspitze entlang der Via Ferrata, einem Steig, den er eigentlich nicht besonders schätzte – zu viele Sicherungen, viel zu viel Eisen – machte Tobs glücklich, wirkte befreiend, löste Verkrampfungen in seinem Inneren. Er roch die Luft, die beim Aufsteigen entlang der Nordflanke die Gerüche des Waldes, der Latschen, der Weiden und der Kräuter mit sich führte. Er roch den Fels, eine Tatsache, die ihn schon oft und immer wieder glücklich machte: in der Lage zu sein, Stein riechen zu können, zu wissen, dass der Kalkfels im Wetterstein ganz anders riecht als das Urgestein im Zillertal, anders als der Sandstein in der Sächsischen Schweiz, anders als der Granit der Montblanc-Region. Er wusste, dass Nichtbergsteiger so etwas nicht glauben konnten, ja, dass sogar mancher erfahrene Alpinist mit Unverständnis reagierte. Was ihm freilich egal war. Er roch den Fels. Und mittlerweile hatte auch sein Kletterfreund Ricardo ein Näschen dafür bekommen.

Das Höhersteigen war ein Genuss – trotz des beinahe durchgängigen Drahtseiles. Die in das Gestein betonierten Eisensprossen, die dazu dienten, schwierige Passagen zu überwinden, ignorierte er, so oft es ging und kletterte stattdessen an traumhaft kompaktem Fels in unmittelbarer Nähe. Er war so begeistert vom Gefühl, diesen rauen, festen Fels in den Händen zu spüren, dass es ihm nicht das Geringste ausmachte, die sechshundert Höhenmeter zum Gipfel der Alpspitze mehr hinaufzurennen als hinaufzusteigen. Tobs fühlte sich stark und leicht, und wäre es tausend Meter höher hinauf gegangen, so hätte ihn das auch kein bisschen gestört.

Auf dem Gipfel machte er eine kurze Rast, trank ein paar Schlucke, aß ein paar Bissen und genoss den Ausblick nach Norden. Der Kramer, der Wank, der Höhenzug des Estergebirges und, am Ende des Loisachtales bei Eschenlohe gerade so zu erahnen, das flachere Voralpenland.

Tobs lehnte an einem Felsbrocken und fühlte sich schon jetzt befreit. Einen Moment lang dachte er an Donath und seine Frau Elena, doch er verscheuchte die Gedanken und gab sich der von ihm so geschätzten Einsamkeit hin.

Doch wirklich allein war er nicht.

Er hörte ein Rauschen, es klang so ähnlich wie eine Windböe, die in trockenes Herbstlaub fuhr. Tobs erschrak, doch der Schrecken verflüchtigte sich innerhalb von zwei Sekunden und noch ehe er die Ursache des Geräuschs ausgemacht hatte. Er legte den Kopf zurück und sah in gar nicht großer Höhe über sich einen gelben Gleitschirm seine Kurven ziehen. Es sah elegant aus, einfach schön, und das Bild, das sich Tobs bot, hatte etwas von Schwerelosigkeit. Und wenn nicht von Schwerelosigkeit, dann immerhin von ungeheurer Leichtigkeit. Er winkte dem Piloten zu, und der rief etwas zu ihm herunter, was er aber nicht verstehen konnte. Es klang so ähnlich wie: „Servus. Toller Tag, was?“ Zumindest bildete er sich ein, das gehört zu haben.

Er schaute dem Gleitschirm lange zu: Wie er in einem Rechtsbogen auf die Bernadeinwände zusteuerte, dann nach Norden zog, sich über der Hochalm in engen Kreisen nach oben schraubte, um plötzlich weit über dem Alpspitz-Gipfel in Richtung Höllental zu gleiten …

Es muss herrlich sein, dachte Tobs, es muss herrlich sein, auf einen Berg zu steigen und dann, statt stundenlang runterzuhatschen, einfach nur in die Tiefe zu springen. Und dann dahinzugleiten. Die alpine Landschaft zu sehen wie ein Adler. Besser noch: wie eine Dohle. Tobs machte sich nichts aus Adlern, aber er liebte die Dohlen.

Er hatte sich jedoch nie dazu aufraffen können, es mit dem Fliegen zu versuchen. Eine ganze Menge seiner Bekannten waren im Besitz der Paraglider-Lizenz und eines Gleitschirms. Es waren gar nicht die Schreckensmeldungen über tödlich verunglückte oder schwerverletzte Gleitschirmflieger, die ihn abgehalten hatten. Es war einfach seine Überzeugung, dass er kotzen müsste, wenn er da tausend Meter über dem Tal, über den winzigen Häusern, den strichdünnen Straßen, den Spielzeugautos kreisen würde. Kotzend am Himmel zu hängen – das war nicht das, was er sich als wirklich genussvoll vorstellen konnte.

***

Elena suchte in der Truhe mit den farbigen Schubladen nach dem Fotoapparat. Eine digitale Spiegelreflexkamera, die sie sich vor einigen Jahren gekauft hatte. Sie hatte nach einer Beschäftigung gesucht und war dem Irrglauben aufgesessen, dass ihr die Fotografiererei helfen würde, die Langeweile zu bannen. Sie hatte ihren Mann fotografiert, die Blüten im Garten, Morgenstimmungen in der Stadt, Springbrunnen im Gegenlicht, Ausblicke von ihrem kleinen Ferienhaus in den Bergen. Das meiste war ihr ganz gut gelungen, befriedigt aber hatte es sie nicht. Ihre anfängliche Euphorie war binnen Wochen einer künstlich aufrechterhaltenen Begeisterung gewichen, um dann, nach nur wenigen weiteren Wochen, einer deprimierenden Gleichgültigkeit Platz zu machen. Fotografieren war das eine: Bilder zu machen von Dingen und Momenten. Zu spüren aber, dass damit nichts in Bewegung versetzt wurde, sich nichts veränderte, war etwas ganz anderes. Elena hasste es, die Bilder auf ihrem Computer zu katalogisieren. Sie hielt so etwas für eine typisch männliche Beschäftigung, es hatte für sie etwas mit Sammeln und Besitzen zu tun. Eine Zeitlang machte sie von ihren liebsten Motiven Papierabzüge. Weil sie jedoch bald nicht mehr wusste, was sie damit anfangen sollte, verlor sie die Lust. Sie legte die Kamera zur Seite, räumte sie x-mal von hier nach dort, schließlich dann in die Kommode, die aus Teilen von Altmöbeln einfallsreich und vielfarbig zusammengesetzt war.

Jetzt suchte sie die Kamera. Fand sie ganz hinten in einer Schublade, deren Front aus dunkelblauem, leicht angekratztem Resopal bestand. Sie schaltete sie auf „on“ – nichts tat sich.

Der Akku, dachte sie. Ich werde erst mal den Akku laden müssen. Liegt ja schon Monate hier rum, da ist es kein Wunder, dass das Ding nicht mehr geht.

Sie sah wieder aus dem Fenster. Von dem Mann und seinem Auto war nichts zu sehen. Sie war beinahe enttäuscht darüber.

Nach einigem Suchen fand sie auch das Ladegerät. In einer Stunde würde die Kamera wieder einsatzbereit sein. Und dann würde sie sie immer bei sich haben.

Sie würde den Spieß umdrehen.

Das war kein Plan, es war nur so eine Idee.

Sie würde versuchen, den Mann zu fotografieren. Und zwar so lange und so oft, bis er es bemerkte.

Sie fragte sich, wie er wohl reagieren würde.

Es ist ein Spiel, dachte sie. Ich kenne die Regeln nicht. Aber ich glaube, ich kann es gewinnen.

Sie ahnte aber auch, dass in diesem Spiel Gefahren lauern konnten. Gefahren, die sie genauso wenig kannte wie die Spielregeln.

Angst jedoch ließ sie nicht zu.

ACHT

Die letzten Meter hinauf zum Grat ging Tobs immer schneller. Er konnte es nicht mehr erwarten, auf die andere Seite zu schauen. Er kannte das Wettersteingebirge, kannte es gut, hatte also auch eine genaue Vorstellung davon, welch ein Ausblick ihn erwarten würde. Und doch!

Er war in den letzten Stunden in den Nordflanken des Gebirges unterwegs gewesen, hinter sich die niedrigeren Voralpen. Jetzt gleich, das wusste er, würde sich vor ihm ein geradezu atemberaubendes Bergpanorama auftun, Gipfel neben Gipfel und ein Höhenzug hinter dem anderen: Berge, so weit man nur schauen konnte.

Als er dann den Grat erreichte, in geradezu überwältigender Plötzlichkeit der neuen Perspektive ausgesetzt, war das für ihn ein gleichermaßen euphorisierender wie bedrückender Augenblick. Euphorisierend, weil er die Urnatur des Gebirges so sehr liebte wie keine andere Landschaftsform. Und bedrückend, weil diese Urnatur zugleich Urgewalt ausstrahlte, ein großes Raubtier, ja, ein riesiger Drache, vor dem man sich als Mensch bis zur absoluten Nichtigkeit winzig vorkommen musste.

Tobs kannte dieses Gefühl, hatte es immer wieder einmal erlebt. Diese sich bekämpfenden Emotionen, wenn das Glück des völligen Alleinseins in Verlorenheit und Ausgeliefertheit umzuschlagen schien. Das Beste war es dann, sich nicht länger an einem Ort aufzuhalten, nicht ins Lamentieren zu kommen, nicht darüber nachzudenken, wie es wäre, wenn man sogleich den Rückzug antreten würde. Nur weiter, den Weg fortsetzen, das eigentliche Ziel wieder ins Visier nehmen.

Die Konzentration, die es brauchte, um die Ausgesetztheit des schmalen Grates sicher zu bewältigen, war ein ideales Mittel gegen die Selbstzweifel. Er setzte seinen Weg fort – und dieser Weg war eigentlich kein Weg mehr, sondern eine höchst exponierte Linie, die es in zwar nicht allzu schwieriger Kletterei zu meistern galt, die aber, und dessen musste er sich bei jedem Meter bewusst sein, unablässig Absturzgelände durchzog. Rechter Hand brach das Felsgelände schroff Richtung Mathaisen- und Höllental hin ab. Ein Fehltritt hätte genügt, um über mehrere hundert Meter abzustürzen und irgendwo zerschmettert liegen zu bleiben. Und linker Hand sah es kein bisschen anders aus: Hier wäre er ins Reintal gestürzt, wenn er an einer der kniffligeren Stellen einen Fehler gemacht hätte.

Aber Tobs machte keinen Fehler. Die Kletterei an sich stellte ihn ja vor keine nennenswerten Herausforderungen. Zweiter, höchstens dritter Schwierigkeitsgrad. Die Aufgabe war vielmehr, die Konzentration aufrechtzuerhalten auf der gesamten Länge des Jubiläumsgrates, der von der Scharte westlich des Hochblassen bis zum Gipfel der Zugspitze etwa fünf Kilometer maß. Vor allem dort, wo es besonders leicht war, durfte er in seiner Aufmerksamkeit nicht nachlassen – ein Stolpern hätte verhängnisvoll sein können.

Er kletterte und ging ruhig und bedächtig. Wo die Felspassagen steil und etwas schwieriger waren, prüfte er jeden Griff und Tritt. Er hatte keine Eile. In einer Stunde würde er bei der Biwakschachtel sein, wo er, wahrscheinlich völlig allein, die Nacht verbringen wollte. Aus Erfahrung wusste er, dass ihn dort das Verlassenheitsgefühl nicht überkommen würde. Es genügte zu wissen, dass man ein Dach über dem Kopf hatte, um sich nicht verloren zu fühlen.

Die Schlüsselstelle auf dem Weg zur Biwakschachtel war eine Kletterstelle im dritten Schwierigkeitsgrad an der Vollkarspitze, einem der vielen Gipfel, die aus dem langen Grat herausragten. Tobs kletterte am rechten Rand einer Felsplatte empor, die förmlich über dem Abgrund zu hängen schien. Doch seine Psyche hatte sich mittlerweile wieder so stark stabilisiert, dass ihm diese riskante Passage nicht nur nichts ausmachte, sondern dass er sie geradezu genoss. Er hatte das Zaudern vergessen, war nichts als glücklich in der Situation, da er sich, seiner Fähigkeiten gewiss, mit dem Körperschwerpunkt über der Tiefe wusste. Einer Tiefe, in der schon schwer die Schatten lagen: kaltes, raues, hochalpines Niemandsland, wo es keine Wege und keine Steige gab, und wo nur mehr Gämsen unterwegs sein konnten.

Und natürlich die Geister der Abgestürzten, dachte er. Und er lächelte dasselbe sarkastische Lächeln wie damals, als er Ödön von Horváths makabres Sportmärchen „Begegnung in der Wand“ zum ersten Mal und dann immer wieder gelesen hatte.

Oben angekommen auf der Vollkarspitze, fühlte sich Tobs leicht und erfrischt. Er wanderte gelassen weiter zur Äußeren Höllentalspitze, überschritt diesen Gipfel und erreichte kurz darauf die Biwakschachtel. Die alte Nothütte, die vor fast sechzig Jahren hier errichtet worden war, hatte erst kürzlich einer neuen, moderneren Ausführung Platz gemacht. Der greise Bergschuhfabrikant Josef Wagner hatte sie gestiftet – Tobs hatte davon in der Zeitschrift des Deutschen Alpenvereins gelesen.

Als er nun sah, dass jemand bei der kleinen Hütte war, dass er also nicht allein sein würde in der kommenden Nacht, war er beinahe enttäuscht.

Er sah einen jungen Mann ein Stück abseits der Biwakschachtel Richtung Süden, also ins Reintal pinkeln, während eine junge Frau im nordseitigen Schrofengelände mit einem Blechtopf Schnee zusammenkratzte.

„Hi“, sagte Tobs, der von den beiden schon bemerkt worden war. Der Mann hatte seinen Pimmel abgeschüttelt und in der Hose verstaut, die Frau kam wieder zum Grat heraufgekraxelt.

„Hi“, rief sie. „Allein unterwegs?“

Die Stahlblechhütte bot Pritschen für mindestens zwölf Personen. Sie waren zu dritt. In der Dämmerung hockten sie auf den Steinen vor dem Eingang, Anoraks als Kissen untergelegt, und aßen schweigend. Nicht etwa, weil sie sich nichts zu erzählen gehabt hätten, doch das meiste war schon gesagt. Vor allem aber schwiegen sie, weil sich das Gebirge zu dieser Stunde in einer geheimnisvollen Pracht präsentierte, die dem Nichtbergsteiger verborgen blieb – und selbst bei den Bergsteigern zeigte sie sich lediglich jenen, die nicht nur die Tage, sondern auch die Nächte in großen Höhen zuzubringen bereit waren. Der Himmel war in zarten Aquarellfarben gemalt, Blau, Grau, Rosa, Orange, Gelb, und alle diese Farbtöne waren scheinbar ineinandergeflossen, eine unwirklich erscheinende Luftschicht, die den Planeten umgab, ja, beinahe zärtlich umhüllte. Die Sonne war längst untergegangen, aber einige der Felszacken jenseits des Reintales glühten noch kupferfarben auf – was für ein Schauspiel der Natur: die leuchtenden Gipfel, rot, dahinter der LSD-Himmel in Blau, Grau, Rosa, Orange und Gelb!

Als die Farbe von den höchsten Bergspitzen verschwunden war, zog die Frau ihre Fleecejacke bis unters Kinn zu und sagte: „Puuhh, mich fröstelt. Ich glaub, ich geh jetzt rein."

Sie hieß Marielle, war, den Erzählungen nach, die man ausgetauscht hatte, eine erfahrene Allround-Alpinistin und stand ihrem Freund Pablo bergsteigerisch wohl in nichts nach. Sie waren aus Innsbruck. Und auch sie wollten am nächsten Tag über den Grat zur Zugspitze.

„Aber wir lassen uns Zeit", sagte Pablo zu Tobs. „Im Gegensatz zu dir müssen wir ja keine Seilbahn erwischen, oder?" Er fügte in Tiroler Manier ein „oder" hintan, obwohl der Satz keine Frage, sondern eine Feststellung war. „Wir steigen zum Zugspitzplatt ab und wandern hinunter Richtung Knorr- und Reintalangerhütte."

Schon um neun schalteten sie ihre Stirnlampen ab. Tobs hörte die beiden ihre Gute-Nacht-Küsse austauschen, und er war ein klein wenig neidisch. Nicht wegen dieser Marielle – sie war nicht sein Typ, zu burschikos, vielleicht sogar ein bisschen zu selbstbewusst.

Er lag wach und starrte in die absolute Finsternis.

Er konnte nicht schlafen. Oder schlief er doch? Er konnte sich nicht sicher sein, ob er zwischen den Wachphasen immer wieder eingeschlafen war oder ob er sich das nur einbildete. Jedenfalls drängte sich das Bild der Elena Donath wiederholt in seine Träume (oder waren es seine Gedanken), und er wurde es nicht los.

Tobs versuchte, an etwas anderes zu denken, andere Bilder heraufzubeschwören, doch es gelang nicht. Und wenn es einmal gelang, dann verflüchtigten sich diese Bilder so schnell wie sie gekommen waren.

Es war eine unruhige Nacht für ihn. Er hörte das leise Atmen der beiden anderen, bisweilen ein Schnarchen, von dem er nicht wusste, wer es verursachte, und sonst nichts. Tobs war froh, als durch das bulläugige Fenster in der Tür ein erster fahler Grauschimmer hereinfiel. Ganz leise packte er seine Sachen. Er verzichtete auf ein Frühstück – das würde er unterwegs nachholen, wenn die Sonne hoch genug stand –, schlüpfte in seine Bergschuhe und verabschiedete sich flüsternd von Marielle und Pablo, die ihm jeweils nur ein Auge schenkten und seinen Gruß allenfalls mit Grunzlauten beantworteten.

Draußen war es beinahe noch Nacht. Doch die Dämmerung gab immerhin schon Licht genug, dass ein guter Kletterer wie Tobs seinen Weg finden konnte.

Kalt war der Morgen. Tief im Tal glitzerten die Lichter in den Straßen. Der Fels fühlte sich eisig an und Tobs sehnte den Augenblick herbei, da drüben im Osten die Sonne über den Bergspitzen auftauchen würde.

Er ging und kletterte langsam und gleichmäßig in den nächsten Stunden, er hatte keine Eile – die letzte Talfahrt mit der Gondel erwische ich allemal, dachte er.

Und es gelang ihm, sich auf die alpinistischen Schwierigkeiten zu konzentrieren und dabei das lange Alleinsein für sich zu nutzen, um darüber nachzudenken, was er tun wollte, sobald er wieder im Tal und daheim wäre.

Erst nach eineinhalb Stunden machte er Rast und gönnte sich in der den Fels und den Körper wärmenden Sonne ein karges Frühstück. Weit hinter sich und durch viel Auf und Ab noch von ihm getrennt, konnte er immer wieder einmal die beiden Bergsteiger sehen, die mit ihm in der Biwakschachtel übernachtet hatten.

Sie waren nett gewesen, sympathisch, doch er hatte wieder einmal versäumt, Erreichbarkeiten auszutauschen. Vielleicht hätte er ja einmal eine Tour mit ihm machen können. Oder mit ihr. Oder alle drei gemeinsam.

Wahrscheinlich treff ich die beiden nie wieder, dachte er.

***

Es war erst kurz nach Mittag, als er einige hundert Meter vom Gipfel der Zugspitze entfernt eine Art Gipfelrast einlegte. Zum eigentlichen Gipfel mit seinem goldglänzenden Kreuz wollte er gar nicht hinüber – da tummelten sich die Seilbahntouristen, die ihr Leben sowohl beim kurzen, drahtseilgesicherten Anstieg von der Bergstation herauf riskiert hatten als auch rund ums Gipfelkreuz, wo alle Gefahr liefen, von den Nachdrängenden in die Tiefe geschubst und geschoben zu werden.

Ich bin doch nicht blöd, dachte er.

Er schaute hinab ins Höllental. Einen Moment lang überlegte er, ob er, statt mit der Seilbahn zum Eibsee runterzufahren, lieber hier hinab absteigen sollte. Das Wetter sah stabil aus, und es würde ihm nichts ausmachen, noch mal fünf, sechs Stunden unterwegs zu sein. Doch er verwarf den Gedanken so schnell wie er gekommen war.

Er wollte nach Hause. Der lange Weg über den Grat hatte ihm den Kopf gelüftet, die Stille hatte das ihre getan, um die Gedanken sortiert zu bekommen, und es war ihm gelungen, definitive Entscheidungen zu treffen.

Er wollte ins Tal, zurück nach München, sich duschen und umziehen und am besten noch am Abend diesem Donath den Auftrag vor die Füße werfen.

Das Gefühl der Befreiung, das sich schon im Aufstieg zur Alpspitze eingestellt hatte, war noch gewachsen in den Stunden am Jubiläumsgrat, ja, war noch verstärkt worden durch die unvergleichlichen Augenblicke: am Abend vor der Biwakschachtel, und am frühen Morgen, als er ganz alleine aufbrach, dazu die wahrhaft berauschenden Tiefblicke und ebenso die Ausblicke auf die Bergkämme, die sich südlich bis zu den hohen Dreitausendern einer hinter den anderen stellten.

Es geht mir gut, dachte Tobs. Das alles hier hat mir so richtig gut getan. Es war die richtige Entscheidung, in die Berge zu fahren. Und ich hab hier die richtige Entscheidung getroffen. Ohne Wenn und Aber.

Das Einzige, was ihn ein wenig verdrießlich stimmte, war der ziemlich hohe Preis für die Talfahrt mit der Gondelbahn. Vor ein paar Tagen hätte er das damit abgetan, dass er in seinem Job ja gut verdiente. Doch so wie es nun aussah, würde er ziemlich viel von dem Geld, dass Donath ihm gegeben hatte, wieder zurückgeben müssen.

Auch die Freiheit hat ihren Preis, dachte er. Ich zahle ihn gern.

NEUN

„Meine Frau ist verschwunden“, sagte Donath. Er wirkte niedergeschlagen, zutiefst deprimiert. Er monierte nicht einmal, dass Tobs Thanner einfach geläutet hatte, weil es etwas Dringendes zu besprechen gäbe (womit er die Vereinbarung, sich immer nur auf „neutralem“ Boden zu treffen beziehungsweise das meiste telefonisch zu klären, natürlich gebrochen hatte).

Mehr noch: Donath bat Tobs herein. Der Mann schien nicht wütend zu sein, nur verzweifelt. Auf eine sehr stille Art verzweifelt.

„Sie wollen also den Auftrag zurückgeben“, sagte er mit ziemlich kraftloser Stimme. „Finden Sie, das ist eine gute Idee?“

Tobs war vor allem erst einmal beeindruckt von dem Luxus, den das Haus ausstrahlte. Heller Marmorfußboden in der Diele, ein goldgerandeter Spiegel, eine uralte, von Wind und Wetter angegriffene Heiligenfigur, ein Läufer, den er für einen Perserteppich hielt (weil alles, was in dunklem Rot geknüpft war und geometrische Muster aufwies, für ihn ein „Perser“ war) und der in jedem Fall teuer gewesen sein musste. Dann das Wohnzimmer, wohin Donath ihn führte! Das war kein Zimmer, das war eine Halle. Lichtdurchflutet, hell, strahlend weiß: Teppichboden, die Wände, die Möbel, die Lampen – alles weiß oder beinahe weiß und erleuchtet von den vielen Kugellampen in den verschiedensten Größen.

Da ist nichts von Ikea, dachte Tobs.

Ein großer Strauß roter Rosen, in einer weißen Vase drapiert, brachte Farbe ins Weiß. Ein modernes Gemälde, groß wie eine Schultafel, wie mit einem Malerwaschel grob hingeworfene Striche in Weinrot, Blutrot und hellem Grau, schien die Rosenröte aufzugreifen und gleichsam im ganzen Raum zu verteilen. Aus dem Bose-Player drang, nicht allzu laut, jedoch jeden Winkel erreichend, Gitarrenmusik. Auf dem Glastisch, der vor den weißen Ledercouchen stand, lagen Zeitschriften, deren Titelbilder von Mode und vom Wohnen kündeten.

Tobs hätte am liebsten die Schuhe ausgezogen, weil alles so weiß war.

„Sie meinen also, dass das nun der richtige Zeitpunkt ist. Sie haben bisher nichts zuwege gebracht. Sie waren nicht da, als ich Sie am dringendsten gebraucht hätte, Sie waren nicht da, als meine Frau verschwunden ist. Und jetzt wollen Sie alles hinwerfen."

Tobs Entscheidung fiel in sich zusammen.

Ich muss mich nur umdrehen und gehen, dachte er.

Denken und handeln waren jedoch zweierlei.

„Ich bin der Meinung", sagte Donath, „dass Sie jetzt endlich etwas für ihr Geld tun sollten."

„Warum schalten Sie nicht die Polizei ein?", sagte Tobs, aber er spürte im selben Moment, dass es der Frage an Kraft fehlte. Sie war logisch, doch um Logik ging es hier nicht. Die ganze Angelegenheit war doch abstrus.

„Die Polizei?!" Donath machte ein Gesicht, als hätte Tobs ihn um eine Nacht mit seiner Frau gebeten. „Was soll ich mit der Polizei? Meine Frau hat einen Liebhaber, und wahrscheinlich ist sie bei dem. Das herauszufinden war Ihr Auftrag. Was sage ich, es ist Ihr Auftrag. Ich will wissen, was geschieht. Und ich will meine Frau zurück."

Noch einmal dachte Tobs daran, einfach das Haus zu verlassen und aus dieser Geschichte zu verschwinden. Doch er hatte das Gefühl, dass es bereits zu spät war.

„Sagen Sie mir eins", erwiderte er. „Warum sollte Ihre Frau das alles hier …" Er machte eine ausholende Armbewegung. „Warum sollte Ihre Frau das alles hier riskieren oder gar aufgeben? Vielleicht haben Sie recht – und sie hat einen Liebhaber. Aber sie wird doch gewiss zurückkommen. Wer würde das alles hinter sich lassen."

Er sah ein Lächeln im Gesicht seines Auftraggebers. Es war so kurz, dass er sich gleich nicht mehr sicher sein konnte, es wirklich gesehen zu haben. Aber wenn es ein Lächeln war, dessen war er sich gewiss, dann war es abschätzig, voller Häme. Und er glaubte beinahe, diese Häme zu spüren.

„Sie machen sich Gedanken, die es nicht braucht“, sagte Donath bestimmt, aber beinahe freundlich. „Suchen Sie meine Frau. Ich bitte Sie. Alles andere wird sich dann erweisen.“

Tobs nickte.

Er hatte die Häme gespürt und Gefahr gewittert. Die Sache schien sich zu einer echten Herausforderung zu entwickeln. Er nickte.

„Ich suche Ihre Frau“, sagte er. „Danach lege ich diesen Auftrag nieder. Ich will mich nicht weiter hineinziehen lassen in Ihre Beziehungsangelegenheiten. Bestimmt gibt es Privatermittler genug, die so was ohne jeden Skrupel tun. Ich habe damit nichts am Hut.“

Noch einmal, nur für den Bruchteil einer Sekunde, dieses Lächeln bei Donath. Ein großer schwarzer Vogel, der seinen Schatten warf und weiterflog.

„Sie müssen mir sagen, wo ich suchen soll. Ich habe keine Lust, länger vor Ihrem Haus zu stehen und Ihrer Frau nachzulaufen wie ein … wie ein Verrückter.“

Donath hatte ein paar Tipps für ihn. Die Adressen von Freundinnen und Hotels in der Stadt, die seiner Ansicht nach infrage kamen.

Doch diese Tipps wären nicht notwendig gewesen. Tobs Thanner fand Elena Donath auch so. Und zwar viel schneller, als er dachte.

Er fuhr sehr nachdenklich nach Hause. Der Weg war nicht allzu weit, die Strecke erforderte kaum mehr als zehn Minuten Fahrzeit. Dennoch gingen ihm in diesen gut zehn Minuten mehr Gedanken durch den Kopf als während der Stunden am Jubiläumsgrat.

Er war froh, dass in seiner Straße ein Parkplatz frei war, noch dazu beinahe vor der Haustür. Zumeist war von den Anwohnern alles zugeparkt und seine Garage, die in der Parallelstraße stand, nutzte er meist nicht, zumindest nicht, um sein Auto darin abzustellen. Er stieg aus seinem Wagen, in seine Gedanken vertieft, hätte beinahe das Absperren vergessen, und machte die paar Schritte hinüber zum Türchen des Vorgartens. Es ließ sich, wie meist, etwas schwer öffnen, und er dachte, dass er es endlich mal reparieren sollte, als er hinter sich ein Geräusch hörte.

Tobs wandte sich halb um.

In diesem Moment sah er den Blitz: grell, weiß, direkt in die Augen.

Es war ein Schock.

Tobs war derart mit seinen Gedanken beschäftigt gewesen, dass er nichts geahnt, nichts gesehen und bis zum Schluss nichts gehört hatte. Dass in der Parkreihe ein Auto stand, das fremd war, nicht in die Straße gehörte, war freilich leicht zu übersehen. Doch dass jemand darin saß, wartend, das hätte ihm auffallen können. Vielleicht wäre er dann auf die Idee gekommen, dass dieser Jemand auf ihn wartete. Nur auf ihn. Und das nicht gerade in freundlichsten Absichten.

Er spürte, dass seine Beine zitterten. Ein Gefühl, das er kannte, wenngleich es in den letzten Jahren seltener geworden war. Er kannte es aus seiner frühen Kletterzeit. Wenn er es an einer besonders schwierigen und dabei besonders schlecht abgesicherten Stelle mit der Angst zu tun bekam, dann hatten seine Knie zu zittern begonnen. „Nähmaschine" hieß dieser Zustand bei Bergsteigern. Irgendwann hatte er gelernt, mit der Angst umzugehen, das Nervenflattern in den Griff und die Beine ruhig zu bekommen.

Durchatmen war das Wundermittel. Tief einatmen und ganz langsam wieder ausatmen. Beim Klettern hatte er das meist recht gut hinbekommen. Jetzt aber wollte sich keine Beruhigung einstellen. Er hatte noch immer nicht verstanden, was eigentlich geschehen war.

Tobs hörte den Motor des Wagens, aus dessen Richtung der Blitz gekommen war. Der Motor wurde angelassen, doch der Wagen, ein rotweinfarbener Mini Cooper mit weißem Dach, fuhr nicht los.

Tobs spürte keinen Schmerz. Nirgends. Er fühlte sich unverletzt, aber zutiefst geschockt. In den ersten Sekunden hatte er geglaubt, dass auf ihn geschossen wurde, und sein Schrecken saß so tief, dass es ihm nicht einmal gelungen war, abzutauchen, Deckung zu suchen oder davonzurennen.

Und dann kapierte er, was wirklich geschehen war.

Kein Schuss. Nein, es war kein Schuss gewesen (er hätte ja auch lautlos, schallgedämpft sein müssen), und es hatte sich nicht um das grelle Mündungsfeuer einer Waffe gehandelt.

Ein Fotoapparat. Sonst nichts. Das starke Blitzlicht eines Fotoapparats! Gott sei Dank nur das!

Die Bestätigung folgte auf dem Fuß: Tobs hörte die Stimme einer Frau, die in diesem Auto sitzen musste, und die ihm durchs heruntergelassene Fester etwas ganz und gar Unmissverständliches zurief: „Ich hab auch einen Fotoapparat, du kleines Arschloch.“

Er kannte die Stimme von Elena Donath nicht. Doch er war überzeugt, dass sie es war. Und als der Wagen dann losfuhr, hatte er überhaupt keine Zweifel mehr.

Was für ein Spiel, dachte er, als er im Haus war und sich eine Flasche Bier aus dem Keller holte. Er trank es in zwei langen Zügen, es war zu warm, schmeckte viel zu intensiv, und doch war er froh, denn es hatte etwas Beruhigendes, den Biergeschmack im Mund zu haben und die Wirkung des Alkohols in sich aufsteigen zu spüren.

Was für ein absurdes Spiel. Und ich bin mittendrin.

ZEHN

Am nächsten Morgen stand der Mini Cooper wieder in der Straße. Als Tobs das Haus verließ, sah er Elena Donath am Auto lehnen und das Objektiv einer Kamera auf ihn richten.

Entschlossen ging er auf sie zu.

„Was machen Sie da?“, rief er ihr schon von Weitem zu. „Was wollen Sie von mir?“

Er stand nur mehr zwei oder drei Schritte von ihr weg, als sie die Kamera herunternahm und ihn mit einem spöttischen Lächeln ansah.

„Verdammt unangenehm so etwas, finden Sie nicht?“

Er wusste nicht, was er darauf sagen sollte. Sie hatte ja recht. Sie wusste, dass er hinter ihr her gewesen war, und sie würde wahrscheinlich eine Erklärung haben wollen. Und er wollte eine von ihr. Mindestens eine.

Doch dazu ließ es Elena Donath gar nicht erst kommen. Ziemlich laut fuhr sie ihn an. Schrie ihm förmlich ins Gesicht, dass er sie künftig gefälligst in Ruhe lassen sollte, dass sie genug davon habe, ihn ständig in ihrem Nacken zu spüren, dass er ihr gar nichts sagen und erklären müsste, sondern sich einfach nur verziehen und nie mehr blicken lassen sollte. Sie war aufgebracht, zornig, ihre dunklen Augen funkelten vor Wut.

Griechin, dachte Tobs. Er blickte hinter sich, befürchtend, dass diese Szene Aufmerksamkeit in der Nachbarschaft hervorgerufen haben könnte, eine Vorstellung, die ihm unangenehm war. Für einen Augenblick fiel sein Blick auf sein Firmenschild neben dem Eingang: „Tobias Thanner. Fahndung – Sicherheit – Diskretion“. Es glänzte im Licht der Vormittagssonne.

„Ein schöner Privatdetektiv sind Sie!“, fauchte Elena Donath. „Spionieren mir nach, machen Fotos von mir, hoffen, mich dabei zu erwischen, wie ich in einem Auto irgendeinem Kerl den Schwanz lutsche. Für was halten Sie mich eigentlich? Für ein mannstolles Weib? Für eine Nutte mit Doppelleben? Sie kleiner Idiot wären der Letzte, der etwas erfahren würde, wenn ich Affären hätte."

Sie strich sich eine Strähne ihres dunklen, gar nicht langen Haares aus dem Gesicht. „Schickt Sie mein Mann?", fragte sie. Und sie gab sich die Antwort gleich selbst.

„Natürlich steckt mein Mann dahinter."

Sie sah ihm in die Augen, doch Tobs wich aus. Er wusste noch nicht viel über die Arbeit als Privatdetektiv. Eines aber wusste er: dass es ungeschriebenes Gesetz war, seinen Auftraggeber nicht preiszugeben. Komme, was da wolle.

„Sie schweigen? Klar, Sie sind ja auch nichts weiter als ein kleiner, schmieriger Intrigant, der auch noch Geld dafür nimmt." Sie warf den Kopf in den Nacken. „Mein Mann!", rief sie aus, und Tobs kam es so vor, als schwänge in ihrer Stimme, die leicht rauchig und ein wenig tief war, ein kehliges Lachen mit. „Mein Mann."

Sie hätte genauso gut sagen können: „Der Versager." Oder: „Dieser blöde Typ." Oder auch: „Wie ich ihn verachte."

Elena Donath nestelte ein Päckchen Zigaretten aus der Tasche ihrer Weste.

„Haben Sie wenigstens Feuer?", sagte sie.

Tobs schüttelte den Kopf. Sie verzog das Gesicht. Er wollte gar nicht wissen, welche Beschimpfungen in diesem Mienenspiel verborgen lagen.

Elena Donath versuchte, die Zigarette wieder ins aufgerissene Päckchen zurückzustecken, da ihr das aber nicht gelang, zerknüllte sie sie in der Hand und warf sie einfach weg.

Wieder sah sie Tobs an. Sie schien sein Gesicht zu studieren und darin lesen zu wollen, was er eigentlich für ein Mensch war.

Was sieht sie in meinem Gesicht, fragte er sich. Was bin ich für ein Mensch? Bin ich das Arschloch, für das sie mich hält, halten muss? Wahrscheinlich bin ich das.

„Zahlt er Sie gut?", fragte sie. Ihre Stimme hatte sich ein wenig beruhigt. „Ja? Ich denke doch, dass er in so einer Sache nicht kleinlich ist, oder? Er zahlt Sie gut, da bin ich mir sicher. Aber eines sollten Sie schon wissen: Mein Mann ist nichts und er hat nichts. Wenn er Sie gut zahlt, woran ich keinen Zweifel habe, dann zahlt er Sie mit meinem Geld. Wie finden Sie das?"

Tobs kam sich vor wie als kleiner Bub, wenn er sich hoffnungslos in eine Lügensackgasse verrannt hatte und nur noch stumm und dumm dastehen konnte, während eine Erwachsene die ganze Peinlichkeit enthüllte. Er wusste nicht, was er sagen sollte. Er fürchtete sogar, dass seine Ohren rot geworden waren – wie früher, wenn er als Bub bei irgendetwas Dummem ertappt und bloßgestellt worden war.

Doch während Tobs immer nervöser wurde, schien sich die Frau zunehmend zu beruhigen, sich immer stärker in den Griff zu bekommen. Sie hatte, daran gab es nichts zu rütteln, in dieser sonderbaren Situation die Hosen an.

„Jetzt hören Sie mir mal zu", sagte sie.

Ich tue die ganze Zeit nichts anderes, dachte er, sagte aber nichts.

„Wenn Sie schon mit meinem Geld bezahlt werden, dann könnten Sie doch ohne Weiteres auch für mich etwas tun. Stimmt's?"

Er nickte.

Er nickte nicht aus Überzeugung, sondern nur, weil es ihm im Augenblick als das Beste erschien.

In seinem Kopf tanzten die Gedanken Lambada. Sollte er die Frau festhalten und ihren Mann verständigen? Schließlich hatte er jetzt vor allem den Auftrag, Elena Donath zu suchen und zu finden – und da stand sie, keine zwei Schritt von ihm entfernt, und führte das große Wort. Unmöglich. So, wie er die Frau jetzt einschätzte, hätte sie geschrien, bis das ganze Viertel zusammengelaufen wäre, sie würde sich wehren, würde kratzen und beißen, und er, Tobs Thanner, hätte in ein paar Minuten Handschellen an den Gelenken und säße bald unter dem Verdacht, die Frau sexuell belästigt zu haben, in einem Polizeirevier. Oder sollte er sich auf ihr Angebot einlassen? Und warum?

„Ihr Mann sucht Sie", sagte er. „Er macht sich Sorgen und er will, dass ich Sie finde. Und er will, dass Sie heimkommen."

Sie schaute ihn an, als hätte er ihr erzählt, dass an ihrem Auto die TÜV-Plakette abgelaufen sei.

„Mein Mann", sagte sie noch einmal, dieses Mal aber nicht laut, nicht rau, nicht mit bitterem Lachen gewürzt. Sie senkte den Blick, und einige Sekunden lang vermittelte sie den Eindruck, sie würde das graue Pflaster des Gehsteigs studieren, die Ritzen zwischen den Steinen, die vereinzelten Kaugummireste, ihre zerbröselte Zigarette neben dem Bordstein.

„Mein Mann sucht mich", sagte sie leise. Dann sah sie zu Tobs auf und sagte: „Suchen wir nicht alle irgendetwas?"

Elena Donath wandte sich ab, ging um ihr Auto herum, öffnete die Fahrertür und schaute noch einmal zu Tobs. Ohne Häme, ohne Ironie, nur sehr ernst sagte sie: „Glauben Sie mir, Sie sind auf dem falschen Dampfer. Sie sollten lieber ein Auge auf Ihren Auftraggeber werfen. Das ist garantiert spannender und abwechslungsreicher, als mir nachzuspionieren. Darauf können Sie sich verlassen."

Sie stieg in ihren Wagen, ohne ein weiteres Wort zu verlieren.

Jetzt war es Tobs, der noch etwas sagen wollte, rote Ohren hin oder her. Mit der flachen Hand schlug er aufs Autodach und Elena Donath ließ die Seitenscheibe herunter: „Was noch?", fragte sie.

„Wie finde ich Sie?", sagte Tobs.

Sie stutzte einen Augenblick. Dann hörte er sie aus dem Wagen heraus sagen: „Sie werden mich finden, wenn es einen Grund dafür gibt. Machen Sie sich deswegen keine Sorgen."

Sie fuhr davon, er sah ihr nach, bis sie an der nächsten Querstraße abbog und verschwand. Die erste Überlegung, die er anstellte, war, wie schön es jetzt wäre, als Guide mit einer Wandergruppe durch irgendein Vorgebirge zu hatschen, sich die Angebereien, die Wehleidigkeiten und die Besserwissereien der Teilnehmer anzuhören und nichts, aber auch gar nichts mit Herrn und Frau Donath zu tun haben zu müssen.

Die zweite Überlegung war, dass er noch heute, nein, sofort, das Detektei-Schild abschrauben würde. Er ging ins Haus zurück, eigentlich nur, um einen Schraubenzieher zu holen, und genau in dem Moment, als er auf dem Weg in den Keller war, stellte sich die dritte Überlegung ein: Ricardo.

ELF

Es war nicht schwer, Donath zu folgen, ohne Aufmerksamkeit zu erregen. Tobs hatte mit seinem Freund Ricardo die Autos getauscht – Ricardo hatte jetzt die etwas undankbare Aufgabe, im heruntergewirtschafteten Astra von Tobs herumzufahren, während dieser nun in einem gepflegten und sehr aufgeräumten Audi A4 unterwegs war.

Donath fuhr in seinem metallicblauen Cayenne auf der A 95 in Richtung Garmisch-Partenkirchen. Er fuhr nicht allzu schnell, meistens nicht schneller als 130 oder 140 km/h, und Tobs konnte ihn relativ stressfrei verfolgen, indem er immer einige Fahrzeuge zwischen sich und dem Cayenne ließ.

Tobs hatte keine Ahnung, wohin die Fahrt gehen würde. Er wusste nicht einmal, ob Donath großes, kleines oder gar kein Gepäck in den Wagen verstaut hatte – wenn, so war es in der Garage geschehen und er hatte nichts davon mitbekommen. Vielleicht würde Donath bis nach Italien fahren – dann würde er die Verfolgung irgendwann aufgeben, wo er doch ohnehin nicht wusste, warum er es eigentlich tat. Vielleicht fuhr er aber zu dem Ferien- oder Wochenendhaus, das die Donaths in den Bergen hatten. Das wäre dann schon interessanter, denn dort könnte er neue Aufschlüsse sowohl über seinen Auftraggeber als auch über dessen Frau – das eigentliche Objekt seiner Observationen – gewinnen.

Ich fahre einfach mal hinterher, dachte er. Es machte ihm nichts aus. Es war schließlich auch ein Genuss, ein so schönes Auto zu steuern, bei dem der Keilriemen nicht quietschte und die Klimaanlage nicht nach nassen, lange getragenen Socken stank.

In Garmisch-Partenkirchen hielt Donath bei einem OBI-Markt und kaufte, soweit das Tobs im Detail erfassen konnte, eine Hacke, einen Spaten und allerlei Kleinzeug für Haus und Garten.

Die Weiterfahrt stellte Tobs vor Probleme. Auf der kurvigen Bundesstraße nach Mittenwald überholte Donath einen Bierlaster – und war weg, weil Tobs lange keine Möglichkeit zur Vorbeifahrt finden konnte. Es war ein Zufall, dass er ihn noch einmal entdeckte, und es war eigentlich nur dem Umstand zu danken, dass Tobs nicht einfach aufgab und nach Hause fuhr, sondern sich dafür entschied, in Mittenwald wenigstens noch den Tag auszunutzen, zu einer Berghütte hinaufzusteigen, die gute Luft zu atmen, die Aussicht zu genießen. Er war beinahe unglücklich, als er Donaths Wagen am nördlichen Ortsrand vor einem Lebensmittel-Discounter entdeckte. Es gab keinen Zweifel. Der ungeliebte Auftrag klebte an ihm wie Hundescheiße an der Schuhsohle.

Hinter Mittenwald verlor er Donath zum zweiten Mal aus den Augen. In der Auffahrt in das Leutascher Hochtal bog der Cayenne nach rechts in eine nur für Sonderberechtigte freigegebene Straße ab. Dort hineinzufahren hätte nichts anderes bedeutet, als die Deckung preiszugeben und sich mit größter Wahrscheinlichkeit zu verraten. Doch er war zuversichtlich, auch so die Fährte in Kürze wieder aufnehmen zu können. Denn er kannte die Gegend, war ein paar Mal mit dem Mountainbike dort unterwegs gewesen.

Die Straße führte zum Lautersee, wo es ein paar Häuser gab, und weiter zum Ferchensee, wo es noch ein paar Häuser gab, und als sandige Forststraße schließlich bis zum mondänen Schloss Elmau, einem Hotel, in dem bevorzugt jene abstiegen, bei denen sich Betuchtheit mit esoterischen Anwandlungen vermählten. Dorthin aber, zum Hotel, wäre Donath nicht über Mittenwald gefahren. Dorthin gab es eine kürzere und bessere Straße. Nein, Donath würde er an den Seen finden. In einem der Häuser dort. Viele waren es ja nicht. In einem Fußmarsch von zwei Stunden würde er, wenn ihn nicht alles täuschte, an jedem Haus vorbeikommen, das infrage käme.

Doch was erwarte ich mir davon, ihn zu finden?, dachte er. Er lüftet die Hütte, harkt den Garten, hockt sich mit einer Flasche Wein vors Haus. Das erwarte ich. Bin ich deshalb hierhergefahren?

Er nahm das Fernglas vom Rücksitz, eine weitere Leihgabe von Ricardo: Swarovski SLC, verdammt gut, wahrscheinlich auch verdammt teuer. Außerdem eine Jacke; es war Nachmittag, die Wettersteinwand warf schon ihre Schatten auf die Seen, bald würde es kühl werden.

Er hängte sich das Fernglas über die Schulter, sperrte den Wagen ab und machte sich auf den Weg.

Die Bewegung tat ihm gut. Das Gehen ohne nennenswerten Anstieg wirkte entspannend. Er genoss das Aroma der Luft, die würzig nach Moos und nach Erde, nach Nadelwald und Harz duftete. Zugleich blieb er achtsam. Keinesfalls wollte er Donath in die Arme laufen und ihm eine hanebüchene Erklärung liefern müssen, was er hier machte.

Ein paar Mountainbiker kamen ihm entgegen, bald auch noch ein Traktor, der auf dem Hänger dünne Baumstämme geladen hatte. Ansonsten war es still und er war für sich allein.

Es ist schön hier, dachte er. Die Bergluft, das Gezwitscher der Vögel, das Alleinsein, das Draußensein …

Doch das war nicht alles. Noch ein Gefühl schwang mit, über das er sich erst so nach und nach klar wurde. Es war ein Sog, der seine inneren Widerstände beseitigte, der dafür sorgte, dass die Zweifel sich verflüchtigten wie ein Morgennebel an einem eigentlich schönen Spätsommertag. Tobs hätte nicht sagen können, woran es lag – seine Intuition trieb ihn an, das Ferienhaus der Donaths zu suchen. Eine noch nicht laute, aber immerhin schon gut vernehmbare Stimme in ihm sagte, dass an Elena Donaths Aufforderung, ihren Mann zu beobachten, mehr dran war, als er zunächst angenommen hatte. Und noch etwas sagte die Stimme, wenn auch leiser und genaueres Hinhören erfordernd: Dass dieses Haus, so er es ausfindig machen konnte (und er hatte nicht den geringsten Zweifel daran), mehr über die Donaths offenbaren würde, als er bisher ahnen konnte.

Das Haus der Donaths. Hier, irgendwo an den Seen, im Schatten der über zweitausend Meter hohen Berge, würde er auf tiefere Wahrheiten stoßen.

Tobs Thanner verspürte so etwas Ähnliches wie Hoffnung. Und eine Aufregung, wie er sie sonst nur vom Klettern her kannte: wenn er am Einstieg einer Tour stand, die ihn im selben Maß faszinierte wie ihre Schwierigkeiten ihm Sorge bereiteten. Es war die pure Abenteuerlust.

Dann kam es ihm beinahe zu leicht vor: Ohne langes Suchen fand er das Haus, vor dem der blaue Cayenne stand. Beinahe hätte er das Fernglas nicht gebraucht dafür. Am Lautersee hatte er sich wie ein Tourist oder ein Spaziergänger auf eine der Bänke gesetzt, von wo aus er einen idealen Blick auf die Häuser hatte, die am jenseitigen Uferbereich zu entdecken waren.

Er hatte durchs Fernglas gesehen, klar. So wie ein Tourist, der nicht genug bekommen kann von dieser Landschaft, vom kleinen See mit seinem Schilfrand, von den sich von seinem Nordufer emporziehenden Bergwiesen, von den einzeln eingestreuten Buchen und Ahornen und vom dichter werdenden Wald ein Stück weiter oben. Die Landschaft freilich hatte ihn kein bisschen interessiert. Nur die Häuser. Er schwenkte von links, wo eine altmodische und jetzt verwaist daliegende „Badeanstalt" den Blick fing, ganz langsam nach rechts, tat so, als ob er einer Entenfamilie Aufmerksamkeit schenkte, wanderte mit dem Fernglas weiter nach rechts bis dorthin, wo nichts mehr war als nur Ufer und Wiese und Baum und Berg, und beinahe hätte er das Glas gesenkt, als er dann noch ein Haus entdeckte: Etwas abseits, ein gutes Stück vom See entfernt, lag es am Berghang, ockergelb vor saftig grünen Bergwiesen. Und davor war der blaue Cayenne. Wie ein Ausstellungsstück stand er da. Wie zur Schau gestellt. So, als wäre seine Hauptaufgabe die, jedem aufzufallen. Vor allem ihm, Tobs Thanner, aufzufallen.

Er blieb auf seiner Bank sitzen und wartete ab. Gelegentlich schaute er durchs Fernglas. Jetzt, am Nachmittag, konnte er es nicht wagen, näher heranzugehen. Auf dem Weg, der am Seeufer entlang hinüberführte, wäre er allzu leicht entdeckt worden. Und sich wie ein Junge beim Indianerspiel im Unterholz von Baum zu Baum anzuschleichen, kam genauso wenig infrage: Zufällig daherkommende Wanderer hätten ihn für einen Verrückten gehalten, und eine allein spazierende Frau hätte vermuten müssen, dass er bestenfalls ein Exhibitionist, aber wahrscheinlich etwas noch weit Schlimmeres wäre.

Tobs wartete. Er zog sich die Jacke über und wartete. Falls Donath dann noch immer da wäre, würde er in der Dämmerung zum Haus gehen, vielleicht sogar versuchen, einen Blick hineinzuwerfen und ein bisschen mehr zu erfahren über seinen Auftraggeber.

Die Luft fühlte sich an wie kalter Fels. Seit die Sonne nicht nur hinter den Bergspitzen verschwunden war, sondern im Westen völlig untergegangen sein musste, hatte die Erde feucht zu atmen begonnen. In dieser Stunde roch das Gebirge besonders intensiv. Es roch gut. Roch nach Moos, nach feuchtem Moos und nach Kräutern in den Wiesen. Es war ein Duft der Fruchtbarkeit, voll und wollüstig, und er kündete vom Werden und Aufblühen der Natur am nächsten Tag. Zugleich aber atmete Tobs, als er diese Luft ganz tief durch die Nasenlöcher einsog, noch etwas anderes: Es war der schwere Geruch des Vergehens.

Irgendwo im Wald über dem Haus der Donaths stieß ein großäugiger Nachtvogel seinen Ruf aus.

ZWÖLF

Um kurz nach halb acht landete am Münchner Franz-Josef-Strauß-Airport eine Maschine aus Athen. Für die Passagiere war es ein besonders eindrucksvoller Landeanflug gewesen. Das Licht des frühen Abends hatte einen goldenen Schimmer über die Stadt und ihr Umland gelegt, die Glasfassaden der Hochhäuser, der Firmensitze, der Einkaufszentren hatten gestrahlt, als wären sie in Metallic eloxiert worden, und die Ziegeldächer hatten rot geleuchtet, als wären sie allesamt mit glänzendem Klarlack gestrichen.

Die meisten derer, die einen Fensterplatz hatten, waren schon beim Flug über die Alpen begeistert an den „Bullaugen" gesessen, hatten sich gereckt und verbogen, um besondere Blicke auf Gipfel, Gletscher und Täler zu erhaschen, und wer sich in den Bergen auskannte, versuchte herauszufinden, welche Gebirgsgruppen überflogen wurden, welche markanteren Erhebungen zu sehen waren. Einfach war das freilich nicht, denn aus der Vogelperspektive sah alles völlig anders aus, so fremd, als würde man sich urplötzlich den Mondgebirgen nähern.

Mel hing ihren Gedanken nach. Von ihrem Fensterplatz aus hatte sie die Berge, Täler, Gletscher gesehen, aber sie hatte gar nicht erst versucht, sie zuzuordnen. Bei all der Großartigkeit dieser Landschaft – Mel, die eigentlich Melanie Loschelder hieß, kam es so ähnlich vor wie eine dieser Stunden, da zu Hause der Fernseher lief, ein Spielfilm vielleicht, sie die Bilder sah, die Töne hörte, mit ihren Gedanken jedoch ganz woanders war.

Als sie an der Gepäckausgabe auf ihren riesigen Rucksack wartete, meldete sich ihr Knie wieder. Das verdammte Knie, das ihr schon lange zu schaffen machte, seit ihrem Unfall auf Kalymnos aber zum richtigen Problem geworden war.

Was tue ich hier?, dachte sie.

Was tue ich in München?

Noch während sie wartete und bereits die ersten Touri-Koffer auf dem Förderband an ihr vorbeidefilierten, wählte sie mit ihrem iPhone verschiedene Nummern an, allerdings ohne Erfolg.

Scheiße, Scheiße, Scheiße, dachte sie.

Sie wusste, dass es eine verdammte Schnapsidee war, einfach in München Station machen zu wollen, nur um Tobias zu überraschen, ihn wiederzusehen. Von Griechenland aus hatte sie ihn angemailt, mehrfach, ohne Antwort zu erhalten. Sie hatte versucht, ihn anzurufen, doch immer nur eine Automatenstimme vernommen, die ihr mitgeteilt hatte, dass mit der Nummer irgendetwas nicht stimmen konnte. Sie hatte es aufgegeben, hatte ihn aufgegeben. Und war dann doch auf die hirnrissige Idee gekommen, nicht nach Hause, nicht nach Düsseldorf zu fliegen, sondern ihn in München zu besuchen.

Sie wuchtete ihren Rucksack vom Gepäckband. Sie war in München. Sie hatte niemanden erreicht, bei dem sie die Nacht hätte verbringen können. Sie schimpfte sich insgeheim eine Idiotin. Sie fragte sich, wie sie eigentlich dazu kam, diesem Tobs nachzulaufen, nur weil sie ein paar Mal mit ihm … Habe ich wirklich nicht nötig, dachte sie.

Sie war wütend auf sich und auf die Welt. Und den Männern, die sie mit unverhohlenem Interesse ansahen, während sie leicht hinkend die Flughafenhallen durchquerte, warf sie böse Blicke entgegen.

Mel hatte Hunger und Durst. In einem der Airport-Shops kaufte sie eine völlig überteuerte Flasche Cola und eine Packung Kekse. In anhaltend düsterer Stimmung suchte sie dann den Weg zur S-Bahn. Sie kannte sich in München einigermaßen aus, war öfters hier gewesen, um an Kletter- oder Boulderwettbewerben teilzunehmen.

Wenn ich mich dranhalte, dachte sie, komme ich noch rechtzeitig nach Thalkirchen. Dort, in der Kletterhalle, würde sie bestimmt Leute treffen, die sie kannte. Und bei denen würde sie vielleicht auch für eine Nacht ihren Schlafsack auf dem Boden ausrollen können. Allemal besser, als irgendwo auf einer Bank zu schlafen.

Sie hätte sich auch ein Zimmer leisten können, das ja. Nicht gerade im Bayerischen Hof oder im Vier Jahreszeiten. Doch sie hatte keine Lust, selbst für eine Frühstückspension einen satten Preis zu zahlen, wo es doch nur darum ging, eine Nacht zu verbringen.

Die Halle stank wie alle Hallen stanken: nach Schweiß und nach Stinkfüßen. Ein Geruch, der ihr völlig vertraut war, und der sie doch immer wieder abstieß. Mel zahlte keinen Eintritt.

„Will nur einen Kaffee und ein bisschen zugucken", sagte sie. Einen Moment lang hatte sie gezögert: ob sie nicht doch die Kletterpatschen aus dem Rucksack kramen sollte, um in der Boulder-Area die vom Reisetag müden Knochen ein bisschen auszuschütteln. Aber das Knie!

Nein. Sie stellte den Rucksack in eine Ecke und hockte sich mit einem Cappuccino auf die Besuchertribüne, den buntgriffigen, senkrechten und überhängenden Kletterwänden direkt gegenüber.

Sehr gute Kletterer. Bei den meisten stimmte die Technik. Was nach unheimliche Kräfte erfordernden Zügen aussah, wurde mittels ausgetüftelter Bewegungsabläufe und Gewichtsverlagerungen bewältigt. Athletisch, akrobatisch, schön anzuschauen. Und doch stand die eitle Körperlichkeit vieler Akteure im krassen Gegensatz zum Gestank, der von ihren Achseln und ihren engen Kletterschuhen ausging, und dem, wie Mel nur allzu gut wusste, mit nichts beizukommen war.

Sie mochte diese Welt und sie mochte sie nicht.

Ob ich in dreißig Jahren auch noch diesen Ehrgeiz habe wie heute?, dachte sie. Ob ich mich auch so abquäle wie so mancher For-ever-young-Kletterer, dem der Arsch sicher schon in Falten hängt, der aber immer noch zu den Jungen gerechnet werden möchte?

Gott bewahre, dachte sie.

Sie legte ihr schmerzendes Bein hoch und verfolgte aufmerksam das Geschehen. Vor allem freilich hielt sie Ausschau nach einem bekannten Gesicht. Schließlich trainierten hier in schöner Regelmäßigkeit ja auch absolute Spitzenleute, Mädchen und Jungs, und da würde sie doch gewiss jemanden kennen.

Der Geräuschpegel in der Halle war hoch. Seilkommandos, das Geklirre der Karabiner, das Schnalzen der Seile, wenn sie mit Schwung abgezogen wurden. Mel versuchte ein weiteres Mal, Tobs Thanner zu erreichen, aber es war nun unzweifelhaft, dass die Nummer sich geändert haben musste, oder dass sie von Anfang an einen Zahlendreher eingegeben hatte. Doch dann kam ihr ein Zufall zu Hilfe.

„Melanie?“, hörte sie eine Stimme hinter sich. „Klar, du bist es. Das ist ja super.“

Ricardo. Ja, genau. Ricardo Casula. Kletterpartner von Tobs Thanner. Auch schon ein etwas älteres Semester, aber keiner von denen, die glauben, sich wie Fünfundzwanzigjährige kleiden und so wie sie sprechen zu müssen.

„Ricardo!“, rief sie erfreut aus, und eigentlich wollte sie aufspringen, ließ es aber gleich wieder sein. „Das ist ja eine Freude“, strahlte sie ihn an.

Es war ernst gemeint. Mel freute sich wirklich, Ricardo zu sehen. Nicht nur wegen der erheblich gestiegenen Chance auf ein gutes Nachtquartier. Sondern auch weil sie hoffen durfte, dass Tobs nicht weit war, wenn sie Ricardo hier antraf.

„Ich mache mir durchaus Sorgen um ihn“, sagte Ricardo. „Tobs hat keinen guten Lauf im Moment. Und das mit der Privatdetektei – wenn du mich fragst, ist das eine Schnapsidee.“

Sie saßen an dem alten Küchentisch mit Resopalplatte, der inzwischen schon wieder als ziemlich stylish durchging, aßen Nudeln mit Ei und Parmesan und tranken einen Rotwein aus der Toskana. Die Anlage war auf dezente Lautstärke gestellt und spielte Jimi Hendrix’ zweites Studioalbum „Axis: Bold as Love“ so zurückhaltend, dass sich Mel und Ricardo dabei gut unterhalten konnten.

„Wie lange ist das eigentlich her?“, fuhr Ricardo fort. „Ich habe damals ja gedacht, dass aus euch was werden könnte. Und dann warst du plötzlich weg.“

Kaum, dass er den letzten Satz zu Ende gesprochen hatte, merkte er auch schon, dass er einen wunden Punkt, einen arg wunden Punkt sogar, getroffen hatte.

Mel legte das Besteck in den noch halb vollen Teller und sah ihn kauend an. Lange sagte sie nichts, kaute nur und schaute ihm ins Gesicht. Dann nahm sie das Glas und trank einen Schluck vom Wein. Erst dann sprach sie.

„Ihr Männer macht es euch schon verdammt leicht. Ich soll plötzlich weg gewesen sein. Und der arme Junge ist dann allein gewesen, stimmt's? Ganz allein mit sich und der bösen Welt. Ist natürlich auch eine Sichtweise. Nur: Sie stimmt nicht. Sie ist ganz und gar falsch. Ich bin nicht davon. Tobs ist weg. Oder besser gesagt: Er ist nicht weg, sondern er hat sich nur allmählich verflüchtigt."

Sie senkte den Blick auf den Teller, nahm die Gabel und stocherte in den Nudeln herum.

„Mir ist das Klettern auch sehr wichtig", sagte sie leiser. „Versteh mich nicht falsch. Ich brauch das wie essen, trinken, Sex und schlafen. Aber …"

Mels Ausführungen gerieten ins Stocken. Sie fragte sich, ob Ricardo, der schließlich auch nichts anderes war als ein Mann, ein felssüchtiger noch obendrein, überhaupt verstehen würde, was sie ihm sagen wollte.

Ob er auch nur im Geringsten kapieren würde, dass die meisten Typen in der Kletterszene narzisstische Arschlöcher und gottverdammte Egoisten waren. Sie spürte, dass sie wütend wurde. Wütend auf die Männer, auf Tobs, sogar auf Ricardo Casula, der nun wirklich nichts dafür konnte.

Sie hätte ihn am liebsten angeschrien. Und im nächsten Moment hätte sie am liebsten losgeheult.

„Ich weiß schon, worauf du hinaus willst", sagte Ricardo. „Dass Kletterer, vorwiegend die Männer, alle völlig bindungsunfähig sind. Weil wir nichts anderes im Kopf haben, als die nächste Tour, den nächsten Boulder, die nächste Grifffolge."

Er trank einen Schluck, setzte das Glas ab, leckte sich die Lippen und sprach weiter: „Du bist sauer auf Tobs. Ich versteh dich. Ich wäre das an deiner Stelle auch. Du bist wahrscheinlich eine von den ganz wenigen Spitzenkletterinnen, die sich nicht damit begnügen wollen, ihr Ego mit Schwierigkeitsgraden zufriedenzustellen. Für dich gibt es auch noch ein Leben abseits der Felsen, stimmt's? Und es stinkt dir total, dass die meisten Jungs zwar hin und wieder eine Frau haben wollen, aber eigentlich nicht bereit sind, sich zu binden."

Mel nickte. Sie fühlte sich durchschaut, und komischerweise empfand sie dieses Gefühl als angenehm. Es war irgendwie befreiend, dass Ricardo sie verstand, noch ehe sie sich ihm ganz geöffnet hatte.

„Jetzt denkst du, dass Tobs genauso ist", sagte Ricardo. „Aber ich bin mir da nicht so sicher."

„Das sagst du nur, weil du sein Freund bist. Und weil ihr Männer bei so was immer zusammenhaltet." Fast hätte sie gelächelt bei dem Vorwurf, den sie ihrem Gastgeber machte.

Ricardo jedenfalls lächelte. „Klar halten wir zusammen, und zwar wie Pech und Schwefel. Spaß beiseite: Ich glaube, bei Tobs liegt die Sache doch etwas anders, komplizierter. Dem ist sein Leben in den letzten Monaten in allen Bereichen durcheinandergeraten. Nicht nur in Liebesdingen."

Und er erzählte ihr von Tobs Suche nach dem richtigen Weg in jenen Teil des Lebens, bei dem das Klettern keine Rolle spielte.

DREIZEHN

Erst als die Dämmerung in Finsternis überzugehen begann, schlich Tobs näher heran an das Haus. Die ganze Zeit über, da er es aus der Distanz beobachtet hatte, war er immer wieder der Frage nachgegangen, warum es so mysteriös, ja unheimlich auf ihn wirkte.

Ob es an der Abendkühle lag, die ihn frösteln ließ?

Ob es der kalte Schatten der Berge war, der sich auf das Haus und das Gelände ringsherum, auf den See, die Badezone, den Wanderweg, die Wiesen legte, und der alles nicht mehr gelb und grün erscheinen ließ, nicht mehr in sommerlichen Farben, sondern in Grabesgrau?

Ob es einfach nur an ihm lag, an der Unsicherheit, in die sein Leben ihn geführt hatte?

Oder ob es an Donath lag, seinem Auftraggeber, der ihm alles andere als sympathisch war? Oder an dessen Frau, Elena, die er eigentlich zu observieren gehabt hätte und die ihn erst in diese sonderbare, unangenehme, geradezu groteske Situation gebracht hatte?

Statt ihr nachzuschnüffeln stehe ich hier und schau auf ein nacktes, kaltes Haus, in dem sich ihr Mann seit einigen Stunden aufhält. Wahrscheinlich liegt er auf einem Sofa, schläft oder liest. Und ich stehe hier und weiß nicht warum.

Lass dich am Arsch lecken, Tobs Thanner, dachte er. Lass dich von diesen Donaths am Arsch lecken, brech deine Zelte hier ab, geh zu Ricardos Auto, fahr zurück nach München, triff dich mit ihm auf ein Bier und vergiss den ganzen Scheißjob.

Im Schutz der licht stehenden Bäume schlich er näher an das Haus heran. Aus einem Fenster kam Licht, hell und kühl. Ein Licht, wie er es nicht mochte, unbehaglich, ungemütlich. Aber ein Licht der Erleuchtung!

Ihm wurde klar, warum ihm dieses Haus so fragwürdig erschien, so wenig einladend, so kalt wie der Fels in der Nordseite der Wettersteinwand: Es war ein Ferien- oder Wochenendhaus, das nichts, aber auch gar nichts von Ferienatmosphäre oder schönem Wochenende ausstrahlte. Es war, zumindest äußerlich, kahl und schmucklos. Kein Garten, der diese Bezeichnung verdient gehabt hätte. Keine Blumen, keine Blüten, keine mit ästhetischer Absicht gesetzten Büsche, nur eine Kiefer und ein Apfelbaum, Letzterer längst aus der Form gewuchert.

Lieblos. Schmucklos. Kein Zierrat, keine Deko-Objekte.

Ferienhäuschen werden normalerweise von ihren Eigentümern oder Pächtern geliebt. Geliebt und verhätschelt, dachte er. Normalerweise stand Zierrat im Garten. Irgendwelche Skulpturen. Oder Fundstücke, die bei Wanderungen oder Spaziergängen aufgelesen worden waren. Rundgeschliffene Steine aus einem Wildbach zum Beispiel. Oder skurril verkrümmte Wurzeln.

Normalerweise standen immergrüne Pflanzen in Töpfen neben dem Eingang. Und über der Terrasse hing ein asiatisches Glockenspiel, in der leichten Brise des Abends eine zarte Melodie wispernd.

Normalerweise war der Zaun nicht nur gut in Schuss, er war sogar frisch gestrichen und hatte nichts Abweisendes an sich, sondern wirkte beinahe wie eine Brücke.

Normalerweise war so ein Häuschen das Refugium für die kleinen Fluchten aus dem arbeits- und sorgenbelasteten Alltag. Ein Stück heile Welt.

Doch von dieser heilen Welt strahlte das Haus, dem Tobs sich auf Steinwurfentfernung genähert hatte, überhaupt nichts aus.

Er sah Donath am hell erleuchteten Fenster. Kurz darauf kam er aus dem Haus, trug etwas zum Wagen, lud ein, ließ die Heckklappe und die Fahrertür offenstehen. Tobs war so nahe, dass er das Gesicht von Donath sehen konnte.

Ich könnte mich immer noch am Arsch lecken lassen, dachte er. Noch wäre es nicht zu spät.

Wieder schrie ein Nachtvogel. Es war ein unheimlicher Laut in der Stille des Gebirges.

Tobs sprintete sofort los, als Donath erneut im Haus verschwand. Er schaffte es gerade rechtzeitig, sich in den Schatten der seitlichen Fassade zu drücken, als Donath auch schon wieder herauskam und ein offenbar nicht allzu schweres Paket auf dem Rücksitz verstaute.

Tobs schwitzte wie nach einem Fünftausendmeter-Lauf. Und das kam nicht von der Anstrengung des kurzen Sprints. War ja überhaupt keine Anstrengung für ihn! Nicht im Geringsten. Er schwitzte, weil er fürchterliche Angst hatte, sich vor Donath zu blamieren.

Der Mann bezahlt mich. Er bezahlt mich gut. Und dann findet er mich hier, wie ich ihm auflauere, ihm nachspioniere. Und ich könnte ihm nicht den kleinsten Grund dafür nennen.

Ich muss doch verrückt sein, dachte er. Darin zumindest wird Donath mit mir einer Meinung sein.

Donath jedoch bemerkte ihn nicht. Er ging ein weiteres Mal ins Haus, der Lichtschein, der aus dem Fenster gekommen war, erlosch, Donath kam heraus, verschloss die Tür und ging zu seinem Wagen.

Tobs schob sich an der Hauswand entlang weg vom Eingangsbereich. Noch musste er befürchten, im Licht der Autoscheinwerfer entdeckt zu werden. Doch Donath fuhr davon, ohne zu seinem Haus zurückzuschauen. Tobs blieb unentdeckt.

Völlig geschafft ließ er sich, den Rücken an der Wand, in die Hocke sinken. Seine Knie zitterten, seine Hände zitterten, Donath war weg – und er kauerte allein unter den Nordabstürzen der Wettersteinwand. Er kam sich vor wie ein dummer Junge, der sich verlaufen hatte und nicht mehr nach Hause fand.

Mein Gott, dachte er. Was bin ich nur für ein Idiot.

Er horchte in den finsteren Abend hinein, hörte in der Ferne das Motorengeräusch von Donaths Wagen, hörte vom See herüber das Quaken der Frösche, nichts sonst. Er war allein.

Nach einer Minute, die er brauchte, um sich gewiss sein zu können, dass Donath wirklich davongefahren war und nicht etwa irgendwo kehrtgemacht hatte, rappelte er sich hoch und umrundete das Haus. Er tastete sich immer an den Wänden entlang, vorsichtig und darauf bedacht, in der Dunkelheit über keine Stufe, keine Wurzel, keinen Blumentopf zu stolpern (auch wenn er vorhin nicht einen hatte entdecken können). Er war allein. Ricardos Auto stand eine halbe Wegstunde entfernt. Er hatte Zeit. Und es gab etwas, wofür er diese Zeit nutzen wollte.

„Ich will da hinein“, sagte er zu sich selbst. „Ich will in das Haus. Will wissen, was es darin zu sehen gibt. Vielleicht erfahre ich dabei etwas über den Grund, warum Elena Donath mich auf ihren Alten angesetzt hat.“

Es war so verrückt wie alles, was er in dieser Detektivsache bisher unternommen hatte. Weil aber alles verrückt gewesen war, kam es auf das jetzt auch nicht mehr an.

Stockfinster war es, die Sterne am Himmel gaben gerade so viel Licht, dass er die Umrisse der nahen Bäume erkennen konnte. Und doch gewöhnten sich seine Augen von Minute zu Minute besser an die fast völlige Dunkelheit, die nach dem Verschwinden des Scheinwerferlichts von Donaths Wagen eingetreten war.

Er konnte das Haus mit seinen Details besser sehen, besser erkennen. Einmal ging er ganz außen herum, rüttelte an der Eingangstür, prüfte an den Fenstern, ob sie wirklich verschlossen waren. Dass die Läden nicht zugezogen waren, galt ihm als Indiz, dass Donath vorhatte, wiederzukommen. Noch in dieser Nacht vielleicht, gewiss aber in den nächsten Tagen.

Alles war zu, war verschlossen. Er hätte schon eine Scheibe einschlagen müssen, aber das kam natürlich gar nicht infrage. Noch einmal strich er ums Haus, diesmal den Blick mehr nach oben gerichtet – und dabei fand er, was er insgeheim erhofft hatte: ein kleines Fenster unter den Dachschrägen, das anscheinend nur angelehnt war.

Verdammt weit oben, dachte er.

Andererseits …

Ich bin Kletterer, dachte er. Ich kann solche Probleme lösen. Gewiss kann ich das.

Er trat ein paar Schritte zurück, nicht weit, nur weit genug, dass er trotz der Finsternis die Einzelheiten noch gut wahrnehmen und für sich einen Plan machen konnte.

Ja, er brauchte einen Plan. Einen Plan wie jene, die er unten am Einstieg in eine diffizile Sportkletterroute machte: Griff- und Trittfolgen, Bewegungsabläufe, jeder Zug musste logisch mit dem davor und dem danach verbunden und im Kopf durchgespielt werden. Erst dann war es möglich, höchste Schwierigkeiten zu meistern.

Tobs zog Schuhe und Socken aus und stellte alles so ab, dass er es nachher auch leicht wiederfinden konnte. Barfuß begann er zu klettern: Ein hoher Aufrichter auf dem Sims eines Parterrefensters, die leicht angewinkelten Arme in den senkrechten Fensterlaibungen verspreizt. Beinahe wäre er nach hinten aus der Hauswand gekippt, konnte sich aber gerade noch abfangen, indem er die obere Fensterlaibung im Untergriff nutzte. Er verdrehte seine Hüfte zur Fensterscheibe hin, verlagerte den Körperschwerpunkt ganz dicht ans Glas und richtete sich immer mehr auf. Jetzt kam die schwierigste Stelle. Er musste die waagrechte Leiste des Fensterkreuzes als winzigen Tritt benutzen, sich zunächst mit Untergriffen halten, sich leicht aufrichten, einen Arm durchstrecken, dabei mit der Hand jede Rauigkeit im Putz der Fassade nutzend, um dann, im kurzen Moment einer Entscheidung, durchzuschnellen und das obere Fensterbankerl gleichsam anzuspringen.

Wenn das gelang, das wusste Tobs, würde er sich ohne Probleme hochziehen können. Dann, dessen war er sich gewiss, hätte er es geschafft.

Er atmete ein paar Mal tief ein und aus, setzte die Zehen noch einmal präziser auf die Leiste, prüfte den kleinen Tritt und den kaum vorhandenen Griff im Kalkputz – dann ein Aufrichter auf einem Bein, die rechte Hand auf Reibung an der senkrechten Hauswand, die linke noch im Untergriff, volle Anspannung in der Beinmuskulatur und im Schulterbereich, und dann der entscheidende Moment, der Sprung ans Fenstersims.

Tobs fühlte Blech in seiner Hand, kalt und glatt, und er hatte Mühe, sich zunächst mit der einen Hand zu halten. Als er dann aber mit beiden Händen am Sims hing, war das Problem gelöst. Er zog mit den Armen durch, lief barfuß an der Hauswand hoch, drückte mit dem Kopf das tatsächlich nur angelehnte Fenster auf und wollte sich gerade mit dem Oberkörper durch die Öffnung winden, als er unter sich eine Stimme hörte.

„Sie machen mir ja Spaß!“

Eine Frauenstimme.

„Steigen einfach so ein in mein Haus.“

Es lag keinerlei Angst in der Stimme. Kein Entsetzen. Keine Wut.

„Kommen Sie wieder runter.“

Scheiße, dachte er. Verdammte Scheiße.

Sein stummer Fluch galt nicht nur dem Ertapptwerden, er galt auch dem Problem, unbeschadet wieder hinunterzukommen.

„Oder soll ich durchs Haus kommen und Sie da oben reinziehen?“

Nein, Angst war da keine. Eher schon ein Beiklang der Belustigung.

„Warten Sie, ich hol Sie rein.“

Er hörte die Schritte der Frau. Sah sie ums Hauseck verschwinden. Und natürlich wusste er genau, wer sie war.

Elena Donath.

VIERZEHN

Elena Donath stand mit einem breiten Grinsen vor ihm und sah ihm amüsiert zu, wie er sich durch das winzige Fenster wand. Sie trug eine dreiviertellange, anliegende Laufhose, ein hellblaues Laufshirt, das zwischen ihren Brüsten einen dunklen Schweißfleck aufwies, sie trug Laufschuhe und sie hatte sich die Haare hinten zusammengesteckt.

Sie musste lang und intensiv gejoggt sein, bergauf und bergab, ihr Gesicht verriet die Anstrengung, die hinter ihr lag. Zugleich aber wirkte sie in dieser Aufmachung, der enganliegenden Kleidung, dem umstandslos zusammengesteckten Haar, jünger, mädchenhafter.

„Es tut mir leid", stammelte Tobs verlegen.

„Braucht Ihnen nicht leid zu tun", sagte sie, wobei das Lächeln aus ihrem Gesicht verschwand. „Erklären Sie mir lieber, welcher Teufel Sie da geritten hat, einfach so in dieses Haus hineinzuklettern."

Das kleine Dachgeschoss des Hauses beherbergte die Schlafkammer. Ein Doppelbett aus Rattan, das Bettzeug zurückgeschlagen, als wäre erst vor Kurzem jemand aufgestanden. Ein Nachtkästchen, eine Stehlampe, ein Fleckerlteppich auf dem Holzboden, ein Bauernschrank. Und außerdem ein kleiner, uralter, würfelförmiger Fernseher mit Zimmerantenne.

„Kommen Sie mit runter", sagte sie. „Lassen Sie uns reden."

Er folgte ihr über eine schmale und steile Treppe ins Parterre hinab. Er sah einen Wohnraum und daran angeschlossen den Durchgang zur Küche, wo dieses kalte Licht brannte, das er von draußen gesehen hatte, als Donath noch im Haus war.

Der Wohnraum war zwar nicht ganz ungemütlich – große Couch mit bunten Kissen, ein Tisch mit Zeitschriften und Büchern, ein nordafrikanischer Lederhocker, ein paar Gymnastikhanteln, ein Kleiderständer –, aber ihm fiel sofort auf, dass es auch hier keinen Zierrat, keine Souvenirs, keine Fundstücke gab.

Elena Donath stand bereits unten an der Treppe und schaute ihm dabei zu, wie er die Stufen hinunterstieg.

„Wir sollten reden", sagte sie noch einmal. „Zuvor aber muss ich duschen. Ich war laufen. Ich bin völlig verschwitzt. Setzen Sie sich irgendwohin. Es dauert nicht lange. Und wenn Sie wollen, kann ich uns nachher eine Kleinigkeit zu essen richten."

Tobs setzte sich nicht. Er sah der Frau nach, die hinter einer von ihm noch gar nicht bemerkten Tür verschwand, er ging im Zimmer umher, besah sich die wenigen Dinge und horchte auf das Wasserrauschen, das aus der Dusche kam.

Und er fragte sich, warum sie einfach so aufgetaucht war. Er hätte wetten können, dass ihr Auto nicht in der Nähe des Hauses gestanden hatte. Sollte er sich getäuscht haben? Und dass es nicht hergefahren war, während er an der Fassade herumturnte. Sie war aufgetaucht wie aus dem Nichts, musste ewig lang gelaufen sein, sonst hätte er sie zuvor ja schon bemerkt haben müssen.

Nach wenigen Minuten kam Elena Donath aus der Dusche. Sie hatte sich ein Handtuch um den Kopf geschlungen und sie trug einen hellblauen Frottee-Bademantel.

Das Erste, was Tobs dazu einfiel, war: Sie mag wohl Hellblau.

Barfüßig tapste sie zur Küche und hinterließ feuchte Fußabdrücke auf dem Boden aus Holzbohlen, die allerdings beinahe so schnell verdunsteten wie sie sich abgezeichnet hatten.

„Ich hau uns ein paar Eier in die Pfanne", sagte sie. „Scrambled eggs oder Sunny side up?"

Tobs entschied sich für Spiegeleier und für ein Bier, das sie ihm anbot.

„Könnten Sie auf die Pfanne schauen", sagte sie, „dann trockne ich mir derweil die Haare."

Tobs kümmerte sich um die Spiegeleier, schenkte sich ein Bier ein und ihr ein Glas Wasser – „Leitungswasser! Kein Mineral! Das Wasser hier ist soo gut …" – und fühlte sich völlig benommen: Er stand am Herd in der Küche jenes Hauses, das ihm vor einer halben Stunde noch so abweisend vorgekommen war, er bereitete Eier für sich und die Frau, die er zu observieren hatte. Und diese Frau hatte beinahe nichts an, lief herum, als wäre ihr Gast ein alter Freund und nicht ein wildfremder Mann, und wenn er Glück hatte, würde er an diesem Abend mehr erfahren über das offensichtlich sehr sonderbare Verhältnis der Eheleute Donath.

Ich werde mir alles anhören, dachte er. Aber wahrscheinlich brauchen die beiden eher einen Eheberater oder Psychiater als einen Detektiv. Und wenn einen Detektiv, dachte er weiter, dann einen gescheiten. Einen, der sich nicht beim Fensterln erwischen lässt.

***

Mel lag noch lange wach auf Ricardos Couch. Sie hatte jetzt die richtige Mobiltelefonnummer; Tobs musste sich vor einiger Zeit ein neues Handy samt neuem Vertrag angeschafft haben. Sie liebäugelte damit, ihm eine SMS zu schicken, zu schreiben: „Hi Alter, bin in München. Willst mich treffen? Meld dich."

Von der Agnes-Bernauer-Straße drei Stockwerke tiefer drang noch jetzt, weit nach Mitternacht, unablässig Verkehrslärm herauf in Ricardos Wohnung. Für Mel, die sich in den letzten Wochen weit mehr in der Natur als in Städten aufgehalten hatte, war das ein ausgesprochen merkwürdiges Gefühl.

Sie machte Licht und sah sich um. Die Wände waren mit Bücherregalen zugestellt. Bücher überall, und dazwischen Reise-Erinnerungen: afrikanische Masken, ein golden schimmernder Buddha, nepalesische Tankas, mit asiatischen Schriftzeichen bemalte Steine. Und an einer Wand, die frei geblieben war, hingen Bilder in einfachen Rahmen. Richtige Bilder, nicht einfach Fotos: die Felsen von Metéora in verschiedenen Braun-, Sepia- und Grautönen, eine blau gehaltene Himalayalandschaft, eine Hügellandschaft mit Lamas in geradezu orgiastisch leuchtenden Farben und ein Holzschnitt von einem Künstler namens Eichinger. Neben der Signatur konnte sie den Titel des Bildes erkennen: „Christaturm“.

Kaisergebirge, dachte sie. Alter Klassiker. Hab ich mit fünfzehn oder sechzehn gemacht. War damals schon ziemlich abgespeckt.

Sie schaltete das Licht aus und legte sich wieder hin.

Morgen, dachte sie. Morgen rufe ich ihn an.

Oder schreib ich ihm nur eine SMS.

Morgen, dachte sie.

Morgen.

Ganz langsam versank sie im Schlaf.

FÜNFZEHN

Ein Wagen.

Er hatte den Motor gehört.

Nein, ich habe kein Auto gehört, dachte er. Keinen Motor. Hab mich getäuscht.

Das Knarzen der Reifen auf Kies.

Ich höre es! Ich bilde es mir doch nicht nur ein. Ich höre es.

Er wollte nur schlafen. Nichts als schlafen. Egal, was passieren würde auf der Welt.

Schlafen. Lasst mich schlafen, dachte er.

Geträumt hatte er. Das mit dem Auto, dem Motor, den Reifen, dem Kies. Nur geträumt.

Schlafen. In der Wärme dieser Frau.

Er spürte den Kopf Elena Donaths zwischen seinen Schulterblättern.

Sie an ihm. Wunschloses Glück.

Träumen wollte er. Träumen und schlafen. Und das Bett, in dem er mit ihr lag, nicht mehr verlassen.

Und doch: Es waren Reifen auf Kies.

Und das Bett war nass. So nass, als hätte es die ganze Nacht durchs Dach hereingeregnet. Tobs Thanner merkte, dass gleich zwei Dinge falsch waren – die Reifen und die Nässe. Und doch kostete es ihn die ganze Willenskraft, die Augen aufzumachen, sich dem Leben zu stellen.

Dem Leben und dem Tod.

Tobs kämpfte sich durch seine Bewusstlosigkeit wie durch einen zähen Sumpf. Jeder Schritt zum Erwachen wurde von einem Sog begleitet, der ihn zurückziehen wollte in die völlige Bodenlosigkeit.

Aber da war das Geräusch der Reifen. Und da war die Nässe im Bett. Mühsam richtete er sich auf. Elenas Kopf glitt von seinem Rücken. Er bewegte die Hände, die Arme, es kam ihm vor, als geschehe all das in Zeitlupe. Mit der Rechten tastete er nach der Frau, die still und stumm neben ihm lag.

Nass. Klebrig nass.

Er führte seine Hand zum Gesicht – in Zeitlupe oder nicht, er hätte es nicht sagen können. Seine Augenlider wehrten sich gegen das Offenbleiben, sein Oberkörper wollte nichts anderes als zurückfallen auf das warme und nasse Lager. Doch die Hand war rot, über und über rot, rot von Blut.

Ein Stromschlag hätte Tobs nicht durchdringender treffen können. Er war wach, von einer Sekunde auf die andere herausgerissen aus seiner Apathie, ausgenüchtert (Hatte er wirklich zu viel getrunken? Er wusste es nicht.) durch ein schockhaftes Erlebnis.

Er schaute dorthin, wo das Blut sein musste.

In dieser einen Sekunde nahm er alles gleichzeitig wahr: das fahle Licht des frühen Morgens, das durchs Fenster ins Haus drang. Das Geräusch der Reifen auf Kies, das erstarb, weil der Wagen nah am Haus gehalten haben musste. Und die Frau, mit der er eine berauschende, eigenartige, wundervolle Liebesnacht verbracht hatte – und die jetzt in einer riesigen, vom Laken schon stark aufgesaugten Blutlache lag.

Er schaffte es gerade noch, sich zur Seite zu wenden und den Schwall seines Mageninhalts nicht über die Tote zu erbrechen. Er schmeckte den Wein, den sie in der Nacht getrunken hatten. Einen Moment lang glaubte er, den Geschmack ihres Mundes und den Geschmack ihrer Vagina noch einmal zu schmecken.

Noch während er das zweite und das dritte Mal erbrach und dabei das Schlagen der Autotüren und Schritte auf dem Kies hörte, wurde ihm in aller Deutlichkeit bewusst, dass er in der Falle saß. Da kam ihr Mann, Donath, und würde ihn hier finden – neben der Leiche seiner Frau. Wer würde ihm, Tobias Thanner, glauben, dass er sie nicht umgebracht hatte.

Oder habe ich sie umgebracht?, dachte er. Er konnte ihre Stimme hören, ihm fielen Spiele ein, die sie miteinander gespielt hatten – aber er wusste nicht, wann er aus der Realität geglitten war und jedes Gefühl für die Wirklichkeit verloren hatte.

Ich bring doch niemanden um, dachte er. Sein Herz schlug so heftig, dass er Angst hatte, auf der Stelle einen Infarkt zu erleiden, tot umzufallen oder, schlimmer noch, nicht tot zu sein und als des Mordes Verdächtiger in einer streng bewachten Intensivstation die Augen wieder aufzuschlagen.

Weg!, dachte er.

Ich muss weg.

Die Schritte kamen näher. Er hörte ein Klopfen an der Tür.

Donath? Der würde wohl kaum klopfen.

„Lechner hier. Von der Polizeidienststelle Mittenwald. Wir haben einen Anruf bekommen, dass irgendetwas hier nicht in Ordnung wäre. Nun wollten wir mal nachsehen."

Wieder mehrmaliges Klopfen an der Tür, lauter und dringlicher.

Tobs glitt aus dem Bett, leise. Er sah Elena Donath in ihrem Blut, sah zahlreiche klaffende Einstiche in ihrer Brust, ihrem Bauch, an den Oberschenkeln. Und er sah den langen Schnitt, der ihr die Kehle durchtrennt hatte. Ihre Augen waren geschlossen, ihr Mund stand leicht offen, die Zähne leuchteten weiß.

„Herr Donath! Frau Donath! Würden Sie bitte aufmachen."

Tobs sah den einzigen Ausweg ganz klar vor sich: das kleine Dachfenster, durch das er am Abend hereingestiegen war. Es war nicht weiter als drei Meter von ihm und der Toten entfernt, es stand offen, draußen begann der Tag zu dämmern. Vor der Eingangstür standen Polizisten. Aber hier war noch eine Chance. Er schnappte sich seine Hose, die vor dem Bett lag. Für mehr war keine Zeit.

„Hören Sie uns? Frau Donath? Herr Donath?"

„Scheinen einen festen Schlaf zu haben", hörte er jetzt eine zweite Stimme. „Wahrscheinlich schlafen die wie die Steine, und wir können hier ewig stehen und gegen die Tür klopfen."

„Schauen wir uns mal ein bisschen um", sagte der andere. „Kann ja nicht schaden."

Tobs warf die Jeans hinaus und kroch mit den Beinen voran durchs Fenster. Er ließ sich, nackt wie er war, am Sims hinabgleiten und dann fallen. Beim Aufprallen hätte er schreien können, derart schmerzhaft bohrten sich kleine Steine in seine Fußsohlen. Immerhin war ihm nichts Schlimmeres passiert.

Er rappelte sich auf, griff sich seine Hose, betete, dass sein Geldbeutel und der Autoschlüssel nicht herausgefallen waren, und rannte los, einfach auf die Büsche und Bäume zu, hoffend, die sich aufsteilende Wiese überquert und den dichteren Wald erreicht zu haben, ehe die Polizisten ihn bemerken würden.

Noch einmal blickte er sich um. Er sah einen der uniformierten Beamten ums Haus kommen – „Da ist einer! Da läuft einer weg!" – und er sah die roten Flecken an der Fassade unterm kleinen Fenster: Elenas Blut, das er am Körper gehabt hatte, als er herunterglitt.

Es blieb nicht für den kleinsten Gedanken Zeit. Tobs Thanner rannte los, die beiden Beamten ein gutes Stück hinterdrein. Er rannte im Zickzack, weil er fürchtete, dass sie auf ihn schießen würden.

Tun sie nicht, dachte er. Sie halten mich höchstens für einen lausigen Einbrecher oder einen, der eingestiegen ist, um die Nacht zu verbringen und sich mit den Vorräten den Magen voll zu schlagen. Die schießen nicht. Nie würden sie das tun. Andererseits …

Er hastete durchs Unterholz, seine Hose verhakte sich im Geäst, Tobs blieb stehen, zerrte daran, versuchte es mit aller Kraft, die Polizisten kamen ein Stück näher. Sein letzter Besitz blieb in den Büschen am Kranzberg zurück: die Hose, die Geldbörse, die Autoschlüssel. Splitternackt hetzte er den Hang hinauf. Es gab für ihn nicht den geringsten Zweifel, dass er die Polzisten abhängen würde. So lange es bergauf ging, hätten diese Typen keine Chance.

Doch was dann? Wohin dann?

In dem Haus hatte er eine tote Frau zurückgelassen.

Mit ihrem Tod hatte er auf irgendeine Art und Weise etwas zu tun – auch wenn ihm das alles bislang unerklärlich war.

In ein paar Minuten würde die Polizei auf das Blutbad stoßen, auf diese grausige Tat. Und dann würde der ganze Apparat aufgefahren werden: Suchhunde, Hubschrauberfahndung, rechtsmedizinische Untersuchungen am Tatort. Alle Hinweise würden so eindeutig auf ihn zeigen wie die Kompassnadel nach Norden.

Und er?

Er war nackt und ohne alles auf der Flucht.

Ich habe keine Chance, dachte er.

Ich sollte mich stellen, dachte er.

Aber das mache ich nicht.

Im Gebirge, dachte er, kenne ich mich aus.

SECHZEHN

Um sieben Uhr morgens erwachte Mel und fühlte sich merkwürdig erholt, obwohl sie nur einige Stunden geschlafen hatte. Ricardo war bereits auf, und er schnibbelte an seiner kleinen Küchenzeile Obst für ein vitaminreiches Frühstück.

Es roch nach italienischem Kaffee und aus der Stereoanlage kamen angenehme Klänge – altmodisch irgendwie und doch wunderbar passend zu dieser Wohnung, zu diesem Morgen, zum Sonnenschein, der das Zimmer erhellte.

Mel wand sich aus ihrem Schlafsack. In ihrer Schlabberhose tappte sie zur Küche, sagte „Hi“ und fragte, was das für eine Musik sei, die sie hörten.

„Lord of the Rings“, sagte Ricardo lächelnd.

„Das soll ‚Der Herr der Ringe‘ sein? Das glaubst du doch selbst nicht.“

„Müsli?“, fragte er. „Obst? Ich habe Kaffee gemacht. Wenn du aber lieber einen Tee möchtest …“

„Kaffee ist okay. Und gern ein bisschen Obst mit Joghurt, falls du einen daheim hast. Und gern auch noch die Antwort auf meine Frage nach der Musik.“

„Ach so“, sagte Ricardo. „Herr der Ringe. Das ist natürlich nicht die Filmmusik, die du vielleicht im Ohr hast. Bo Hansson, ein schwedischer Multi-Instrumentalist, hat sich in den siebziger Jahren von Tolkiens Geschichte inspirieren lassen. Was dabei herausgekommen ist, hören wir gerade.“

„Klingt wunderschön“, sagte Mel. „Irgendwie fremd und doch auch vertraut.“

„Wenn du magst“, sagte Ricardo, „spiel ich sie dir auf einen USB-Stick. Ich hab die alte Platte, hab mir kürzlich aber auch die CD gekauft. Doch jetzt lass uns etwas essen. Ich habe richtig Appetit.“

Beim Frühstück setzten sie ihr Gespräch über Tobs fort. Mel erfuhr noch mehr darüber, wie es ihm in letzter Zeit ergangen war.

„Rufst du ihn an?", fragte Ricardo.

Mel nickte.

„Finde ich gut", sagte Ricardo. „Weißt du, Tobs ist gar nicht so, wie du gestern Abend vermutet hast. Das Problem ist vielleicht nur, dass er das selbst noch gar nicht weiß …"

***

Tobs rannte, rannte, rannte.

Vor ein paar Minuten erst war er aus einem der Bewusstlosigkeit ganz ähnlichen Schlaf erwacht – jetzt rannte er.

Die Polizeibeamten waren ihm ein Stück weit gefolgt, hatten aber bald einsehen müssen, dass sie keine Chance hatten, dem nackten jungen Mann auf den Fersen zu bleiben.

Sie waren zurückgekehrt zum Haus und ihrem davor geparkten Einsatzwagen, und Tobs hatte sie vom Waldrand aus noch ein paar Augenblicke beobachten können. Er hatte gesehen, wie einer in den Wagen stieg, während sein Kollege ums Haus herum ging. Er konnte sich ungefähr vorstellen, was in der nächsten halben oder Dreiviertelstunde geschehen würde: Ein Schlüsseldienst würde ankommen, die Türe wäre binnen weniger Minuten geöffnet, man würde die Leiche finden, und dann …

Er wollte schon tiefer in den Wald eindringen, als er etwas sah, was seine These über den Haufen warf. Vom See her näherte sich Donaths Wagen. Wieder hörte er Reifen auf Kies – Reifen auf Kies, das war heute früh, dachte er –, der Wagen fuhr aufs Haus zu und auf die Polizisten, die davor warteten und sicher neugierig waren, wer da kam.

Tobs sah einen aufgeregten Donath. Der Mann war sichtlich verstört über die Polizei vor seinem Haus. Satzfetzen drangen zu ihm herauf, die er nicht im Wortsinn dechiffrieren konnte, die er aber doch verstand. Dass jemand die Polizei verständigt haben musste … Dass etwas nicht gestimmt habe in dem Haus … Dass Schreie, ja Schreie … Nachts, mitten in der Nacht … Nachgesehen, aber niemand geöffnet …

Tobs tauchte ein in das Unterholz, das seine nackte Haut mit scharfen Ästen kratzte und ritzte. Er sah die blutigen Striemen auf seiner Haut, Schmerz jedoch spürte er keinen.

Es würde nur mehr wenige Minuten dauern, bis er als Mörder galt, nicht mehr nur als Hausfriedensstörer, Einbrecher oder Dieb. Nur mehr ein paar Minuten, dachte er, und ich werde die Meute am Hals haben.

Er hatte nicht den Mut, zurückzukehren, wieder hinunterzusteigen zu dem Haus, sich einfach zu stellen. Denn es fehlte ihm die Zuversicht, unbeschadet aus dieser Sache herauszukommen. Eine Stimme tief in ihm sagte: Tobias Thanner, du bist verratzt und verkauft. Und der Einzige, der dir jetzt helfen kann, bist du selbst.

Er versuchte sich zu erinnern, doch es gelang ihm nicht. Sein Kopf war leer, und das rührte nicht nur von der Anstrengung seiner Flucht her.

Er versuchte, einen Ausweg aus seiner Situation zu finden und unter allen möglichen und überaus fragwürdigen Entscheidungen diese eine zu treffen, die ihn aus der Hölle, in die er so unvermittelt geraten war, herausführen würde. Es gelang ihm nicht.

Er versuchte, sich Antworten auf die wenigen Frage zu geben, die für ihn jetzt noch von Bedeutung waren: Was ist geschehen? Was mache ich hier? Auch das gelang ihm nicht.

Er lief, hastete durchs Unterholz, zog sich Schürfwunden und tiefe Kratzer am ganzen Körper zu. Seine nackten Fußsohlen schmerzten, doch es war ihm egal, er wollte nur weg, weit weg, am liebsten so weit und so lange laufen, bis er irgendeine ungewisse Grenze überschritte, wo sie ihn bestimmt nicht suchten.

Ich brauche einen Unterschlupf, dachte er. Irgendwas, worin ich mich fürs Erste verstecken kann. Nicht für lange. Nur, um wieder Kraft zu schöpfen. Nur, um ein paar Minuten nicht rennen zu müssen. Vielleicht gelingt es dann, einen Plan zu machen.

Einen Plan, dachte er. Wie beim Klettern unter einer verdammt schwierigen Passage, die auch noch verdammt schlecht abgesichert ist. Einen Plan, der einen selbst innerlich zur Ruhe bringt und der Lösungen aufzeigt, wo es eigentlich keine gibt.

Der Gedanke ans Klettern hauchte ihm einen Schuss mehr Kraft und eine Prise Zuversicht ein. Eine winzige Prise, doch immerhin besser als nichts.

Und sogleich war ihm das Glück in seiner geringsten Ausprägung hold: Tobs entdeckte einen Bachtobel, gerade mal einen guten Meter breit, er sprang hinein und fühlte die wohltuende Nachtkühle des zu Tal plätschernden Wassers. Der Bach hatte sich eine tiefe Furche in die Landschaft gegraben; nun war er von Geäst und Gesträuch an den meisten Stellen beinahe überwuchert und Tobs konnte sich für den Augenblick in diesem Gelände etwas geborgener fühlen als bisher.

Die Polizei würde seine Hose finden, darin das Handy und die Autoschlüssel. Seine Identität wäre festgestellt, noch ehe die Sonne hoch genug stehen würde, um über die zweitausend Meter hohen Mauern des westlichen Karwendels herüber zu scheinen. Es war das Beste, sich zu stellen, nackt wie er war, zurückzugehen zu dem Haus, nackt und mit erhobenen Händen aus den Büschen zu treten und zu hoffen, dass die Geschehnisse, die nicht einmal ihm bekannt waren, sich klären würden. Zu seinen Gunsten klären würden.

Ich bin kein Mörder, dachte er.

Ich bin kein Mörder. Ich habe dieser Frau nichts angetan.

Er spürte eine Übelkeit in sich aufsteigen und fragte sich, ob das mit den Kopfschmerzen zu tun hatte, die ihn quälten, oder eher mit dem untilgbaren Bild der Toten, in deren Blut er aufgewacht war.

Er kauerte im kalten Wasser, das gerade tief genug war, um ihm bis knapp über die Fußknöchel zu reichen. An den Sohlen tat ihm diese Kühlung wohl – sie waren jetzt schon wund und aufgescheuert von der barfüßigen Flucht. An seinen Geschlechtsteilen aber, die in seiner Hockstellung ins Wasser hingen, machte sich das kalte Nass schnell unangenehm bemerkbar. Er musste unvermittelt an den Molvenosee denken, wo er und Ricardo nach ein paar Klettertagen in der Brenta nackt gebadet hatten, um sich den Schweiß und den Grind von der Haut zu waschen. Das Wasser des Bergsees war so eisig gewesen, dass sein Schwanz sich auf das Maß einer verschrumpelten Pflaume zurückgezogen hatte und er ernsthaft glaubte, seine Hoden wären nicht mehr größer als zwei runzlige Rosinen.

Tobs suchte nach einem besseren Versteck. Er fand es in einem Kanalrohr, das unter einem Forstweg oder Holzerweg das Wasser abfließen ließ.

Ich muss mich erinnern, dachte er.

Sein Kopf schmerzte fürchterlich.

Ich muss mich an alles erinnern, was geschehen ist, seit ich gestern Abend Elena Donath getroffen habe.

Ich muss es wissen! Ich muss!

Er beschloss, sich erst dann der Polizei zu stellen, wenn er selbst Klarheit gefunden hatte. Doch er hatte auch Zweifel, dass ihm das überhaupt gelingen würde. Im Augenblick lag die vergangene Nacht völlig im Nebel, und er kam sich vor, als wäre er vor Kurzem aus einer Vollnarkose erwacht.

Ich muss!, dachte er.

Und er begann, sich das Blut von der Haut zu waschen.

SIEBZEHN

Für die Polizei war der Fall auch ohne rechtsmedizinisches Gutachten so klar, wie es ein Verbrechen nur immer sein konnte. Elena Donath war entweder sexuell missbraucht worden, oder aber man hatte sie am Ende eines obskuren Sexualaktes bestialisch ermordet. Der sexuelle Hintergrund der Tat war allein schon wegen der Nacktheit der Frau zu vermuten, auch die Fesselung ans Bett ließ vor allem derartige Vermutungen zu. Ganz konkrete Bestätigung fanden die Beamten, als im Beisein zweier Rechtsmediziner die Leiche zur Seite gedreht wurde und in ihrem Vaginalbereich ziemlich zweifelsfrei Spermaspuren zu entdecken waren.

Die Hose des Täters war schnell gefunden; anhand des in der Hosentasche steckenden Handys konnte die Identität des Mannes rasch ermittelt werden. Der Ehemann der Ermordeten räumte ein, diesen Tobias Thanner wegen Zweifeln an der Treue seiner Frau als Privatdetektiv auf sie angesetzt zu haben.

Der Mann saß vor dem Haus, den Rücken an die Fassade gelehnt, den Kopf in den Händen geborgen, schluchzend, schreiend, ein Bild des Elends. Ein Notfallseelsorger war angefordert worden, jedoch noch nicht eingetroffen, und die Beamten standen dem Leidtragenden relativ unbeholfen gegenüber.

„Wenn du mich fragst“, sagte einer der beiden Streifenpolizisten, die als Erste zum Haus der Donaths gekommen waren, zu seinem blassen Kollegen, „wenn du mich fragst, hat der Kerl die Frau zum Sex gezwungen. Er hat sie gefesselt, vergewaltigt, und dabei ist ihm aufgegangen, dass sie ihn anzeigen würde und dass er nicht mehr auskäme. Da hat er sie mit dem Messer …“

„Ich glaub das nicht“, sagte der Kollege. „Der hat mit dem Messer gewütet. Der hat die Frau nicht einfach nur zum Schweigen bringen wollen. Da hätten ja ein zwei Stiche ins Herz genügt oder dass er ihr die Gurgl durchschneidet. Der aber hat, soweit ich das beurteilen kann, x-mal zugestochen.

Für mich ist das nicht nur ein Mörder, sondern ein Perverser, der sich am Blut aufgeilen kann. Vielleicht hat er die Frau auch erst gefickt, als sie schon tot war."

„Dieses Schwein", sagte der andere. „Ich hab ja weiß Gott schon viel erlebt – aber so etwas … Nein … Man kann noch so lange in diesem Beruf tätig sein und es immer noch nicht glauben, was für perverse Dreckschweine es gibt. Den Schwanz sollte man diesem Kerl abschneiden und hoffen, dass er daran krepiert."

Es stand fest, dass man den Gesuchten fassen würde, wahrscheinlich schon binnen der nächsten beiden Stunden, ziemlich sicher vor Mittag noch, auf jeden Fall aber ehe dieser Tag zu Ende ging. Das ganze Programm wurde abgerufen: Hubschrauber, Hundertschaften als Suchtrupps, Spürhunde.

„Der hat keine Chance", war die einhellige Meinung bei den Beamten. „Nicht die geringste."

***

Nachdem sie Ricardo geholfen hatte, das Geschirr abzuräumen, nahm Mel ihr Handy und wählte die Nummer von Tobs. Sie hatte lange gezögert. Zuerst war sie sich dumm vorgekommen, so, als würde sie ihm nachlaufen. Wo er doch allen Grund gehabt hätte, sich einmal bei ihr zu melden, und sei es nur, um klarzustellen, warum er so mir nichts, dir nichts verschwunden war.

Den Schwanz rein und raus und dann verschwinden auf Nimmerwiedersehen, hatte sie damals gedacht. Wütend war sie gewesen, wütend und traurig. Und doch hatte sie immer weiter nach Gründen gesucht, ihn mögen, vielleicht sogar lieben zu können. Jeden Tag hatte sie gehofft, er würde sich bei ihr melden, würde wieder in ihr Leben zurückkommen. An einem Tag ein bisschen mehr, am anderen Tag ein bisschen weniger. Bis sie den für sie selbst verwirrenden Entschluss gefasst hatte, in München einen Zwischenstopp einzulegen und die Sache selbst in die Hand zu nehmen, auch wenn das alles andere als erfolgsversprechend erschien.

Dreimal, viermal hörte sie das Klingelzeichen. Mitten hinein in den fünften Ton schaltete das Handy auf Empfang.

„Hallo?“, fragte eine Männerstimme.

Die Stimme klang ihr fremd. Doch Mel hätte ohnehin nicht mehr sagen können, wie Tobs Stimme geklungen hatte, damals, als sie miteinander geklettert waren, zusammen abendgegessen hatten und später eine erste Nacht auf den Schlafsäcken verbracht hatten, die zumindest ihr unvergessen geblieben war.

„Bist du es, Tobs?“, fragte sie. „Hier ist Mel. Du erinnerst dich? Ich bin in München … Bei Ricardo … Ich wollte dich mal wieder sehen … Ich meine, wenn du im Lande bist … Wo bist du denn gerade?“

Sie hörte ein Knacken im Telefon, dann war die Verbindung unterbrochen, Tobs war weg, hatte aufgelegt, hatte nichts von ihr hören wollen, nichts, gar nichts. Arschloch.

Arschloch, dachte sie.

***

„Identifiziert das Arschloch und dann holt ihn raus und bringt ihn nach Garmisch“, sagte der leitende Kommissar, ein Mann namens Kölbl, der nicht aus dem Alpenraum, sondern aus Niederbayern stammte, und dem die Berge zuwider waren. „Er ist nackt. Hat keine Hosen, keine Schuhe. Ich würde sagen: Er hat keine Chance.“

Polizeihubschrauber waren unterwegs. Auch zwei Hundertschaften junger Einsatzpolizistinnen und -polizisten. Außerdem zwei Hundeführer mit ihren Suchhunden.

„Mittags will ich ihn im Büro haben. Mit was an“, sagte Kölbl. „Falls er einige Blessuren abbekommt, dann ist das in diesem Gelände nicht weiter verwunderlich. Ihr müsst ihn nicht mit Glacé-Handschuhen anfassen.“

Er ging zu seinem Wagen und fuhr los, froh, wieder aus dem Schatten der Wettersteinwände herauszukommen. Schon Wanderwege oder Skipisten lagen für sein Empfinden jenseits wahrer Zivilisation. Natur, und war sie noch so domestiziert, hatte für ihn stets etwas Verunsicherndes und Ärgerliches. Am liebsten saß er in seinem schmucklosen Büro und atmete den schweren Geruch alten Papiers, der Akten und Kladden entströmte.

Kölbls Wunsch ging nicht in Erfüllung. Mittags war der Gesuchte noch immer auf freiem Fuß. Er hätte dem Kommissar gegenübersitzen sollen, doch er war noch immer irgendwo da draußen. Den Hubschraubern, den Hundertschaften, den Suchhunden war es bislang nicht gelungen, den Mann namens Tobias Thanner ausfindig zu machen.

Man sah es ihm nicht an, doch jene, die Kölbl kannten, wussten ganz genau, dass er innerlich kochte, voller Wut war, und dass dieser Thanner nichts zu lachen haben würde, wenn sie ihn erst einmal hätten.

Und das war weiß Gott wirklich nur mehr eine Frage der Zeit.

ACHTZEHN

Mittags fing es zu regnen an, leicht erst, bald schon heftiger. Die Wolken, die von Westen herangezogen waren, mussten am Wettersteingebirge hängen geblieben und an den westlichen Karwendelausläufern angestoßen sein; jetzt regneten sie sich ausdauernd über dieser Region ab; der Himmel bestand aus einem einzigen, trüben, jegliche Struktur entbehrenden Grau.

Seit Stunden kauerte und lag Tobs in seinem Versteck, schlotternd, zähneklappernd, nackt im Wasser, das mittlerweile angestiegen war, und er überlegte immer wieder, was eigentlich besser wäre: Mit trockener Kleidung in einer Zelle zu sitzen oder hier irgendwann zu ersaufen und wenn schon nicht zu ersaufen, so sich immerhin eine Lungenentzündung zu holen und mit etwas Verspätung daran einzugehen.

Doch der Regen war auch gut. Wahrscheinlich würde dieses Wetter, nass und grau, die Suche nach ihm erschweren. Er hatte die Rotoren von Helikoptern knattern gehört, und an dem penetranten Geräusch nur allzu gut erkennen können, dass die Maschinen sich kaum vorwärts bewegten, wie Falken in der Luft standen, und dass die Leute hinter den Glaskuppeln jeden Meter Wald und Wiese nach ihm absuchten. Mehrfach war der Motorenlärm so nah an sein Versteck herangerückt, dass er sich aufgespürt geglaubt hatte, doch dann, nach Minuten nervtötender Dauerbeschallung, war der Helikopter dann doch wieder abgedreht, um an anderer Stelle die Suche fortzusetzen.

Mitten hinein in seine Panik entdeckt zu werden oder sich in seinem kalten Versteck den Tod zu holen, tauchten blitzartig Gedanken auf. Es waren nicht mehr als winzige Erinnerungssplitter, schnell wieder verglühende Sternschnuppen in seiner finsteren Nacht.

Die Bilder, die in sein Bewusstsein drängten, waren verstörend und schockierend, doch sie konnten den Nebel des Vergessens nicht lichten. Er hatte das Gefühl, dass in seinem Kopf ein Puzzlespiel mit mindestens fünftausend Teilen aufs Beste durchgemischt worden war – und dass er bislang lediglich ein knappes Dutzend dieser Teilchen hatte zusammenfügen können, freilich ohne die geringste Vorstellung vom Gesamtbild erhalten zu haben.

Im Wasser liegend, das ihn mehr und mehr auskühlte, kam Tobs Thanner erstmals die Vermutung, dass er betäubt worden war. Ein Schlafmittel im Getränk, K.-o.-Tropfen oder irgendetwas Ähnliches. War das nur so ein Gefühl? Oder war es ein weiteres Puzzleteil?

***

Ricardo war zur Arbeit gegangen, Mel aber hatte sein Angebot angenommen, bleiben zu können, gern ein paar Tage, zumindest aber heute. Als es läutete, erst ein Mal lang, dann zwei Mal hintereinander lang und energisch, war sie allein in der Wohnung. Sie hatte den Vormittag damit verbracht, sich ihrer Körperpflege zu widmen, ein paar Telefonate zu führen – allesamt weniger frustrierend als der Versuch, mit Tobs in Kontakt zu treten – sie hatte in einige CDs aus Ricardos Sammlung reingehört, allerdings nichts gefunden, was sie als Soundtrack dieses eigenartigen Tages akzeptieren hätte können. Und dabei wusste sie noch gar nicht, wie bestürzend eigenartig sich der Tag erst noch entwickeln sollte.

Nachdem sie den Türöffner betätigt hatte, sah sie zwei junge Männer mit biederen Kurzhaarschnitten die Treppe heraufkommen.

Jehovas Zeugen, dachte sie, und sie ärgerte sich, überhaupt aufgemacht zu haben. Menschen mit missionarischem Eifer, egal in welcher Angelegenheit, waren ihr stets ein Greuel, die von Tür zu Tür gehenden Zeugen Jehovas hatte sie regelrecht dick.

„Sie brauchen sich nicht heraufzubemühen“, rief sie den Männern entgegen. „Herr Casula ist nicht da, ich bin nur Gast, es tut mir leid, ich kann Ihnen nicht helfen.“

Sie wollte die Wohnungstür wieder schließen, erkannte aber schon an dem energischer gewordenen Schritt der Männer, dass es sich kaum um religiöse Eiferer handeln konnte.

„Warten Sie bitte", sagte einer der Männer, während er die letzten drei Stufen in einem Satz nahm. „Warten Sie! Kripo München. Wir haben ein paar Fragen an Sie und an diesen Herrn Casula."

Die Dienstausweise, die ihr die beiden Männer in ihren leichten Sommeranzügen entgegenhielten, ließen keinen Zweifel aufkommen.

Bullen, dachte Mel. Und beinahe wäre es ihr lieber gewesen, sich doch von den Zeugen Jehovas deren verqueres Welt- und Himmel- und Höllenbild erläutern zu lassen.

***

Donath war in seinem Haus in München. Auf psychologischen oder seelsorgerischen Beistand hatte er verzichtet. „Danke", hatte er gesagt. „Ich komme alleine klar. Ich möchte lieber alleine sein."

Der Garmischer Kriminaler Kölbl hatte dafür Verständnis gezeigt, zugleich aber auch betont, dass er ihn noch am selben Tag würde sprechen wollen. Er benötigte Informationen über Donaths Frau, Hintergrundinfos zu ihren Gewohnheiten und Vorlieben, zu Gepflogenheiten im Alltag und natürlich auch zur Befindlichkeit ihrer Beziehung: ob es eine gute Ehe war oder eher weniger. Ob sie außereheliche Beziehungen führte oder eher nicht. Ob Donath mehr sagen könnte über den jungen Mann, der das grauenvolle Schicksal seiner Frau zu verantworten hatte.

Kölbl hatte diese Fragestellungen natürlich verschwiegen, hatte nur davon gesprochen, ihn, Donath, entweder in Garmisch treffen zu wollen, dass er aber auch nach München käme.

Und natürlich hatte er nicht die leiseste Andeutung gemacht, dass er, Donath, kaum minder im Zentrum des kriminalistischen Misstrauens stand als der flüchtige Mann.

„Es wäre mir lieb, wenn Sie zu mir kommen könnten“, hatte Donath gesagt. „Ich möchte jetzt zu Hause sein. In meiner Umgebung. Ich meine, in der Umgebung, in der Elena und ich daheim waren.“

Er hatte sich mit einem altmodischen, fein säuberlich zusammengelegten Stofftaschentuch die Tränen abgewischt und hinzugefügt: „Es wird leer sein daheim, fürchterlich leer. Und doch wüsste ich nicht, wo es besser wäre …“

Kölbl hatte genickt. „Ich gebe Ihnen einen Kollegen mit. Er kann Sie in Ihrem Wagen nach Hause bringen. Ich möchte nicht, dass Sie in Ihrem Zustand am Steuer sitzen.“

Donath war einverstanden gewesen, hatte seinen Autoschlüssel abgegeben und sich von einem jungen Beamten nach München fahren lassen.

Donath war jetzt allein. Er schenkte sich mit einem teuren irischen Whiskey das Glas halbvoll, ließ sich auf die Couch fallen, starrte durch das große Glasfenster in den gepflegten Garten hinaus und trank das Glas mit zwei großen Schlucken leer.

Die Flasche stand zu weit weg, als dass er sich gleich noch einmal hätte einschenken können. Und zum Aufstehen fehlte ihm die Kraft. Er fühlte sich wie ein Fahrradreifen, aus dem alle Luft gewichen war. Fast hätte er gelacht über diesen billigen Vergleich. Doch das Lachen gelang nicht, konnte ihm nicht gelingen, weil die Tränen alles erstickten. Auf dem Tisch lagen Zigaretten von seiner Frau. Er nahm sich eine davon, steckte sie an, musste husten, hatte aber doch das Gefühl, dass ihm das Rauchen jetzt guttat.

Dieses Schwein, dachte er. Dieses verdammte, dreckige Schwein.

Er hatte nie an die Treue seiner Frau geglaubt, war seit Langem davon ausgegangen, dass sie Affären hatte. Er hatte ihr nachspioniert, war jedoch nie zu einem Ergebnis gelangt. Was schließlich ja der Grund gewesen war, einen Privatdetektiv zu engagieren.

Verdammtes, dreckiges Schwein.

Er begann zu schluchzen, immer lauter, immer haltloser. Es war, als würde sich sein Innerstes nach außen kehren, ein seelischer Brechreiz, der ihn würgte und der ihm schluchzende, glucksende, zischende und beinahe brüllende Laute entlockte, die seiner Qual vehement Ausdruck verliehen.

Die Tränen tropften ihm auf Hemd und Hose, aus seinen Mundwinkeln troff Speichel, Schweiß trat auf seine Stirn, alles war nass an ihm, auch die Hände, in denen er das leere Glas drehte, alles, alles, alles. Donath heulte, bis keine Tränen mehr kamen und bis sich sein Oberkörper wie in einem schlimmen Schluckauf wand. Erst als die würgenden Töne immer leiser wurden und allmählich erstarben, fand er die Kraft, aufzustehen. Wackelig, mit weichen Knien ging er zum Gäste-WC, das sich im Parterre befand. Am kleinen Waschbecken drehte er das Wasser auf und ließ es fließen, bis es eiskalt aus der Leitung kam. Er wusch sich die Hände und bildete dann mit ihnen eine Schale, um sich damit das Wasser ins heiße Gesicht zu schöpfen.

Wenn dieser Tag so etwas wie einen einzigen guten Augenblick für ihn bereit hatte, dann war es dieser: die Kühlung seinen Gesichtes. Das Wasser auf seinen Wangen, auf seiner Stirn, in seinem Mund, in seiner Nase.

Es war ein köstliches Gefühl, selbst in dieser für ihn so schrecklichen Stunde – oder vielleicht gerade in dieser so schrecklichen Stunde. Doch rasch wurde es abgelöst von einem heftigen und schmerzhaften Grummeln in Magen und Darm; er hockte sich aufs Klo und entleerte sich explosionsartig. Danach wusch er sich die Hände gründlich und benässte sein Gesicht ein weiteres Mal mit einem kalten Schwall, doch es war nicht mehr dasselbe.

Er stellte den Wasserhahn ab, das Auffüllgeräusch des WC-Spülkastens verstummte im beinahe selben Moment, und es war still im Haus. So still, dass er sein eigenes Atmen hören konnte.

Eine Fliege ploppte gegen die Milchglasscheibe des WCs; ein winziges Geräusch nur, das doch wie ein akustisches Ausrufezeichen die Stille durchschnitt.

Donath reckte sein Gesicht dem goldgerandeten Spiegel entgegen. Er besah sich seine verschwollenen Augen, die Falten, die sich von den Nasenflügeln zu den Mundwinkeln zogen und die tiefer geworden schienen seit dem Tag zuvor. Er schaute sich an, und sein Gesicht war voller Leid, aber auch voll Selbstmitleid und Verachtung.

Die Stille war schwer. In der Wand hörte er einen Tropfen in der Wasserleitung fallen. Dann wieder nichts mehr.

Donath knöpfte sein Hemd auf, es war durchgeschwitzt, er würde sich waschen und umziehen müssen.

Und da hörte er noch etwas!

Es klang, als wäre jemand gegen etwas gestoßen, gegen eine Kommode, gegen das Bett, gegen einen Stuhl am Esstisch. Im ersten Moment glaubte er, sich getäuscht zu haben. Er horchte in sich hinein.

Aber es war nicht sein Herzschlag.

Es war nicht das Wasser, das er in die Nasenlöcher gesogen hatte, und das jetzt bei jedem Atemzug leise gurgelte.

Es kam nicht von ihm und nicht aus ihm.

Donaths ganzer Körper spannte sich an. Er versuchte, die geringste Bewegung und sogar das Atmen zu unterdrücken, und er horchte durch die geschlossene Tür hinaus. Seine Ohren versuchten, den weitläufigen Flur, das Wohnzimmer, die Terrasse zu durchlauschen.

Noch einmal glaubte er, ein Geräusch zu hören. Und diesmal zweifelte er nicht an sich selbst.

Donath war überzeugt, dass sich jemand im Haus befand.

Doch wer? Und warum?

Er überlegte, ob sich die WC-Türe lautlos verschließen lassen würde. Sich einzusperren war seine reflexartige Reaktion. Doch er ließ es sein – wer außer ihm im Haus war, würde ihn genauso hören.

Oder war es der Beamte, der ihn heimgebracht und nun noch einmal zurückgekehrt war? Aber warum heimlich und verstohlen? Warum hatte er kein Läuten gehört? Er suchte irgendetwas, mit dem er sich zur Not verteidigen konnte. Doch es gab nichts außer der Klobürste – und die mochte eklig sein, als Waffe aber taugte sie nicht.

Seine Hände verkrampften sich am Rand des Waschbeckens.

Was für ein Tag.

Was für ein furchtbarer Tag.

NEUNZEHN

Was Mel zu hören bekam, nach und nach, weil die Beamten ja nicht gleich mit der ganzen Geschichte herausrückten, erschütterte sie zutiefst. Dass Tobs Thanner eine Frau wahrscheinlich sexuell missbraucht, mit ziemlicher Sicherheit aber ermordet haben sollte, machte sie nicht nur fassungslos, es war wirklich ein Schock.

Beinahe schlimmer noch als die Erinnerung an ihre Liebesbeziehung zu Tobs war, dass die Polizisten sie wie eine Mittäterin, zumindest Mitwisserin behandelten. Während des ganzen Gesprächs hatte sie das Gefühl, dass ihr zumindest einer der beiden höchst argwöhnisch gegenüberstand.

Jede Frage, die gestellt wurde, egal ob von ihm oder seinem etwas freundlicheren Kollegen, begleitete er mit einem kalten Blick aus zusammengekniffenen Augen. Bei jeder Antwort, die sie gab, verzog er das Gesicht als hätte er Zahnschmerzen. Es war so offensichtlich, dass er ihr nicht glaubte, überhaupt nicht glauben wollte, dass Mel immer nervöser wurde, sich verhaspelte, scheinbar selbst widersprach.

Dabei hab ich doch im Leben nie was angestellt, dachte sie. Außer ein paarmal Schwarzfahren mit einer Trambahn oder U-Bahn, ein bisschen gekifft, zwei- oder dreimal Kleinigkeiten geklaut, was man halt so macht. Was will dieses Arschloch von mir?

„Sie haben ihn angerufen!“, sagte das Arschloch. „Sie kennen ihn. In welcher Beziehung stehen Sie zu Tobias Thanner? Woher kennen Sie ihn und wie lange schon? Kennen Sie die Frau, die er – und dass er es war, daran gibt es keinen Zweifel – ermordet hat? Kennen Sie sie? Oder sollte ich besser sagen: Kannten Sie sie? Und wenn ja, woher?“

Seine Sätze kamen als Stakkato, und Mel fühlte sich wie vor ein Erschießungskommando an die Wand gestellt.

Die Gedanken rasten ihr durch den Kopf, alles geriet durcheinander, sie schaffte es nicht, sich auf irgendetwas zu konzentrieren: Tobs ein Sexualtäter, ein Mörder. Der blöde Bulle, der ihr gegenübersaß. Die Nacht mit Tobs im Zelt. Der andere Bulle. Und Tobs? War das denn möglich? Und Fragen, diese blöden Fragen – was die das überhaupt anging.

Sie wollte weg, wollte einfach unsichtbar sein. Oder noch besser: daheim in Düsseldorf, bei ihren Eltern, wo sie schon lange nicht mehr war, wo sie sich aber verkriechen könnte und geborgen wäre, unerreichbar für alle und jeden, unerreichbar für das Grauen und die Abgründe.

„Können Sie nicht antworten?", fuhr das Arschloch sie an. „Wollen Sie nicht antworten? Wir können Sie auch mit aufs Präsidium nehmen …"

Der andere lächelte, machte ein Gesicht, als hätte er Verständnis für Mels Situation. Er war älter als sie, vielleicht dreißig, aber deutlich jünger als das Arschloch, und er heuchelte so etwas wie Sympathie. Genau diese Heuchelei war es, die bei Mel das Fass zum Überlaufen brachte. Die nämlich empfand sie als noch weit schlimmer als die ungehobelte, geradezu aggressive Art des wortführenden Beamten. Sie spürte die Wut in sich aufsteigen, spürte, wie sie sich über ihre Unsicherheit legte, alle Gedanken um dieses sonderbare Verhör verdrängte und nur eines wollte, nämlich aus ihr heraus – so wie heiße Lava aus einem bis vor Kurzem ruhenden Vulkan.

Sie kannte diesen Charakterzug, mochte ihn an sich selbst nicht, immer, wenn er sich bemerkbar machte, bekam sie geradezu Angst vor sich selbst beziehungsweise vor dem, was sich da tief drinnen in ihrem Gehirn und ihrer Seele abspielte. Sie wusste, dass ihr solche Ausbrüche vor allem schadeten – und doch hatten sie ihr auch schon einige Male genutzt, hatten ihr herausgeholfen aus schwierigen Situationen.

In die Hitze ihrer Wut schob sich die Erinnerung an ein eisiges Abenteuer. Sie war mit zwei Freunden im Februar in die Langkofel-Nordkante eingestiegen. Tausend Höhenmeter, mittelschwierig, sehr alpin, im Sommer für Kletterinnen ihrer Liga kein Problem. Im Winter aber … Die Verhältnisse waren alles andere als förderlich. Viel Blankeis in Rinnen und Kaminen, und dort, wo sich Kante abflachte, war es eine entnervende und kräftezehrende Wühlerei durch die labile Schneeauflage. Das erste Biwak hatten sie rund fünfhundert Meter über dem Einstieg bezogen; es war relativ komfortabel; ein Absatz, den sie vom Schnee befreiten und der ihnen Platz zum Sitzen und genug Platz auch für ihren Kocher bot. Auf den Skipisten tief unter ihnen sahen sie den ganzen Abend über die Lichter der Pistenraupen. Es war eine kalte Nacht, aber die Leichtschlafsäcke und das Biwakzelt hielten halbwegs warm. Nicht komfortabel, aber immerhin erträglich.

Doch am nächsten Tag war alles anders. Er begann mit einem zarten Morgenrot. Allerdings konnte die Zartheit der Farbe nicht darüber hinwegtäuschen, dass es sich um eine Schlechtwetterprophezeiung handelte. Und in der Tat: Gegen zehn Uhr vormittags färbte sich der Himmel von Westen her grau-violett ein, bald blieben die Wolken an ihrem Berg hängen, der sich riesig in den Südtiroler Himmel erhob, und dann begann es zu schneien.

Mel erinnerte sich an den Schnee, der nicht weiß war, sondern grau. Grau wie der Himmel, der Fels, das Eis. Alles war grau, und nichts war mehr voneinander zu unterscheiden.

In der Seilschaft kam unverzüglich Panik auf. Auch bei Mel, zugegeben, stärker noch aber bei den beiden Männern.

Sie waren geschätzte hundertfünfzig Höhenmeter unter dem Ausstieg. Dort oben war die Tour nicht zu Ende; auch der Abstieg auf einer anderen Route würde es noch in sich haben. Doch am Gipfel musste es eine Biwakschachtel geben. Dort würden sie gerettet sein, würden abwarten können, bis sich das Wetter wieder besserte – oder, gottverdammt noch mal, bis man sie per Helikopter rausholen würde.

Aber die Jungs wollten umkehren, den Rückzug antreten, abseilen.

Abseilen über neunhundert Meter extremstes Gelände! Das war Wahnsinn. Doch sie wollten es sich nicht ausreden lassen, waren überzeugt, dass sie nur so ihre Haut retten konnten. Der eine war völlig aus dem Häuschen, fahrig, nervös, murmelte etwas wie „Da kommen wir eh nicht mehr raus … Wir verrecken in dieser Scheißtour …“

Dabei war er der mit Abstand beste Kletterer.

Aber Eier hat er keine, dachte Mel.

Die Wut stieg in ihr auf. Wahrscheinlich war reichlich Verzweiflung dabei. Doch die Wut gewann die Oberhand. Sie war wütend auf die Männer, wütend auf das Wetter, wütend auf das Schicksal, das es nicht eben gut mit ihnen meinte. Sie wusste, dass hier alles schieflaufen konnte. Und dann würden sie sterben, abstürzen oder erfrieren oder erschöpft einschlafen und nie mehr aufwachen. Sie war wütend auf den Tod.

Sie hatte ihre Gefährten angeschrien, dass sie vorsteigen würde, am scharfen Ende des Seiles, dass sie bereit war, die Verantwortung zu übernehmen, Kopf und Kragen zu riskieren, um an diesem Tag die Biwakschachtel zu erreichen.

„Kapiert ihr das nicht? Wir müssen den Finger aus dem Arsch nehmen, wenn wir lebend hier rauskommen wollen. Wenn wir abseilen, schaffen wir das nie ohne eine weitere Nacht im Freien. Ich möchte nicht daran denken …“

Sie hat dermaßen getobt, dass die beiden völlig perplex waren und sich widerstandslos fügten.

Ihre Wut hatte sie die heikelsten Kletterstellen meistern lassen. Ihre Ungehaltenheit über das Versagen der Männer wandelte sich um in Willenskraft und Sturheit. Und da war noch etwas: so ein Gefühl der Unverletzlichkeit. Nichts konnte ihr mehr etwas anhaben, nicht die Kälte, nicht die Gefahr, nicht die Ungewissheit, wie es weitergehen würde. Das Adrenalin trug sie förmlich hinauf bis zum Gipfel.

Und jetzt, in Ricardos Wohnung, allein mit den Polizeibeamten und ganz auf sich gestellt, kam es zu einer ähnlichen Adrenalinexplosion.

„Sie sollten antworten“, sagte der Jüngere lächelnd. „Es nützt doch nichts, nur dazusitzen und durch alles hindurchzuschauen.“

Im nächsten Moment fror sein Lächeln ein. Sein Gesicht wurde zu einer Grimasse – wie Zahnweh, dachte Mel –, jegliche Freundlichkeit war daraus entwichen. Die Mundwinkel sackten nach unten, der Mund stand ein Stück offen, und das Grinsen, das er noch immer im Gesicht trug, wirkte nur mehr blöde.

Dabei saß Mel ja nur da. Doch alles an ihr hatte sich in diesen Sekunden verändert. Sie saß ganz aufrecht, den Rücken durchgedrückt, die Hände neben ihren Beinen auf den Sitz gepresst. Aus ihren Augen waren die Angst und die Unsicherheit gewichen. In ihrer Haltung lag nichts als Entschlossenheit.

Und in ihrer Stimme …

Als sie sprach, hielt sie die Zähne fast geschlossen. Sie presste die Worte gleichsam durch die Zahnzwischenräume. Und das verlieh ihnen ein Fluidum von Gefahr.

„Ich soll also antworten", sagte sie und sah den Lächler mit einem vernichtenden Blick an. „Soll Ihre infamen Fragen beantworten. Sie kommen hier rein, erzählen mir, dass ein Bekannter von mir ein Mörder sein soll, und wollen dann Informationen. Und die soll ich Ihnen geben. Und dabei auch noch meine Privatsphäre offenlegen."

„Wir können Sie auch aufs Präsidium mitnehmen", sagte der Junge. Doch er sagte es zaghaft, nicht wirklich überzeugend. Es sollte ein kleiner verbaler Angriff sein, eine schlecht vorbereitete Links-rechts-Kombination, wie sie Boxer im Rückwärtsgang ausführen.

Er musste geahnt haben, dass er ihr damit nicht zu kommen brauchte. Nicht jetzt, nicht in diesem Augenblick, nicht in ihrer Gemütsverfassung.

Mel sprang auf, wendete sich ab, drehte sich aber sogleich wieder zu den Beamten um und brüllte sie an: „Sie wollen wissen, woher ich Thanner kenne? Sie wollen wissen, in welcher Beziehung ich zu ihm stehe, warum ich anrufen wollte. Wenn ihr Eier hättet, würdet ihr geradeaus fragen, ob ich ihn vögle. Aber ihr habt keine. Ja, ich vögle ihn – allerdings viel zu selten. Und mir ist dabei nicht aufgefallen, dass er auch nur die kleinste perverse Neigung hätte. Wenn Sie das wissen wollen ..." – Mel wechselte vom „Sie" zum „ihr" und wieder zurück – „... Tobs Thanner hat keine Frau missbraucht, keine Frau getötet. Dazu fehlt ihm allein schon die dreckige Phantasie, mit der ihr rumlauft und Leute verdächtigt und beschuldigt und eure schmutzigen Fragen stellt. Thanner ist kein Mörder!“

Sie wischte sich mit dem Handrücken den Speichel vom Mund.

„Angerufen habe ich ihn, weil ich ihn lange nicht mehr gesehen habe. Weil ich ihn wieder sehen möchte. Und nicht nur sehen. Ich möchte bei ihm sein. Und ich will nicht, dass Leute wie ihr auch nur in seine Nähe kommen.“

Sie ließ sich wieder in den Sessel plumpsen, verbarg ihr Gesicht in den Händen und begann zu schluchzen.

Ihr Ausbruch war vorüber. Die Angst war weg. Jetzt war da nur die tiefe Sorge um Tobs. Eine Verzweiflung über die undurchschaubare Katastrophe, in die er hineingeraten sein musste.

„War's das?“, fragte der Ältere, das Arschloch.

Mel schaute auf, wischte sich Tränen aus den Augen und sah ihn an mit einem Blick, der selbst diesem Idioten ganz offen zum Ausdruck brachte, dass sie ihm am liebsten mit Anlauf zwischen die Beine getreten hätte.

ZWANZIG

Im Wasser hatte er nicht länger bleiben können. Das war Tobs klar geworden. Er würde verrecken in diesem Kanalrohr.

Wahrscheinlich hab ich mir eh schon eine Lungenentzündung geholt, dachte er. Und wahrscheinlich verrecke ich daran. Vielleicht nicht die schlechteste Alternative.

Er war herausgerobbt aus seinem Versteck, hatte sich am Gesträuch der Uferböschung hochgezogen und hatte hinausgelurt auf die Wiesenhänge des Kranzberges, sich dabei immer der Gefahr bewusst, im nächsten Augenblick von Polizisten, von Hunden oder einem Hubschrauber entdeckt zu werden. Doch es rührte sich nichts. Ganz in der Ferne hörte er einen Helikopter, sonst nichts.

Am Ende des Wiesenhanges sah er eine kleine Hütte. Winzig war sie, die Fensterläden waren verschlossen, kein Rauch stieg aus dem Kamin. Solche Hütten und Almgebäude gab es reichlich in den niederen Gebirgslagen; zumeist wurden sie nur mehr als Wochenendhäuschen genutzt. Meist waren sie verschlossen. Und doch war klar, dass Tobs in so einer Hütte all das finden würde, was er fürs Erste brauchte.

Dass die Hütte, die er im Visier hatte, verrammelt und verriegelt sein würde, war allerdings nicht das einzige Problem. Der Weg dorthin führte über freies Gelände, einsehbar von verschiedenen Seiten, Deckung gab es nicht. Dazu kam, dass die Hütte unter Beobachtung stehen konnte, dass vielleicht ein Polizist hinterm Haus hockte, in aller Ruhe seine Brotzeit verzehrte und dann über Funk durchsagte, dass der gesuchte Tobias Thanner nackt über die Almwiesen daherspaziert kam.

Was bleibt mir anders übrig, dachte Tobs. Ich muss da hinüber. Und irgendwie muss ich da hinein.

Er schlotterte vor Kälte; das Wasser hatte ihn ausgekühlt bis auf die Knochen. Hier, im Gebüsch am Bachlauf, war es weit wärmer als zuvor in seinem nassen Versteck, aber das half noch nicht gegen sein Zittern und Zähneklappern.

Er dachte an die Sachen, die er in der Hütte zu finden hoffte: Kleidung, Schuhe, vielleicht sogar etwas zu essen. Wenn er erst etwas zum Anziehen haben würde, das war seine Hoffnung und Überzeugung, konnte er ganz anders agieren.

Tobs rannte los. Seine zerschundenen Fußsohlen taten weh, doch das musste ihm egal sein. Zur Hütte waren es etwa zweihundert Meter in leicht ansteigendem Gelände. Er rannte wie um sein Leben – und er war selbst erstaunt, nicht von einem Schuss ins Bein niedergestreckt zu werden, keine kläffenden Hunde hinter sich zu hören, unbehelligt, wenngleich mit den Kräften am Ende, die Hütte zu erreichen. Und was am allerbesten war: Es war hier niemand.

Tobs brauchte nicht lange, um festzustellen, dass dieses Häuschen einbruchssicher abgeriegelt war. Die Tür und die geschlossenen Fensterläden waren durch schwere Eisenschienen samt Eindruck schindenden Vorhängeschlössern gesichert – da gab es kein Durchkommen. Die Wände waren aus massiven Balken – keine Chance. Aber es war wie beim Klettern: Irgendwie gelang es meist, eine völlig abstruse Stelle zu überwinden. Was es brauchte, war Phantasie und Entschlossenheit.

Das Dach!

Zur Hälfte bestand es aus Blech, von großen Kalksteinen zusätzlich beschwert. Die andere Hälfte aber war vor nicht allzu langer Zeit mit Ziegeln neu eingedeckt worden. Es war für Tobs trotz der immer noch vorherrschenden Nässe des Regens nicht schwierig, über den an der Hauswand errichteten Holzstoß hinaufzusteigen, sich an der Dachrinne hochzuziehen und aufs Dach zu hocken. Das Problem war die gebotene Eile. Jeden Augenblick konnte er entdeckt werden, von der Polizei oder auch nur von irgendwelchen Wanderern, die des Weges kamen und die sich nicht schlecht wundern würden über den nackten Mann auf dem Dach.

Er nahm einen der Kalksteine und zerschlug damit zwei Dachziegel. Es dauerte nur ein paar Augenblicke, bis er genug Ziegel beiseitegeschafft hatte, dass sein Körper hindurchpassen würde. Doch zuerst war noch Dachpappe zu entfernen und eine dicke Lage Dämmmaterial. Und dann kam da eine Holzverschalung.

Scheiße. Scheiße. Scheiße, dachte Tobs.

Er hatte das Gefühl, dass sich das Hubschraubergeräusch näherte.

Keine Panik, sagte er lautlos zu sich selbst. Keine Panik. Ganz ruhig jetzt. Es nutzt nichts, wenn du dich im Haus versteckst. Vom Hubschrauber aus sehen sie das Loch im Dach ohnehin und zählen eins und eins zusammen. Ich brauche jetzt einfach das Glück, dass sie schon hier waren und nun woanders suchen.

„Lieber Gott", sagte er, und er sagte es halblaut vor sich hin. „Lieber Gott, falls es dich gibt, dann hilf mir heraus aus diesem Alptraum. Ich bin mir ganz sicher, dass ich diese Frau nicht getötet habe. Auch wenn ich nicht weiß, was wirklich geschehen ist und was mein Part dabei war. Aber du! Du solltest es wissen! Ich bin doch kein Mörder!"

Mit aller Gewalt trat er mit der Ferse gegen das Holz. Die Ferse tat weh dabei, das Holz knackte, aber es gab noch nicht nach. Dreimal, viermal musste er dagegentreten, bis die dünnen Bretter barsten und ihm einen Durchschlupf gewährten.

In der Hütte roch es nach Holz, nach Ofenruß, nach kaltem Tabakrauch, ein wenig nach Schweiß und ein wenig auch nach viel getragenen Bergstiefeln. Es war dunkel, aber weil durch Tobs' Einbruchsloch Licht fiel, konnte er genug erkennen, um sich zurechtzufinden. In der Ecke der Herd, mit dem wohl an manchen Tagen geheizt und gekocht wurde. Nicht weit davon ein Tisch mit zwei Stühlen und einer Eckbank. Daneben ein schmaler Schrank, der Vorräte enthielt. Konservendosen, Bier, Limo, Nudelpackungen und Ölsardinen. Außerdem, in Aluboxen verpackt zum Schutz vor den Mäusen, Kekse und Schokolade.

Tobs drehte den Schraubverschluss einer Limoflasche auf und trank das süße Gesöff mit wenigen Schlucken bis zur Neige. Es war ihm der pure Genuss.

Seine Augen gewöhnten sich immer besser an das Halbdunkel. Auf dem Tisch lagen Spielkarten unordentlich zu einem Päckchen geschlichtet, eine beinahe leere Flasche Schnaps stand da und Gläser, die wahrscheinlich vor gar nicht allzu langer Zeit noch benutzt worden waren.

Er horchte hinauf zum Loch. Vom Hubschrauber war nichts zu hören. Er stellte sich vor, wie es in dieser Hütte üblicherweise zuging, sah ein altes Bauernehepaar vor sich, beide schon im Austrag, das bisweilen hierherkam, um sich ein Stück weg vom Alltag des Hofes und doch in vertrauter Umgebung einen ruhigen Tag zu machen. Sie kochte etwas Unaufwendiges am Herd, er las eine Zeitung, die schon ein paar Tage alt war und deren „aktuelle" Nachrichten von der Realität längst wieder eingeholt waren. Dann kam ein anderer Alter von einer Hütte in der Nähe oder aus dem Tal herauf, wischte sich den Schweiß von der Stirn, klopfte vor der Tür die derben Schuhe ab, ließ sich nieder auf eine Halbe Bier, einen Schnaps, auf ein paar Runden Kartenspiel und ein wortarmes Gespräch.

Hatte er Zeit für solche Gedanken? Er hatte sie nicht, und er wusste es.

Fieberhaft begann er in der kleinen Behausung, in der sich ein Schlafbereich mit karierter Bettwäsche direkt an den Wohnraum anschloss, nach Kleidung zu suchen. Er fand sie über einem Stuhl neben dem Bett und an Kleiderhaken an der Wand. Eine alte, blaue Arbeitshose, etwas zu kurz, etwas zu eng, aber durch den Lederriemen ließ sich der Bund schon zusammenhalten. Er fand ein nach herbem Männerschweiß riechendes Hemd und eine kaum wohlriechendere Strickjacke, alles passte so einigermaßen, die Ärmel waren freilich ein wenig zu kurz, aber er war hier nicht bei Hirmer oder Konen, sondern in einer beschissenen Berghütte, und er musste nehmen, was er bekommen konnte. Auch die Gummistiefel, die er entdeckte, standen nicht in seiner Größe da. Sie drückten auf die Zehen, aber es war auszuhalten, und es war besser als nichts. Alles ist besser als nichts, dachte er. Was für ein saublöder Satz.

Er zitterte noch immer. Das Bett war verlockend. Seinetwegen hätte es genauso nach Schweiß stinken können wie Hemd und Jacke. Es wäre ihm ganz egal gewesen – nur hinlegen und sich zudecken und nicht mehr frieren und einschlafen können und alles wegschlafen können, schlafen, schlafen, schlafen, traumlos schlafen und dann in einer anderen Situation erwachen, kein Mörder sein, kein Gejagter sein, nur er, Tobias Thanner.

Doch das wusste er: Wenn er sich jetzt hinlegen und einschlafen würde, dann säße er in der Falle. Dass sie bei seinem Aufwachen die Hütte umstellt haben würden, sah er so deutlich vor sich wie vorhin das Bild der alten Bauern in ihrem schlichten Wochenend-Domizil.

Er nahm sich eine Packung Schokolade aus dem Schrank und schob sie in die Seitentasche der Hose. In einen schmutzigen Leinensack, der am Türhaken hing, packte er eine Flasche Limo, zwei Dosen Ölsardinen, eine Packung Kekse. Noch einmal besah er sich kurz das Chaos, das er mit seinem Einbruch verursacht hatte, dann schob er den Tisch unters Loch, stellte einen Stuhl darauf und kletterte hinauf. Ganz langsam schob er seinen Kopf zwischen den Dachziegeln hindurch und prüfte das Gelände. Nichts war zu sehen, niemand schien in der Nähe zu sein. Er zog sich aufs Dach hinauf, ließ sich an der Dachrinne herab, dachte: Zum zweiten Mal an diesem Tag, dass ich aus einem Haus klettern und verschwinden muss. Und schließlich lief er über die Almwiese und verschwand im Unterholz.

Tobs Thanner hatte nicht allzu viele Möglichkeiten, wohin er sich hätte wenden können. Genau genommen hatte er keine Chance. Aber jetzt hatte er einen Plan.

***

Kölbl war wütend darüber, dass dieser Sexualverbrecher noch immer nicht gefasst war. Er war stinksauer, hatte jedoch nicht den geringsten Zweifel, dass es nur noch eine Frage der Zeit war, bis sie ihn dingfest machen konnten. Doch es war ja eine Frage des Prinzips! Wie war es möglich, dass ein Mann mit nichts am Leib, nicht mal Schuhen an den Füßen, in einem eigentlich recht übersichtlichen Gelände verschwinden konnte? Wie konnte es sein, dass weder Hundertschaften noch Suchhunde noch Helikopterbesatzungen in der Lage waren, diesen Dreckskerl zu finden?

Er musste an die Frau denken, die da in ihrem Blut gelegen hatte. Unmengen von Blut. Das blutige Rot breitete sich hinter seinen Augen aus, es ergriff Besitz von ihm, er ahnte, dass er Kopfschmerzen bekommen würde. Die Schachtel Tabletten lag in der untersten Schublade, versteckt hinter Kladden; niemand sollte zufällig mitbekommen, dass er etwas einnahm. Dieses Schwäche wollte er nicht eingestehen; je schlechter es ihm ging, desto weniger war er bereit, es zuzugeben. Die Packung war fast leer.

Übermorgen hab ich keine Tabletten mehr, dachte er. Er hasste es, sein Leben nach dem Konsum seiner Schmerzmittel einteilen zu müssen: Wann musste er zum Arzt, um ein Rezept zu holen? Wann schaffte er es zur Apotheke? Und hoffentlich hatte es die dann wieder vorrätig, wenn er die letzte schon geschluckt hatte …

Ich sollte alles hinschmeißen, dachte er. Vorzeitig in den Ruhestand gehen, mich am Arsch lecken lassen.

Mit einem Schluck abgestandenen Mineralwassers nahm er die Tablette ein, lehnte sich im ausgeleierten Bürostuhl zurück und überlegte ernsthaft, ob er nach diesem Fall seinen Beruf an den Nagel hängen sollte. Von Tätern und Opfern, von Mördern, Vergewaltigern, Erpressern, Räubern hatte er schon lange genug. Und Leichen wollte er auch nicht mehr sehen.

Ich höre auf, dachte er.

Wenn wir das Schwein haben, höre ich auf.

Der Gedanke war nicht neu.

Seit Jahren dachte er ihn wieder und wieder.

***

Nicht ins Tal, dachte Tobs. Nicht dorthin, wo es logisch wäre. Das Gegenteil ist richtig.

Er sah die Felsflanken, die sich über dem Ferchensee erhoben. Ein Terrain ohne Wanderwege und ohne nennenswerte Kletterrouten. Dort kam nie jemand hin. Vielleicht hin und wieder ein Jäger. Dort würde nicht so schnell jemand suchen. Und wenn: Dort musste es Grotten, Nischen, Spalten im Fels geben, wo er sich verkriechen konnte, bis die ganze Suchaktion zum Erliegen kam.

Tobs verbarg sich nicht mehr im Wald oder gar im Unterholz. Er stapfte über die Wiesen zum See hinunter, wie ein junger Bauer kam er daher, und er hoffte, jeder würde ihn als solchen ansehen und keinen Zweifel an seiner selbstgestrickten Herkunft hegen.

Als er sich dem See näherte, sah er ein Polizeifahrzeug am Feldweg stehen. Er setzte alles auf eine Karte, ging direkt auf das Fahrzeug zu. Einer der uniformierten Beamten stieg aus dem Auto, Tobs ging in großen, schweren Bauernschritten auf ihn zu, grüßte, blieb stehen und fragte: „Was ist eigentlich los bei uns im Tal?"

Sein Glück, sein geradezu unwahrscheinliches Glück war es, dass die Beamten nicht aus der Gegend stammten, sondern zu dem Großeinsatz hinzugerufen worden waren. Einheimischen wäre natürlich aufgefallen, dass er nicht von hier stammte, kein Bauer vom Kranzberg war. Die aber …

„Schlimme Sache", sagte einer der beiden. „Morddelikt. Eine Frau."

„Wir können dazu aber gar nichts sagen", unterbrach ihn der Kollege. „Und Sie? Was machen Sie hier?"

Tobs kratzte sich am Kopf. Sein Herz raste. Und wenn er die Pobacken nicht ganz fest zusammengezwickt hätte, wäre er im nächsten Augenblick in vollgekackten Hosen vor den Polizisten gestanden.

„Ich bin der Vogler Martin." Er nannte einen Phantasienamen, der vielleicht in die Gegend passte. „Bin oben beim alten Almhaus gewesen. Hab die ganze Zeit den Hubschrauber kreisen gesehen und die Polizeisirenen gehört. Hab gedacht, da ist drunten beim See was passiert, ein Unfall, dass einer ertrunken ist oder so. Ja mei, und jetzt wollt ich halt nachschauen, was los ist. Man ist halt neugierig."

„Gesehen haben Sie nichts Verdächtiges? Keinen Mann, der sich auffällig verhielt? Der aussieht, als dass er sich verstecken wollte? Unzureichend bekleidet ist er, jung ist er, und er ist dringend der Tat verdächtig."

Tobs schüttelte den Kopf.

„Ich hab Schafe da droben. Um die hab ich mich gekümmert. Dann bin ich ins Haus, hab mir was zum Essen gerichtet und hab mich damit draußen hingesetzt. Zum Glück hat es ja zum Regnen aufgehört. Und dann war da ständig dieser Hubschrauberlärm und all das. Deswegen bin ich runtergekommen, um zu schauen, um zu fragen … Auch, ob man irgendwie helfen kann …"

Die beiden Beamten musterten ihn von oben bis unten.

Dann sagte der eine: „Die Augen offen halten. Und gleich Bescheid geben, wenn Ihnen was auffällt. Sie sind ja hier daheim, Sie kennen sich hier aus. Sie merken als Erster, wenn etwas nicht stimmt."

„Aber Obacht!", ergänzte der andere. „Der Mann ist gefährlich. Lassen Sie sich auf nichts ein. Nur Bescheid geben."

Tobs nickte. „Das werde ich tun: die Augen offen halten und gleich 110 rufen, wenn ich Verdacht schöpf."

Er grüßte und ging weiter. Nicht Richtung Bergflanken, die sein ursprüngliches Ziel gewesen waren. Sondern einfach auf der Forststraße weiter, die ihn zum Lautersee führen würde und weiter, schließlich bis hinaus nach Mittenwald.

Die Polizisten sahen ihm nach, und Tobs hörte, wie der eine zum anderen sagte: „Eigentlich könnte das genauso gut der Täter sein wie jeder andere. Wie jeder Wanderer und Spaziergänger, den wir heute schon angesprochen haben, oder?"

Sein Kollege schüttelte den Kopf: „Der doch net. Das war doch ein richtiger Bauernfünfer aus der Gegend hier. Der, den wir suchen, soll ein Kerl aus München sein, der sich als

Privatdetektiv ausgibt. Hat der grad nach Privatdetektiv ausgeschaut? Bestimmt net. Und gestunken hat der nach Arbeit und nach Stall. Also der war's sicher net."

„Da hast auch wieder recht. Aber schau mal da drüben, da kommt wieder wer. Sollten wir mal ein Auge drauf werfen."

Und das taten sie dann auch, erfüllten ihren Dienst nach bestem Wissen und Gewissen.

Idioten, dachte Tobs. Was habe ich doch für ein Glück.

EINUNDZWANZIG

Auf seinem Weg nach Mittenwald, vorbei an Polizeibeamten in Uniform und in Zivil, fand er an einem Stadel einen hölzernen Heurechen. Den legte er sich über die Schulter und stapfte in den Gummistiefeln breitbeinig und schwerfällig dahin. Niemand schien sich zu fragen, was der junge Bauer nach dem verregneten Vormittag mit dem Heurechen anstellte – das Gras war nass und schwer. Es war kein Tag für die Mahd, gestern nicht und heute schon gar nicht.

Er erreichte die Straße, die von der Leutasch nach Mittenwald führte, und bevor er zu den ersten Häusern kam, warf er den Rechen ins Gebüsch.

An den hohen Flanken des Karwendels lichteten sich die Wolken immer mehr. Das Gelände schien zu dampfen, Schleierwölkchen stiegen auf. Wo Fels sichtbar wurde, glitzerte er, als wäre er mit Silberstaub überzogen. Zwischen den Wolken brach sich immer wieder ein Sonnenstrahl Bahn und verzauberte die Natur.

Selbst in seiner Not sah Tobs das. Augenblicke wie dieser waren stets voller Erinnerungen an all die schönen Stunden und Tage, die er in den Bergen verbracht hatte. Sie ließen Erlebtes aufs Neue lebendig werden und weckten in ihm zugleich Sehnsucht danach, wieder unterwegs zu sein, aufzubrechen dorthin, wo die Natur am unberührtesten war.

Eine solche Sehnsucht verspürte er nun nicht. Aber er sah die Schönheit des Augenblicks, und das war ihm zumindest ein winziger Trost.

Unter diesen Bergflanken, die sich jenseits der Bundesstraße und der Bahnlinie erhoben, wusste er ein Areal mit unzähligen Heuschobern.

In früheren Jahren war er einige Male dort vorbei gekommen, wenn er von Mittenwald zur herrlich gelegenen Brunnsteinhütte wanderte beziehungsweise wenn er von dort zurückkam, einmal nach einer Winterüberschreitung des Mittenwalder Höhenwegs, im Sommer ein schöner Gratbummel, im Winter eine nicht zu unterschätzende hochalpine Tour.

Es gelang ihm, unbehelligt den Ortsrand von Mittenwald zu passieren und unter der Schnellstraße hindurch in die Stadellandschaft am Fuß der eigentlichen Berge zu gelangen. Er musste nicht lange suchen, bis er einen Heuschober fand, der an der wetterabgewandten Seite teilweise offen war und wo er ohne Gewaltanwendung hineingelangen konnte. Das Heu duftete, Tobs krabbelte auf allen vieren darüber hinweg bis in den hintersten Winkel, schuf sich mit wenigen Bewegungen eine Kuhle und rollte sich zusammen. So ähnlich musste es im Mutterleib gewesen sein.

Wärme umfing ihn, der Duft des Heus wirkte so angenehm, als wenn es sich um Marihuana gehandelt hätte, durch die Ritzen im Holz sah er das Licht des Tages, der immer sonniger wurde. Tobs wälzte sich ein paarmal hin und her und grub sich tiefer hinein in das Heu. Er hoffte inständig, dass ihn hier niemand finden würde, dass er Ruhe fände und Schlaf. Am liebsten hätte er alles, wirklich alles einfach weggeschlafen. Wenn das nur möglich wäre.

***

Donath hatte es lange nicht gewagt, das WC zu verlassen. Er hatte minutenlang nichts getan, als angestrengt zu lauschen, dabei selbst nicht die kleinste Bewegung machend, nicht das kleinste Geräusch verursachend. Immer wieder sagte er sich, er habe sich getäuscht. Und immer wieder war er sich ganz sicher, etwas gehört zu haben. Nur das eine Mal, dann nicht wieder. Sein Herz raste, seine Gedanken fanden keinen Halt, seine Trauer wurde von einer unbestimmten Angst verdrängt.

Wer war im Haus? War wer im Haus? Der Polizeibeamte?

Donath nahm das bisschen Mut zusammen, das ihm an diesem fürchterlichen Tag noch geblieben war, er öffnete die Tür und trat hinaus in den marmorgetäfelten Flur.

„Hallo?"

Seine Stimme drohte zu ersticken bei diesem fragenden Hallo, das er eigentlich entschlossen und laut durchs Haus hatte schicken wollen.

Sein krächzender Ruf verhallte in der Stille.

Im Schlafzimmer hatte er eine Waffe. Sie lag in der Schublade des Nachtkästchens. Aber zum Schlafzimmer war es weit.

Donath hatte Angst.

Eine schreckliche Angst, die aus dem Nirgendwo kam, sich wie ein Virus in seinen Körper und seinen Geist eingeschlichen hatte und die ihn mehr und mehr auszufüllen begann. Eine Angst, die ihn seit Monaten verfolgte, dabei immer stärker geworden war, ihn schließlich veranlasst hatte, seine Frau zu observieren – mit diesem fürchterlichen Ausgang.

Einen Augenblick lang dachte er an die Panik, die ihn befallen hatte: dass Elena ihn verlassen würde, dass er ohne sie und auch ohne ihr Geld dastehen würde, dass er wieder ein Niemand wäre, so wie damals, bevor er sie kennengelernt hatte …

Er schlich strumpfsockig durchs Haus; die teuren Teppichböden schluckten jedes Geräusch. Nichts mehr war zu hören.

In der Diele nahm er eine knapp fünfzig Zentimeter hohe, schlanke Metallskulptur von der Anrichte; ein abstraktes Gebilde, irgendwie flammend, züngelnd, in goldschimmerndem Messing; eine Waffe, die schwer in seiner Hand lag, was ihm guttat, wenngleich er nicht wusste, ob er in der Lage war, damit einen guten Hieb zu führen. Er hatte sich ja nie darauf verstanden, körperliche Gewalt anzuwenden. Seine Spezialität war von Jugend an, sich mittels subtiler Manipulationen zu wehren oder Vorteile zu verschaffen.

Schritt für Schritt bewegte er sich durch sein Haus, prüfte jeden Raum, entdeckte niemanden im Wohnzimmer, auch in seinem großzügigen, hellen Arbeitszimmer nichts, keine Spur. Doch da war ja noch das Obergeschoss: die beiden Schlafzimmer, das Gästezimmer, das großzügige Bad.

Donath war kurz versucht, einfach die Polizei anzurufen.

Was soll ich ihnen sagen?, dachte er. Dass ich etwas im Haus gehört habe? Dass ich schon länger in Angst und Sorge lebe?

Sie werden jemanden vorbeischicken und der wird nichts finden können, und man wird alles nur einer gewissen Hysterie aufgrund des Todes meiner Frau zuschreiben.

Unaufgeräumt sein Schlafraum, das Bett noch zerwühlt wie beim Aufstehen, als ihn der schreckliche Anruf am frühen Morgen ereilt hatte. Er holte die Pistole aus der Nachttischschublade; stellte die Metallskulptur auf den Boden.

Das Badezimmer so leer und verlassen, wie es an diesem schlimmen Tag nur sein konnte. Hier war auch niemand, er musste sich getäuscht haben.

Schlimmer als die Angst war das Gefühl, die Tür zu Elenas Zimmer öffnen zu müssen. Einzutreten in die unwiderrufliche Leere, in ihren zurückgelassenen Atem und den Geruch ihrer Haut. Als er die freie Hand auf die Messingklinke legte, die andere mit dem Finger am Abzug, gab er sich einen winzigen Augenblick der Hoffnung hin, dass sie in ihrem Lesesessel sitzen würde, eine Zeitschrift in Händen, und ihn fragend anblickte: Was willst du?

Es war ja nicht mehr viel geblieben von ihrer Ehe. Eine Leere, beinahe so kalt und stumm wie das Zimmer, das er nach dem Öffnen der Tür vor sich sah: hell und weiß und ohne alles. Nichts.

Er ließ seine Waffe sinken, horchte noch einmal in die Winkel des Hauses hinein, war sich nun sicher, einer Täuschung gefolgt zu sein, atmete tief durch und ging wieder hinunter ins Parterre.

Dort trat er in sein Arbeitszimmer. Er hätte später nicht sagen können, warum er eingetreten war, ob er hier etwas suchte oder tun wollte. Denn in dem Augenblick, da er über die Schwelle trat, suchte ihn der zweite große Schock des Tages heim: Der 23-Zoll-Bildschirm seines Computers war an. Am Vorabend, als er von Mittenwald zurückgekehrt war, hatte er Mails gelesen, den Kurs seiner Anlagewerte abgefragt und danach wie immer alles ausgeschaltet. Seither war er nicht mehr am Schreibtisch gesessen. Wozu auch: Seine Frau war tot. Ermordet. Die Aktien und Fonds waren ihm egal. Die Mails auch. Nichts, was gestern noch von Bedeutung war, hatte seit heute Morgen noch Bestand. Und als er vorhin einen Blick ins Arbeitszimmer geworfen hatte, war der Bildschirm im Schlaf gelegen.

Es war jemand da. War vielleicht immer noch da, vielleicht aber auch schon wieder weg. Da oder fort, wer auch immer: Donath konnte seinen entsetzten Blick nicht vom Monitor lassen, wo stumm, aber in guter Bildqualität ein Film lief.

Er sah seine Frau. Sah sie nackt auf dem Bett im Ferienhaus. Sah sie in innigem Liebesspiel mit einem Mann: Tobias Thanner. Sie küsste ihn an der Schulter, robbte sich über ihn, schien seine Brust zu lecken, seinen Bauch, seinen Nabel. Seine Hände waren überall, an ihrem Rücken, in ihren Haaren, auf ihrem weißen Po. Die ineinander verwobenen Körper bewegten sich in einer ruhigen Choreographie, so als geschähe alles ein wenig in Zeitlupe, so als liebten sich seine Frau und dieses Schwein unter Wasser.

Es war kein Sexfilm mit Perspektivewechseln, keine Nahaufnahme, immer dieselbe Totale, aufgenommen von oben und zugleich leicht von der Seite. Was Donath sah, hatte ohnehin nichts zu tun mit der Art von Sexfilmen, wie er sie einige Male gesehen hatte, früher im Kino, später im Fernsehen, zuletzt im Internet. Selbst in jenen Filmen, die von ambitionierterer Machart waren, hatten die Akteure irgendwie billig gewirkt, zumindest als schlechte Schauspieler des inszenierten Liebesspiels.

Hier war das anders.

Den bewegten Bildern, die er mit größtem Entsetzen sah, haftete nichts von Billigkeit oder Falschheit an. Auch nichts von Dominanz oder gar Gewalt. Das war ein echtes, intensives, ja, rauschhaft wirkendes Liebesspiel zweier Menschen, die der restlichen Welt enthoben schienen.

Weinend sackte Donath in sich zusammen.

Den Rücken gegen die Wand gepresst, kauerte er in der Hocke. Die Knie angezogen, das Gesicht in den Händen geborgen, schluchzte er seine ganze Verzweiflung aus sich heraus.

Die Waffe lag neben ihm am Boden. Wenn er die Finger ein wenig spreizte, konnte er sie liegen sehen, schwarzes, kaltes Metall auf weißem, weichen Teppichboden.

Wenn er den Kopf ein wenig hob, sah er den Bildschirm: Seine Frau, wie er sie schon lange nicht mehr kannte, sie so vielleicht nie gekannt hatte. Sie schlief mit diesem Mann wie in Trance. Es war ein scheinbar sich endlos wiederholendes, selbst überholendes, ständig neu und von vorn beginnendes Liebesspiel, dabei tausend Bewegungsvariationen und Körperfiguren beinhaltend. Für Momente sah er das große Glied des Mannes, sah seinen Hintern, der sich rhythmisch bewegte, sah wenig später das Gesicht seiner Frau, gerade so, als würde sie in die Kamera schauen, von der sie doch aller Wahrscheinlichkeit nach nicht die geringste Ahnung gehabt hatte, sah all das und wollte es doch nicht sehen, schaute aber immer wieder hin und wollte es so lange tun, bis es ihm das Herz zerriss, denn irgendwann, dessen war er gewiss, würde das geschehen. Und dann wäre auch er tot.

Weil er aber nach fünf oder zehn oder fünfzehn Minuten immer noch nicht tot war, raffte er sich auf. Die Pistole nahm er mit. Mit dem Fuß trat er den Hauptschalter an der Mehrfachsteckdose aus. Das Bild erlosch mit einem Laut wie ein Zungenschnalzen.

Mit der Pistole in der Hand wankte Donath in den Wohnraum. Er wankte wie ein Betrunkener. Er horchte nicht mehr, ob jemand im Haus war. Die Angst war weg, war einem Entsetzen gewichen, an dessen Ende ein Schuss in den Kopf stehen würde.

Er füllte sein Glas wieder auf, randvoll. Tränen liefen ihm übers Gesicht. Er wusste, es war das Ende.

„Sie haben noch einen letzten Wunsch vor Ihrer Hinrichtung“, sagte er zu sich selbst, und seine Stimmte kam ihm laut vor im Haus, in dem sich außer ihm vielleicht noch eine fremde Person aufhielt – und das doch leer war ohne Elena.

„Einen letzten Wunsch“, sagte er noch einmal, leiser jetzt. Das Glas Whiskey, das beinahe noch voll war, trank er mit einem langen Zug vollständig leer. Die Flasche stand daneben, er langte schon nach ihr, da fiel ihm ein, was er sich zuletzt, zuallerletzt noch wünschen wollte.

Er ging hinüber zu dem offenen Schrank, der die CD- und Schallplattensammlung beherbergte. Er wankte, der Alkohol zeigte bereits Wirkung. Aus den Schallplattenfächern suchte er heraus, was er nun noch hören wollte. Nicht Mozarts düsteres „Requiem", nicht Wagners schwermütigen „Tannhäuser", nicht Puccinis sentimentale „La Bohème". Nein, seine Wahl fiel auf eine Gesamtaufnahme der komischen Oper „Il barbiere di Siviglia" mit Hermann Prey in der Titelrolle und Claudio Abbado am Pult.

Mit der Flasche in der einen Hand und der Pistole in der anderen, fläzte er sich auf die weiße Ledercouch und wartete trinkend auf das Ende der Ouvertüre und auf den Anfang des Gesanges.

Er trank und spielte mit der Waffe, hielt sie sich hin und wieder an die heiße Stirn und genoss es, das kalte Metall auf seiner Haut zu spüren.

Es war lange her, dass er den „Barbier" zusammen mit Elena im Gärtnerplatztheater gesehen hatte, nicht in der Weltstarbesetzung wie auf der Platte, aber immerhin mitreißend und schmissig und lustvoll. Einfach schön.

Ist das möglich?, dachte er. Dauert es wirklich so lange, bis der Figaro die Bühne betritt? Das habe ich nicht mehr gewusst.

Die oft gespielte Platte knisterte und die Nadel kratzte an manchen Stellen, aber sie blieb nicht hängen. Sie hielt tapfer durch und erreichte schließlich Hermann Preys große Arie, die in ein zungenbrecherisches „Figaro su, Figaro giù …" mündete.

Selbst in seinem berauschten und völlig zerstörten Zustand konnte Donath es einmal mehr nicht glauben, dass ein Mensch so schnell und dabei so wunderbar singen konnte.

Er hatte diese Arie immer geliebt.

Er hatte seine Frau geliebt.

Jetzt war alles vorüber. Die Nadel kratzte über die Leerrille am Ende der ersten Seite. Rchzt, rchchzt, rchzt …

Er hob die Pistole an seinen Kopf und suchte die Stelle, an der sich der kühle Lauf besonders angenehm anfühlte.

***

Kölbl kam im Taxi. Er war mit dem Zug von Garmisch nach München gefahren und hatte sich dann nach Trudering bringen lassen. Unweit des Donath'schen Anwesens traf er seinen jungen Kollegen, der Donath hergefahren und den er beauftragt hatte, den Mann und das Haus im Auge zu behalten.

„Irgendwas Besonderes?", fragte Kölbl.

„Nichts. Sogar weniger als nichts." Dann, nach einer kurzen Pause: „Habt ihr den Täter schon?"

Kölbl schüttelte den Kopf. „Der ist vom Erdboden verschwunden. Hat sich unsichtbar gemacht. Aber …"

Der Junge sah ihn fragend von der Seite an, wartete, was das „aber" offenbaren würde, doch Kölbl verstummte.

„Aber was?"

„Nichts."

Es war bekannt in Garmisch-Partenkirchen, dass Kölbl meist mit wenigen Worten auskam.

Eine Zeitlang schwiegen sie. Dann sagte Kölbl mit Resignation und Verärgerung in der Stimme, dass es eine Schande sei, diesem Thanner bislang nicht habhaft geworden zu sein. Unglaublicher Dilettantismus.

„Und trotzdem: Es tut sich was. Sie haben seine Wohnung durchsucht, was sage ich, es ist ein Reihenhaus hier in München. Und sie sind dem Anruf nachgegangen, der ihn zuletzt erreicht hat. Eine junge Frau. An der scheinen sie sich festzubeißen. Aber …"

Kölbl schien durch alles hindurchzuschauen und an einem imaginären Horizont die Fortsetzung seiner Ausführungen ablesen zu wollen.

„Aber irgendwie verliere ich immer mehr den Glauben daran, dass dieser Thanner es überhaupt war."

„Was?!"

Kölbl schaute seinen Kollegen nicht an. Er sah zum Ende der Straße, musterte dieses wohlhabende Viertel, und sah dabei durch alles hindurch, als wären die Antworten auf die kriminalistischen Fragen an einem fernen, imaginären Horizont abzulesen.

„Warum hätte er sie umbringen sollen?", fragte er. Es war eine rhetorische Frage. „Wir müssen natürlich erst mal die Obduktion abwarten. Aber wie sich das für mich darstellt, hatten die beiden eine stinknormale Affäre. Der Mann ist nie auffällig geworden, kein Gewalthintergrund, keine Sexualdelikte. Dazu passt das erste Ergebnis aus seinem Haus: keine pornografischen Filme oder Zeitschriften, nichts, was darauf hindeutet, dass sein Sexleben mit Gewalt, Vergewaltigung und jetzt Mord verknüpft sein könnte. Die Frage wäre dann nur, warum er abgehauen ist, warum er sich versteckt hält."

„Glaubst du das wirklich? Der Flüchtige ist nicht der Täter? Warum in aller Welt haut er dann ab?"

Kölbl, der ohnehin schon mehr zusammenhängende Sätze am Stück gesprochen hatte als das bei ihm üblich war, sagte nur: „Versetz dich in seine Lage. Stell dir vor, du warst mit einer im Bett, und wenn du aufwachst, liegt sie tot neben dir. Und die Polizei klopft schon an die Tür."

Er kratzte sich hinter dem Ohr, kniff die Augen zusammen.

„Aber mittlerweile sind zehn Stunden oder so vergangen. Da müsste der Kerl doch die erste Panik längst abgelegt haben und allmählich zur Vernunft gekommen sein. Wenn er nichts gemacht hat, dann hat er doch auch nichts zu befürchten."

Kölbl gab einen schnaubenden Laut von sich. „Ich weiß die Zahlen nicht so genau, aber ich kann dir garantieren, dass alljährlich Leute eingelocht werden, die so unschuldig sind wie eine sechzehnjährige Jungfrau. Oder sagen wir besser wie eine vierzehnjährige Jungfrau. Ich für meinen Teil hätte jedenfalls Angst vor der Polizei."

Der Junge lachte. „Du machst Witze, oder?"

„Nein", sagte Kölbl. „Überhaupt nicht. An einem Tag wie heute ist mir gar nicht nach Witzen zumute. Und jetzt lass uns reingehen zu Donath. Wir müssen mehr erfahren über seinen familiären Hintergrund und den seiner verstorbenen Frau. Wird ihm nicht leicht fallen, aber seine Auskünfte sind wichtig."

„Brauchen Sie mich noch?", fragte der Taxifahrer, der die ganze Zeit über gewartet hatte. Kölbl verneinte. Er bezahlte die Fahrt und verabschiedete sich wortkarg.

Kaum, dass das Taxi an der nächsten Kreuzung verschwunden war, hörte Kölbl einen Knall. Er kam aus der Richtung von Donaths Haus. Kölbl war lange genug im Polizeidienst, um zu wissen, was dieser Knall bedeutete.

ZWEIUNDZWANZIG

Tobs sah die grellen Lichtstreifen durch die Balkenritzen in die Dunkelheit des Heustadels eindringen. Ein sonderbares Muster, mit dem er einschlief. Das Dunkel, das ihn umfing, wirkte wie ein Sog, dem die Lichtstreifen nichts anhaben konnten. Das Heu duftete, und der Duft freute ihn bis in die kindlichen Orte seines Herzens.

Tobs versank in den Schlaf, kraftlos, wehrlos, widerstandslos, wie narkotisiert. Die ersten Stunden schlief er, von den Strapazen dieses Tages und von den Auswirkungen des Schocks völlig erschöpft, tief, schwarz und traumlos.

Dann aber schoben sich Bewegungen und Farben in sein Unterbewusstsein, er hörte Stimmen, seine eigene und die einer Frau, und als er dann allmählich erwachte – Licht fiel schon lange nicht mehr durch die Ritzen –, hätte er nicht sagen können, ob er sich im Halbschlaf an die Geschehnisse erinnert oder aber alles traumhaft phantasiert hatte.

In den Minuten des Aufwachens konnte er nicht begreifen, was in ihm vorgegangen war. So rauschhaft waren die Ereignisse des Traumes (oder des Erinnerns?), dass es eine ganze Weile dauerte, ehe er unterscheiden konnte, was der Wirklichkeit entsprach und was nur dem aufgewühlten Inneren geschuldet war.

Tobs Thanner setzte sich im Heu auf, streckte seine Arme, seine Beine, rieb sich den Nacken und dachte über all das nach, was sich, den Tag über verdrängt, nun ganz nach vorne geschoben hatte.

Er konnte die Spiegeleier schmecken und das kühle Bier, das unglaublich angenehm durch seine trockene Kehle lief. Das ganze Haus duftete nach den gebratenen Eiern und ein wenig auch nach dem Duschgel der Frau. Er empfand es als ganz und gar prickelnde Mischung. Beim Essen, das sie ziemlich still einnahmen – er wunderte sich, mit welch gehörigem Appetit und welch erstaunlicher Geschwindigkeit sie ihre Ladung Rühreier in sich hineinschaufelte – sah er sie immer wieder verstohlen an.

Aus der Nähe betrachtet sah sie jünger aus. Das nicht ganz trockene Haar, das ungeschminkte Gesicht, die legere Kleidung – sie hatte eine helle Dreiviertelhose an und ein ausgeweitetes Shirt, unter dem sich ihre Brustspitzen abzeichneten – ließen Elena Donath jung und irgendwie mädchenhaft erscheinen.

Nachdem sie die letzte Gabel voll Rührei in den Mund geschoben hatte, sagte sie, immer noch kauend: „Eine komische Situation. Sie, der mich eigentlich beobachten sollten, essen mit mir zu Abend …“

Sie trank einen Schluck, und ihre Lippen hinterließen gelbe Ränder am Glas.

„Die Eifersucht meines Mannes ist manisch. Wobei er lange Zeit überhaupt keinen Grund dazu gehabt hat. Doch irgendwann hat er damit begonnen, mir Typen wie Sie auf den Hals zu hetzen. Den einen habe ich kennengelernt, den anderen nie gesehen, nur immer gespürt, dass er in meiner Nähe war. Kein schönes Gefühl, kann ich Ihnen sagen. Und nun Sie – wie heißen Sie eigentlich?“

Tobs nannte seinen Namen und fügte beinahe entschuldigend hinzu, dass er erst vor Kurzem damit begonnen habe, Privatdetektiv zu sein.

„Das müssen Sie nicht betonen. Das habe ich auch so gemerkt“, sagte sie und lachte ihn an oder aus, so genau hätte er das nicht sagen können.

„Ich bin aber kein männerfressendes Ungeheuer“, fuhr sie ernst fort. „Ich habe mir aus Männern und aus Sex nie so viel gemacht, dass ich bereit gewesen wäre, einfach alles aufs Spiel zu setzen. So läuft das vielleicht in den blöden Fernsehfilmen um Viertel nach acht. Die Realität sieht aber ein bisschen anders aus. Bei mir zumindest.“

Sie schaute ihn an, und Tobs hatte das Gefühl, dass ihre unverblümte Offenheit ihm die Röte ins Gesicht trieb.

„Wenn mein Mann mich nicht mit diesem krankhaften Misstrauen verfolgt hätte, wäre ich nie auf die Idee gekommen, ihm einen Grund dafür zu liefern."

Sie nippte wieder an ihrem Glas.

„Mit dem einen habe ich geschlafen", sagte sie. „Er war nicht unsympathisch. Auch ein sehr junger Mann. Wahrscheinlich war ich ihm zu alt. Danach nämlich ist er auf Nimmerwiedersehen verschwunden."

Sie lachte wieder. Tobs wäre am liebsten aus dem Haus gelaufen. Was hielt ihn davon ab?

„Er war aber nicht so jung wie Sie", sprach sie weiter. „So einen jungen und ziemlich gut aussehenden hat mein Mann mir bislang nicht gegönnt."

Er kam sich vor wie ein Hummer, der ins kochende Wasser geworfen wird. Er schaute zur Tür. Draußen war die Freiheit. Hier war das Abenteuer. Sein Verstand wollte hinaus; sein Körper jedoch wollte etwas ganz anderes.

„Sie müssen nicht so verschreckt schauen", sagte sie. „Ich will Sie nicht fressen. Aber wir könnten reden miteinander. Sie könnten mir von sich erzählen. Und ich könnte Ihnen einiges von mir erzählen. Und dann können Sie immer noch gehen. Sie müssen ja nicht die Nacht hier verbringen." Sie nahm eine Zigarette aus der Packung und fügte leiser hinzu: „Außer Sie möchten das unbedingt …"

Draußen bellte ein Hund. Der Stimme nach ein großer Hund. Es war ihm egal. Vielleicht war es ein Polizeihund, der sich auf seine Spur gesetzt hatte. Vielleicht war es auch nur ein Schäferhund oder ein Labrador oder ein Collie, der Gassi geführt wurde und der hinters Stadeleck kackte.

Tobs wühlte sich tiefer hinein ins Heu. Einen Moment lang öffnete er die Augenlider und sah durch die Wimpern hindurch, dass das Licht nur mehr matt und schwach durch die Ritzen schien, dass es mindestens Spätnachmittag geworden war.

Er wollte schlafen. Schlafen und eingebettet sein in den Traum, der keiner war.

Nach dem Essen verflüchtigte sich die erotische Atmosphäre. Elena Donath räumte den Tisch ab, reinigte in der Küche die Teller und die Pfanne, Tobs fragte, ob er etwas helfen könne, doch sie lehnte dankend ab.

Als alles erledigt war, setzte sie sich wieder zu ihm an den Tisch.

„Nicht dass du glaubst, ich würde bei ihm bleiben, weil ich auf ihn angewiesen wäre."

Sie duzte Tobs jetzt.

„Das Geld habe ich in die Beziehung mitgebracht. Wenn überhaupt, wäre mein Mann von mir abhängig, nicht ich von ihm. Es ist einfach so …" Sie unterbrach sich und sah ihn an. „Sorry, ich hab dir gar nichts mehr zu trinken angeboten. Sollen wir uns eine Flasche Wein aufmachen? In der Küche steht ein richtig guter, ein Barolo oder Nebbiolo, glaube ich."

Er nickte, doch sie schien ihr Ansinnen im nächsten Augenblick vergessen zu haben. Statt den Wein zu holen und Tobs die Flasche samt altmodischem Korkenzieher in die Hände zu drücken, stützte sie die Ellbogen auf den Tisch, legte den Kopf in die Hände und erzählte ihm die Geschichte ihrer Ehe. Von der Gewöhnung sprach sie und von einer unweigerlich einkehrenden Langeweile, von der Verwandlung der Liebe in ein Kameradschaftsverhältnis, von der Lethargie, die sie befallen hatte, bis zu ihren kurzzeitigen Ausbrüchen aus der Bahn des vorzeitigen Alterns.

Sie erzählte ihm von der Geborgenheit, die sie dennoch in der Beziehung zu ihrem Mann fand, im gemeinsamen Heim, den gemeinsamen Erinnerungen, im wechselseitigen Wissen um Stärken und Schwächen, um Eigenheiten und auch Liebenswürdigkeiten des anderen.

„Manchmal hasse ich ihn", sagte sie mit beinahe weinerlichem Unterton. „Ich weiß, dass ich kein Recht dazu habe, aber dann hasse ich ihn. Und ich bin mir sicher, er tut das umgekehrt bisweilen auch. Und es gibt Tage, da fürchte ich mich vor ihm. Ich könnte nicht sagen, warum. Vielleicht weil ich ziemlich reich bin und er nicht …"

Von den kinderlos gebliebenen Ehejahren hatte sie ihm berichtet, von der tief sitzenden Frustration, die darüber bei ihnen beiden aufgekommen war. Von ihrer zunehmenden Abkapselung in den letzten Jahren war die Rede – „Ich habe mich gerne eingesponnen in einen Kokon, und dann war ich von nichts und niemand mehr wirklich erreichbar." – und von Donaths Eifersucht und seinem immer rigider werdenden Überwachungssystem.

„Sie hätten aber doch …", wollte Tobs einwerfen, der noch Scheu hatte, die Frau zu duzen.

Sie ließ ihn aber gar nicht aussprechen, sondern gab ihm gleich die Antwort: „Natürlich hätte ich ihn verlassen können. Wie gesagt, ich verfüge über ein kleines Vermögen, ich bin noch nicht so alt, dass ich in Einsamkeit dahinvegetieren müsste, und ich gebe ja zu, es mir auch einige Male überlegt zu haben: die Koffer zu packen und irgendwo ein neues Leben zu beginnen. Aber …"

In ihrem Blick lagen Zweifel, als sie weitersprach. Zweifel, ob ein so junger Mann verstehen würde, was sie ihm da sagte. Doch sie schob die Zweifel beiseite.

„Irgendwann hat man als Frau ein Alter erreicht, in dem man sich noch nicht alt fühlt und doch weiß, dass man den besseren Teil des Lebens schon hinter sich hat. Man weiß, dass eine neue Beziehung auch nur am Anfang erfüllend ist und dann allmählich an Reiz und Intensität verliert, bevor das Miteinander umschlägt in ein Nebeneinander – bestenfalls. Viele Beziehungen sind ja doch ein Gegeneinander. Kurzum: Wenn man das als Frau mal begriffen hat, dann macht es wenig Sinn, sich in die nächste feste Bindung hineinzumanövrieren. Begreifen tun es ja viele. Doch die einen werden dann depressiv, leben allein, verkümmern – was ja auch nicht erstrebenswert ist. Die anderen halten ihre Ehen oder sonstigen Partnerschaften aufrecht und nutzen daneben jede Gelegenheit, sich ficken zu lassen. Ich passe zu keiner der beiden Gruppen."

„Aber Sie … ich meine, du hast doch gerade gesagt, dass du mit dem Privatdetektiv …"

„Soll das ein Vorwurf sein? Der moralische Zeigefinger? Ich habe das auch nur getan, um meinem Mann, dem dummen Herrn Donath, sein Misstrauen heimzuzahlen, indem ich es irgendwie bestätige."

Sie fasste sich an die Stirn, lachte laut, sagte: „Oh Gott, bin ich blöd. Quassle die ganze Zeit und derweil wollte ich uns doch schon längst den Wein holen. Du magst doch Rotwein, oder?"

Eine Antwort wartete sie erst gar nicht ab, sondern stand auf und ging zur Küche.

„Der wird dir auf jeden Fall guttun. Trink was, dann bist du nicht mehr so verkrampft."

***

Gemeinsam verließen sie das alte, ziemlich heruntergekommene Gebäude der Kripo in der Ettstraße: Mel und Ricardo. Sie wütend, er deprimiert, ratlos.

Eineinhalb Stunden waren sie vernommen worden, hatten ihre Beziehungen zu Tobias Thanner offenlegen müssen, waren angeblafft, aber auch mit Engelszungen bequatscht worden, hatten sich dumme Sprüche und verständnisvolle Plattitüden angehört und waren schließlich weggeschickt worden, und zwar unter der Vorgabe, sich auch in den nächsten Tagen verfügbar zu halten. Und vor allem natürlich, sofort die Polizei zu informieren, falls Thanner sich bei einem von ihnen melden würde.

„Und mein Auto? Mein Fernglas?", hatte Ricardo gefragt.

Die Antwort, dass beides vorerst beschlagnahmt sei und gründlich untersucht werde, war alles andere als zufriedenstellend für ihn.

Die Kirchenglocken von St. Michael schlugen erst vier Mal, dann sieben Mal.

„Wir sollten was essen", sagte Mel.

„Ich hab keinen Appetit", sagte Ricardo.

„Eine Kleinigkeit?", bat sie. „Und ein Bier. Vielleicht hilft das."

„Okay“, sagte er. „Eine Kleinigkeit und ein Bier“.

Sie gingen in der Fußgängerzone zum Augustiner. Sie sprachen nicht viel; allzu sehr waren sie mit sich und ihren völlig durcheinandergeratenen Gedanken und Gefühlen beschäftigt.

Auch in dem alten Münchner Traditionslokal sprachen sie nicht viel. Es war gut gefüllt, und der Lärmpegel, den die Gespräche und das Gelächter verursachten, machten es Mel und Ricardo unmöglich, über das zu reden, was sie wirklich bewegte.

***

Von dem Augenblick an, da Kölbl den Schuss gehört hatte, kam er sich vor wie in einem Film mit ganz besonderen Toneffekten. Seine Schritte knallten auf die Pflastersteine, auf den Asphalt, dann wieder auf Pflastersteine. Er hörte schrille Rufe von Vögeln. Aus großer Entfernung und doch durchdringend bis in seine Magengegend vernahm er das kehlige Bellen eines Hundes. Von irgendwoher, wohl aus einem der umliegenden Häuser, sicher aus einem offenen Fenster, drang Musik zu ihm – Musik, die er nicht kannte, und die er doch noch Tage später hätte summen können. Alles erschien ihm laut und klar und deutlich. Zugleich war die Welt wie aus Schaumgummi, weich, nachgiebig, nicht fassbar.

„Waffe!“, rief er seinem jungen Kollegen zu, der ihm auf den Fuß folgte. „Nimm deine Waffe raus!“

Kölbl selbst hatte seine Dienstwaffe natürlich nicht bei sich. Er hatte sie eigentlich nie bei sich.

Verdammte Scheiße, dachte Kölbl.

Dann trat er mit ungeheurer Gewalt die Haustür der Donaths auf. Das Verbundglas barst nicht, die Metallverstrebungen hielten, doch das ganze Schloss brach mit einem lauten Krachen aus der Wand heraus.

Einen Moment lang war Kölbl stolz auf sich. Er hörte Glocken schlagen, vier Mal, dann sieben Mal; irgendwo in der Nähe musste es eine Kirche geben.

Der junge Polizist stürmte an Kölbl vorbei, die Waffe gezückt rannte er durch den Flur, nahm immer wieder kurz Deckung und spähte in die verschiedenen Räume.

Sie entdeckten Donath in seinem weißen Wohnzimmer. Er saß zusammengesunken vor dem blütenweißen Sofa. Die Pistole lag vor ihm am Boden. Daneben ein Whiskeyglas, der Rest des Inhalts hatte den Teppichboden verfärbt.

Alles passte ins Bild, das sich Kölbl im Moment des Schusses gemacht hatte. Nur, dass das Blut fehlte und dass nirgends Brocken vom Gehirn lagen. Das nämlich hatte Kölbl erwartet.

Es dauerte einige Sekunden, bis sie bemerkten, dass Donath lebte, dass er lediglich auf die Stereoanlage geschossen hatte und dann, aufgerieben von den Ereignissen und dem Alkohol, zusammengebrochen war.

„Wohin führt uns diese Geschichte?", fragte Kölbl.

Wenige Minuten später näherte sich ein Sanitätsauto mit durchdringendem Martinshorn.

***

Ein Martinshorn drang bis in seinen Schlaf, bis in seinen Traum. Tobs musste nicht wach werden, um zu wissen, dass sie ihn weiterhin suchten. Wahrscheinlich hatte irgendwo irgendwer geglaubt, einen Verdächtigen gesehen zu haben, und nun brauste ein Polizeiwagen über die nahe Bundesstraße zwischen Scharnitz und Mittenwald, Luftlinie kaum mehr als hundert Meter von ihm entfernt.

Seine Erschöpfung war größer als die Angst, entdeckt zu werden. Sein Traum war zu schön, um ihn einfach entgleiten zu lassen.

Er umarmte das Heu wie er Elena umarmt hatte. Zärtlich und stürmisch zugleich. Sich ergebend und besitzergreifend in einem.

„Magst noch einen Wein?", hatte sie ihn gefragt.

Dabei war er schon vom ersten Schluck an leicht benommen gewesen. Er hatte das Glas gehoben, hatte den Wein nicht weiter begutachtet, sondern einfach einen Schluck, nicht allzu groß, nicht allzu klein, davon getrunken. Und dann gleich noch einen, weil ihm Elena auffordernd ihren Weinkelch hinhielt und sagte: „Magst nicht mit mir anstoßen?"

Er stieß mit ihr an. Die Gläser klangen hell, ein wenig metallisch. Und nach diesem zweiten Schluck war er sich ganz sicher, dass er keinen Wein trank, sondern eine Droge in sein Blut fließen ließ, eine Droge wie ein fliegender Teppich. Die Welt, die nicht die seine war, veränderte ihr Antlitz, und plötzlich war alles ganz klar und leicht und die Sorgen schwanden wie Nebel sich lichtete, wenn an einem Spätnachmittag im Gebirge die Sonne noch einmal durchkam und den Blick freigab auf nass glänzende Felsberge.

Alles löste sich in Wohlgefallen auf.

Elena Donath trank ihr Glas in großen und, wie ihm vorkam, begierigen Zügen leer. „Schenk mir noch mal ein", sagte sie.

Sie stellte sich hinter ihn, fuhr ihm durchs Haar, massierte ihm die Schultern, strich ihm sanft und zupackend zugleich über die Oberarme, erfühlte seine Muskeln, und er genoss es. Genoss es sehr und auf eine Art, wie er es noch nie erlebt hatte.

Er fragte sich: Liegt das an der Frau, an ihrer Erfahrung, an ihren magischen Händen? Oder ist etwas im Wein, das mich abheben lässt, eine Droge, die mich in andere Dimensionen entführt?

Es konnte nicht mit rechten Dingen zugehen, keine Frage, denn was nun geschah, konnte er sich nicht erklären, und es konnte nur darauf zurückzuführen sein, dass sie ihm ein betörendes Aphrodisiakum in den Wein getan hatte – oder dass sie ganz einfach eine Hexe war. Eine begehrenswerte Hexe!

Wie es kam, dass sie plötzlich nackt hinter ihm stand, seinen Kopf an ihre Scham drückte – er konnte es nicht sagen.

Wie sie beide dann, er noch halbwegs angezogen, sie ohne alles, die Stufen hinaufkamen, um sich gleich darauf auf dem Bett wiederzufinden, er konnte es nicht sagen.

Wie viel oder wie wenig Zeit verging vom Augenblick des Niedersinkens auf die Matratze bis zum sanften, gefühlvollen und dabei so wild-begierigen Eindringen in ihren Schoß

– er hätte es nicht sagen können. Auch nicht, wie lange sie sich in unzähligen Variationen mit ihren Händen, Zungen, Lippen und Genitalien gegenseitig erkundeten und sich dabei nie gleichzeitig, jeden jedoch mehrfach in lang nachwirkende ekstatische Zustände versetzten.

Er glaubte Farben zu sehen, in einer Intensität und Harmonie, wie er das noch nie so erlebt hatte. Er hörte ihr Atmen so genau, als hätte er Kopfhörer aufgehabt. Er atmete ihren Körper, die Haut, den Schweiß, den etwas penetranten Geruch ihrer sich windenden und sich verausgabenden Körper, und er genoss diese Mischung aus Intimität und Obszönität. Und er war überzeugt, dass sich diese unbeschreiblichen Augenblicke auf immer in sein Gehirn einbrennen würden.

Als er sich nach einer Stunde – oder waren es zwei? Oder drei? Oder war es noch länger? – zur Seite rollte, erschöpft von Sex und Wein und tausend Bewegungen und Verbiegungen, da wusste er genau in diesem Augenblick, dass es auf der Welt Dinge gibt, die man nur einmal erleben kann, die nie wiederkehren, die sich nicht wiederholen lassen. Und er wusste, dass diese Nacht so etwas war: einzigartig und mit nichts vergleichbar, was in seinem späteren Leben noch kommen sollte.

„Das war schön“, sagte Elena. Mehr nicht. Doch in diesen drei Worten lagen Zufriedenheit und Erschöpfung, Bewunderung und Zuneigung, Glück – und Unglück. Die Vergangenheitsform begann die Euphorie aufzusaugen wie Küchenpapier den Kaffee, der übergeschwappt war.

Sie lagen lange wach beieinander. Zuerst stumm. Elena schien genauso wie er nur auf ihren und seinen Atem zu hören und auf die winzigen Geräusche, die es in jedem Haus gibt und für die sich eigentlich keine Erklärung finden lässt.

„Wunderschön war es“, sagte Elena leise in die Stille hinein. Sie legte ihren Kopf an seine Brust.

Tobs dachte an die Frauen, mit denen er geschlafen hatte bis zu diesem Tag. Er dachte, wie lange es schon her war seit dem letzten Mal. Und wie gut es war, diese Frau, die um so vieles älter war als er, nun im Arm zu halten.

Die wilde und zärtliche Nacht mit Elena Donath, deren eheliche Treue er hatte überprüfen sollen und deren eheliche Untreue er höchst eindrucksvoll bestätigt bekam, hatte ihm die Niedergeschlagenheit und die Selbstzweifel der letzten Monate genommen, hatte das alles einfach weggewischt.

Tobs Thanner fühlte sich gut. Zwar auch ein wenig schäbig, aber vor allem gut. Und obwohl sie beide müde waren, lagen sie wach, konnten beide nicht schlafen und erzählten sich noch das eine oder andere über sich selbst.

Ihr Haar duftete. Ihre Schulter duftete. In seinem Nabel sammelte sich der Schweiß. In ihrem gewiss auch.

„Lass uns den Wein austrinken", sagte sie.

***

Es war nur Heu, das er im Arm hielt. Und es war nur Heu und nicht Haar, was ihn im Gesicht kitzelte. Er lag in völliger Dunkelheit, und ihm wurde von einer Sekunde auf die andere bewusst, dass Elena tot war und dass er verdammt tief in der Bredouille steckte.

Tobs hatte Hunger. Er hatte Durst. Und die Tränen, die ihm übers Gesicht liefen, schmeckten salzig.

Er hockte im Heustadel, von draußen drang außer den vereinzelten Motorengeräuschen der Autos auf der Bundesstraße kein Ton zu ihm. Niemand schien ihn hier zu suchen. Trotzdem konnte er nicht bleiben.

Er ging noch einmal an diesem vermaledeiten Tag die Alternativen durch: sich festnehmen zu lassen war eine davon. Die andere wäre gewesen, sich nach München durchzuschlagen, Donath aufzusuchen und ihn zur Rede zu stellen. Sein Verdacht nämlich, dass Donath sie mitten in der Nacht entdeckt hatte, nackt im Bett, und seine Frau im Schlaf ermordet hatte, war immer größer geworden. Ihm fielen die Hacke und der Spaten ein, die Donath gekauft hatte. Ob er von vorneherein beabsichtigt hatte, seine Frau zu töten und dann zu verscharren? Warum? Das Geld konnte von Bedeutung sein.

Nur, dachte er, wie konnte er sie töten, ohne dass ich das Mindeste davon mitbekommen habe?

Der Wein!

Klar, der Wein, in dem irgendetwas drin war, das ihn und Elena hatte schlafen lassen wie betäubt.

Er hätte diesem Dreckskerl nur zu gerne die Faust ins Gesicht gerammt, am liebsten mit so viel Wucht, dass es ihm das Nasenbein bis ins kranke Gehirn getrieben hätte. Doch er sah keine Chance, in seinem Outfit bis München zu kommen.

Das Beste wäre, dachte er, unterzutauchen, zu verschwinden, mich unsichtbar zu machen und aus der Ferne zu beobachten, wie sich dieser Fall entwickelte.

Die Frage war nur, wohin?

Wo könnte er sich verkriechen, ohne zu verhungern und ohne zu verdursten? Wo bliebe er unerkannt und unbehelligt? Und wo wäre er wirklich halbwegs sicher?

Plötzlich wusste er es. Ganz klar stand ihm vor Augen, was zu tun war.

Er erhob sich, klopfte sich das Heu aus dem Haar und von den gestohlenen Klamotten, er kletterte aus dem Stadel hinaus, pisste ins nasse Gras und machte sich dann in den zu engen Gummistiefeln auf den Weg.

DREIUNDZWANZIG

Der schmale Steig durchzog den Wald in Serpentinen. Der Viertelmond gab nicht allzu viel Licht. Doch Tobs Augen gewöhnten sich schnell an die Finsternis, und weil er zudem über gute bergsteigerische Instinkte verfügte, fand er seinen Anstieg auch in dieser Finsternis, die vielen anderen zum Verhängnis geworden wäre.

Ist nur ein Wanderweg, dachte er. Ein simpler Wanderweg hinauf zur Brunnsteinhütte. Bei Nacht aber konnte man sich hier das Genick brechen, wenn man nicht aufpasste.

Bei der Brunnsteinhütte, einer Alpenvereinshütte für Bergsteiger und Bergwanderer, lag alles in tiefem Schlaf. Dennoch erschrak Tobs, denn urplötzlich nahm er eine Gestalt am Weg wahr. Es war der große, zottelige Schäferhund des Hüttenwirts, der ihm da entgegentrottete – an ständigen Besuch Fremder gewöhnt, schlug er nicht an, sondern beschnupperte den nächtlichen Wanderer neugierig und ließ sich zwischen den Ohren kraulen.

In der Hütte blieb alles ruhig. Die Nacht neigte sich ganz, ganz langsam dem Morgen zu; noch schliefen alle. Heilfroh war er darüber.

Was würde der Wirt denken, wenn er mich so sehen könnte, dachte er. In Gummistiefeln! In dem Gewand! Da müsste ich doch verdächtig sein, oder?

Unbemerkt stieg er weiter. Die Baumgrenze blieb unter ihm, jetzt säumten nur mehr dichte Latschen, halb mannshoch, den Steig. Sofort war es heller als im Wald, der Weg war viel besser zu sehen, und Tobs wusste, dass er trotz des schlechten Schuhwerks in spätestens eineinhalb Stunden an seinem Ziel wäre. Wenn auch Ziel nicht das treffende Wort war. Es war mehr eine Hoffnung, die er mit der winzigen Hütte verknüpfte, die sich auf gut zweitausend Metern Höhe oberhalb einer markanten Geländescharte an den Hang duckte – und die dort Wind und Wetter trotzte.

Im vergangenen Jahr war er wieder einmal dort gewesen, zusammen mit einem Kletterfreund aus Innsbruck und dessen Frau, der zuliebe sie eine gemächliche Tour über den Mittenwalder Höhenweg unternommen hatten. Am Ende des mit Leitern und Drahtseilen versehenen Steigs hatten sie die Tiroler Hütte erreicht. Auch wenn sie alle die Hütte schon kannten – sie hatten dennoch wieder gestaunt über die winzige Herberge in ihrer unvergleichlichen Lage. Und sein Begleiter hatte einiges darüber zu erzählen gewusst. Dass früher ein altes Ehepaar dieses Hüttchen karg bewirtschaftet hatte. Jahr für Jahr hatten die Leute, die sich immer schwerer damit taten, auf den Berg zu kommen, prophezeit, dass es ihr letzter Sommer droben wäre, doch im nächsten Jahr waren sie wieder gekommen, hatten sich mit Mulis alles Nötige für sich und die Tagesgäste hinaufschaffen lassen. Sie waren so lange geblieben, bis ihnen das Alter und die Gesundheit einen Strich durch die Rechnung gemacht hatten.

„Man kann sie schon verstehen", hatte der Innsbrucker gesagt. „Schaut euch diese Lage an! Diese Landschaft! Es muss atemberaubend sein, bei jedem Wetter hier heroben zu sitzen, glaubt ihr nicht auch?"

Und er erfuhr, dass nach dem Ende dieser Ära die Hütte jahrelang verschlossen geblieben war. Bis sich dann eines Tages herumgesprochen hatte, dass der zu negativer Berühmtheit gelangte Jakob Brunner in der Tiroler Hütte hauste.

„Bei euch in Deutschland wird man ihn nicht kennen. In Tirol aber …"

Ein vielsagendes Hochziehen der Augenbrauen, ein Schnalzen mit der Zunge.

„War acht Jahre lang eingesessen, Mord oder Totschlag, weiß nicht mehr, wie das Urteil ausfiel. Hat im Streit einen Mann erschlagen. Danach war's vorbei mit einer bürgerlichen Existenz. Zumindest so lang, bis ihm zwei Bauern aus Scharnitz ihre Schafherden anvertraut haben. Jetzt lebt er im Sommer mit einer Freundin hier im Karwendel und im Winter irgendwo, keine Ahnung."

Sie waren damals bei der Hütte eingekehrt, hatten Skiwasser und Bier getrunken und Tobs hatte sich gedacht, dass dieser Brunner, der einige Minuten lang auch bei ihnen am Tisch vor der Hütte saß, eigentlich gar nicht aussah wie jemand, der getötet hat. Brunner erschien ihm sehr still, in sich gekehrt, auf keinen Fall aber unsympathisch.

Während sich nun ein fahler Grauschimmer in die Nachtschwärze mischte, dachte Tobs darüber nach, ob und wie dieser vorbestrafte Tiroler ihm würde helfen können.

Dass allmählich der Morgen kam, die Nacht zurückwich und der Himmel erst grau wurde und dann so nach und nach einen ganz schwachen, hellen Blauton annahm, tat ihm gut. Die aufkommende Helligkeit schien nicht nur die drückende Nachtschwärze zu vertreiben, sondern auch die Düsternis der letzten vierundzwanzig Stunden. Wenn er auch nicht wusste, wie es weitergehen würde und was als nächstes geschah – er hatte Hoffnung.

***

Ricardo und Mel hatten die ganze Nacht kaum geschlafen. Wie auch! Die Sorge um Tobs trieb sie um. Zurück in Ricardos Wohnung, hatten sie geredet und geredet, Tee getrunken und weiter geredet. Alles hatte sich im Kreis gedreht, die Angst, dass ihm etwas zugestoßen sein könnte, die Zweifel an seiner Unschuld und genauso die Überzeugtheit von seiner Unschuld und die vielen Fragen, auf die es keine Antworten gab.

Sie hatten CDs gehört und irgendwann den Fernseher eingeschaltet, einfach um sich abzulenken. Gelungen war es nicht. Erst gegen Morgen, als der Lärm des frühen Straßenverkehrs schon deutlich zunahm, schliefen sie ein: Mel in einem Sessel, Ricardo halb liegend, halb sitzend auf der Couch. Sie verpassten den Sonnenaufgang (der ihnen unter diesen Umständen aber ohnehin völlig egal gewesen wäre), und sie bemerkten nicht, wie dieser Morgen strahlend und wolkenlos den Auftakt für den neuen Tag machte. Es wäre ohnehin kein Trost gewesen für die beiden, denen übel gewesen war bei dem Gedanken an die grausam ermordete Frau und die schier verzweifelten an der Ungewissheit um Tobs. Beider Schlaf war unruhig, doch er tröstete für ein, zwei Stunden übers Schlimmste hinweg.

***

Tobs setzte sich ein Stück von der Hütte entfernt auf einen Stein. Er war nassgeschwitzt und fror; der Morgen war herrlich, aber er war auch kühl. Die beengenden Gummistiefel zog er aus. Seine Füße stanken fürchterlich.

Von der Hütte näherte sich ein schwarzweiß gescheckter Hund, mittelgroß und offensichtlich gutmütig. Er verlangsamte den Schritt, schien zögerlich, tappte dann aber doch zu Tobs heran und schleckte ihm die Zehen ab. Dann trottete er davon, den Hang Richtung Brunnsteinspitze hinauf, wo weit verstreut die Schafe einer großen Herde das harte Gras abweideten.

An der Hütte tat sich etwas. Eine junge Frau mit langen Dreadlocks trat heraus und pfiff dem Hund. Sie sah Tobs sitzen, aber sie kümmerte sich nicht um ihn. Der Hund kam angerast, sie schob ihm einen kleinen Happen ins Maul und gab ihm irgendeinen Befehl, denn sogleich sauste er wieder los, diesmal hinunter in die Scharte, wahrscheinlich, um nach versprengten Tieren zu sehen. Die Frau verschwand wieder in der Hütte.

Tobs überkreuze die Arme vor der Brust, legte die Hände auf seine Schultern, krümmte sich zusammen. Er tat alles, um an diesem unvergleichlich schönen Morgen nicht völlig auszukühlen.

Dass dieser Morgen in der Tat unvergleichlich schön war, blieb auch ihm nicht verborgen. Von West nach Ost reihten sich die Bergkämme des Karwendelgebirges, durch tiefe Täler voneinander getrennt, im Morgenlicht hintereinander. All diese Täler kannte er gut, war überall schon mit dem Mountainbike unterwegs gewesen, wusste um die prächtige Ursprünglichkeit dieses Gebirges.

Die Sonne war noch nicht aufgegangen, aber sie schickte ihren Schein schon voraus. Im Nordosten, weit draußen hinter den Bayerischen Voralpen, leuchtete der Himmel orange, lila, violett. Über dem Vorkarwendel changierte das Violett in ein pastellenes Blau. Und hier, im westlichen Teil des Karwendels, war noch zartes Grau beigemischt, das sich allerdings in wenigen Minuten verflüchtigen würde. Die felsigen Bergspitzen jenseits des nächsten Tales leuchteten in Orange bis Rostrot. Ein Anblick, an dem sich Tobs normalerweise nicht sattsehen konnte. Doch an diesem Morgen nahm er das wundervolle Naturschauspiel lediglich zur Kenntnis – und wartete zitternd darauf, dass die Sonne über den berggezackten Horizont aufstieg und ihm ein bisschen Wärme bescheren würde.

Plötzlich sah er, dass er nicht allein auf den Sonnenaufgang wartete. Brunner war aus der Hütte getreten und schaute dorthin, wo in den nächsten Minuten der Horizont scheinbar zu brennen beginnen würde.

Der hat mich doch schon gesehen, dachte Tobs. Bestimmt hat mich der gesehen. Doch Brunner schaute nicht zu ihm herüber, schaute nur der Sonne entgegen. Eine Minute lang, zwei Minuten, drei. Dann kam das Feuer. Weißglut am Horizont. Ein grell leuchtender Punkt am Ende der Welt. Unzählige Male hatte Tobs das bei seinen Bergtouren bereits erlebt. Immer waren es Momente atemberaubender Schönheit. An diesem Tag jedoch war es mehr traurig als schön.

Er stand auf, die Sonne erwartend, und dabei zugleich hoffend, dass Brunner ihn wahrnehmen würde. Der aber sah erst zu ihm her, als die Sonne als großer roter Ball über dem Land stand. Er schaute herüber, musterte Tobs, der barfuß neben den Gummistiefeln stand, und musste ihn zwangsläufig für einen komischen Heiligen halten.

Brunner kam einige Schritte näher. Die Schafe, die in der Nähe standen, blökten ihn an und stelzten auf ihn zu.

„Was bist du eigentlich für einer?“, rief Brunner Tobs zu.

Er wartete keine Antwort ab, sondern fügte hinzu: „Hast nicht das ideale Schuhwerk fürs Gebirg, oder?“

Tobs nickte nur. Was hätte er auch sagen sollen? Hätte er sagen sollen: „Ich bin auf der Flucht, werde des Mordes verdächtigt, brauche ein Versteck.“?

Er schaute auf die Stiefel, dann wieder zu Brunner, der in etwa fünfzehn Metern Entfernung stehen geblieben war und ein Schaf das Salz von der Haut seiner Hände lecken ließ.

„Jetzt komm erst mal rein“, rief er Tobs zu. „Komm schon. Kannst einen Kaffee haben.“

VIERUNDZWANZIG

Sie hatten Donath in einer Klinik untergebracht. Privat, luxuriös und dennoch sicher. Mehrere Beamten wechselten sich vor der Tür zum Krankenzimmer und auch unter dem schmalen Balkon ab, damit er ihnen nicht entkommen könnte.

Kölbl nämlich hatte Zweifel angemeldet: Zweifel an der Täterschaft des Tobias Thanner, der immer noch flüchtig war. Zweifel aber auch an der Glaubwürdigkeit des trauernden Ehemannes.

Er saß in der Cafeteria der Klinik und wartete darauf, vom behandelnden Arzt grünes Licht für die dringend fällige Vernehmung zu bekommen. Fragen gab es reichlich. Auch die, um wie viel besser es von nun an mit Donaths Finanzen bestellt war, jetzt, da er Witwer geworden war und Anspruch auf das anscheinend nicht unerhebliche Vermögen seiner Frau hatte.

Kölbl brachte ja gewisses Verständnis dafür auf, wenn ein Mann Amok lief, weil seine Frau mit anderen herumvögelte. Eifersucht war eines der häufigsten Motive für Morde mit hohem Brutalitätsfaktor. Wenn Tote dreißig Einstiche aufwiesen oder eine Vielzahl von Einschüssen, dann handelte es sich meist um eine Beziehungstat. Wenn die Täter also wüteten, über die eigentliche Tötung hinaus noch ihre Wut, ihren Hass, ihre Verzweiflung gewaltsam abreagierten, dann konnte man davon ausgehen, dass Mörder und Opfer vormals in einer engen Beziehung zueinander gestanden hatten.

Donath hatte also unter Umständen gleich zwei Motive gehabt, Eifersucht und Habsucht – und damit wahrscheinlich schon mal mindestens eines mehr als Thanner. Wenn sie diesen Thanner nur endlich finden würden.

Wenn wir den haben, dachte Kölbl, dann bekommen wir Licht ins Dunkel. Davon bin ich überzeugt.

Er hob sein Revers an und hielt die Nase in sein Sakko. Er stank nicht, hatte in der Pension, wo er übernachtet hatte, geduscht. Aber das Hemd stank. In den letzten Jahren glaubte er immer öfter, dass sein Schweiß nicht nur sauer nach Anstrengung roch, sondern auch nach Bitternis und bisweilen nach Angst vor dem Tod, der unweigerlich immer näher rückte.

Es blieb ihm nichts anderes übrig, als das Sakko wieder zuzumachen und sich der Hoffnung hinzugeben, niemand außer ihm selbst würde etwas merken.

Ganz weit hinten im Kopf brachte sich sein Schmerz in Erinnerung.

***

„Du hast Dreck am Stecken, oder?“

Eine Frage war das eigentlich nicht. Das „oder“ am Schluss des Satzes war eher so eine Art tirolerisches Ausrufezeichen.

Tobs saß bei Brunner und der Dreadlock-Frau in der winzigen Hütte, die aus einem Wohnraum samt Küche bestand und einem raffiniert in den Giebel eingebauten Schlafplatz. Es gab nur einen Tisch, quadratisch, und der war an drei Seiten von Sitzbänken umstellt. Da saßen Brunner und er, während die Frau wortlos mit Geschirr und Lebensmitteln hantierte.

Tobs schüttelte den Kopf.

„Hab keinen Dreck am Stecken. Aber ich hab ein Problem“, sagte er. „Kein kleines. Sondern eins, bei dem ich bis zum Mund in der Scheiße stecke.“

Brunner grinste. Er war groß und muskulös, den Schädel hatte er vor nicht langer Zeit kahl rasiert, sodass jetzt nur feine Borsten seine Kopfhaut bedeckten. Die Gesichtshaut war von Wind und Wetter gegerbt, dunkelbraun die Farbe, mit Rötungen an der Nase und den Ohren. Ein ruhiger Mann, aber auch ein körperlich eindrucksvoller. Einer, dem man zutraute, dass er gewaltsame Auseinandersetzungen nicht nur nicht scheute, sondern ganz brachial auch für sich zu entscheiden wusste.

Die Frau schenkte frisch aufgebrühten Kaffee in drei angestoßene Porzellanbecher und stellte sie samt einem kleinen Kännchen Milch auf den Tisch.

„Zucker ist aus“, sagte Brunner.

Tobs war es egal. Er war froh, in der vom Herd aufgeheizten Hütte sitzen und sich aufwärmen zu können. Heißer Kaffee war das Beste, was er sich nur wünschen konnte, egal, ob mit oder ohne Zucker. Und dann brachte die Frau auch noch Schüttelbrot, Butter und auf einem Brett samt großem Messer ein Stück Speck. Sie nickte ihm zu – eine stumme Aufforderung, sich zu bedienen.

Tobs griff nicht zu.

Brunner sah ihn prüfend an. „Was ist? Kein Appetit?"

„Doch. Appetit schon. Aber kein Geld. Nicht die kleinste Münze. Zumindest nicht hier dabei."

Brunner zog das Brett und das Messer zu sich heran, schnitt kleine Streifen vom Speck und schob alles zu Tobs, der rechts von ihm saß.

„Iss jetzt. Und nachher, wenn du gegessen und getrunken hast, dann erzählst du, was los ist."

Die Frau setzte sich dazu. Sie brach Stücke vom Schüttelbrot ab, weichte sie im Kaffee ein und aß diese Suppe mit dem Löffel.

Tobs sah sie an. Sie war jung, er schätzte sie auf fünfundzwanzig oder sechsundzwanzig, sie war nicht unschön, auch wenn sie nachlässig gekleidet und nicht sonderlich gepflegt wirkte. Im Stillen fragte er sich, warum sie nichts sagte. Kein Wort hatte sie gesprochen, seit er da war, nicht mit Brunner und nicht mit ihm.

Er kaute den Speck, das Brot und trank den Kaffee. Brunner schnitt noch mehr Speck auf, und als seine Tasse leer war, schenkte die Frau nach. Der Hund lag irgendwo unterm Tisch und hoffte wahrscheinlich darauf, dass ein kleines Stück vom Geräucherten oder auch nur ein paar Krumen vom Brot auf den Boden fallen würden. Doch da hatte er bei Tobs kein Glück. Er war ausgehungert, und mit jedem Bissen nahm sein gieriger Appetit noch zu. Er genierte sich dafür, hemmungslos wie ein Tier zu fressen.

Ich habe nichts mehr gegessen seit gestern Abend, dachte er. Doch er durfte nicht an das kleine Abendessen mit Elena denken; die Erinnerung an sie und die grauenvollen Bilder des Morgens lauerten wie Gespenster in jedem Winkel seiner Gedanken und Gefühle.

Einfach nur essen. Nichts denken. Nach Möglichkeit nicht zurückdenken. Nur nach vorne schauen.

Nach vorne schauen, dachte er. Wie ich diesen Ausdruck hasse, den man jeden Tag im Fernsehen hört, ausgesprochen von Fußballern, die gerade verloren haben oder von Politikern, deren Parteien gerade eine Wahlschlappe erlitten haben.

Als die Kaffeekanne leer war, räumte die Frau die Tassen in die Spüle. Mit einem spitzen Zischlaut gab sie dem Hund ein Zeichen und ging mit ihm nach draußen.

Tobs kaute noch an einem zähen Randstück des Specks, bedankte sich bei Brunner mit vollem Mund und sagte: „Sie spricht wohl nicht viel."

Brunner schüttelte den Kopf.

Ein paar Sekunden schwieg er nur, schaute drein, als würde er die Einrichtungsgegenstände der Hütte zu ersten Mal sehen. Dann blickte er zu Tobs und sagte: „Sie redet gar nicht. Vor einigen Jahren haben zwei Kerle sie ins Auto gezerrt und mitgenommen. Sie haben sie tagelang vergewaltigt. Seither ist sie oben und unten zu. Verstummt, verstehst du?"

„Hat man … Ich meine, hat man die Schweine erwischt?"

Brunner lachte verächtlich.

„Sie ist nicht die Tochter eines Unternehmers und nicht die Frau eines Politikers. Sie war als Tramperin unterwegs. Glaubst du, die Polizei setzt wegen einer Streunerin alle Hebel in Bewegung? ‚Ist doch selbst schuld', sagen die. ‚Braucht sich nicht wundern, wenn sie zu Fremden ins Auto steigt.' Nein, sie haben die Kerle nicht erwischt. Aber eines kannst du mir glauben, die kommen nicht davon. Ich werd sie finden, und ich schwör's dir, ich reiße ihnen die Eier raus."

In welcher Beziehung Brunner und die Frau standen, wusste Tobs noch immer nicht. Doch er wusste jetzt schon mehr über den Mann als er über ihn. Und eines war ganz klar: Seine Drohung waren keine leeren Worte. Tobs hatte den Hass in

Brunners Augen aufleuchten sehen; einen Hass, der so groß sein musste, dass er bereitwillig wieder für Jahre in den Knast gehen würde, wenn er nur zuvor diese Verbrecher zur Strecke bringen könnte – auf seine Art.

Erst jetzt bemerkte er auf Brunners linkem Unterarm ein tätowiertes Herz mit Amor-Pfeil und darunter einen Namen. Tami oder Tani oder so ähnlich; das Tattoo war amateurhaft gestochen und die Schrift ließ sich nicht so ohne Weiteres entziffern. Brunner bemerkte Tobs' Blick.

„Jungendsünde", sagte er. „Da war ich neunzehn und hab geglaubt, sie würde mir bleiben bis in die Rente." Und er fügte hinzu: „Ich weiß schon, was du gedachst hast: dass das stumme Mädchen zu mir gehört. Aber als Typ wäre ich eindeutig dreißig Jahre zu alt. Sie ist zweiundzwanzig. Sie heißt Lonni. Richtig heißt sie Leoni, aber alle sagen nur Lonni zu ihr."

Er wischte sich einen Brotbrösel von den Lippen und sah dann zum kleinen Fenster hinaus in den Himmel.

„Lonni ist meine Tochter."

***

Donath hatte sich etwas erholt. Er saß im Krankenbett und nahm ein kleines Frühstück zu sich. Kölbl hatte sich einen Stuhl herangezogen und sich neben das Bett gesetzt. Er hasste Krankenhäuser. Und er wusste, dass er mit dieser stillen Aggression seine panische Angst überdeckte, selbst in einem Krankenbett zu liegen, Schläuche, die in die Nasenlöcher führten, Schläuche, die seinen Eingeweiden irgendwelche ekligen Flüssigkeiten entzogen. Das sterile Weiß und Hellgrau der Räume nervte ihn genauso wie der Geruch nach Desinfektion, Putzmittel und Großküchen-Eintopf. Es war einfach unerträglich für ihn.

„Sie verdächtigen mich", sagte Donath. „Mir ist nicht entgangen, dass draußen uniformierte Beamte stehen und aufpassen, dass ich nicht davonlaufe. Aber keine Angst, ich laufe nicht weg. Ich wüsste nicht, wohin und wozu."

Er atmete schwer. Die Erschöpfung saß tief. Und die Medikamente, die ihn am Vorabend beruhigt und ihm einen traumlosen Schlaf beschert hatten, wirkten noch immer nach.

„Sie werden mir einiges erzählen müssen“, sagte Kölbl. „Aber eins nach dem anderen. Jetzt essen Sie erst mal und trinken Ihren Kaffee. Das wird Ihnen bestimmt guttun. Und dann lassen Sie mich wissen, was ich wissen muss. Alles!“

FÜNFUNDZWANZIG

Für die Medien war der grausame Mord an Elena Donath ein wahrer Glücksfall. Nicht nur, dass es sich um ein Tötungsdelikt mit sexuellem Hintergrund handelte – was allein schon den Voyeurismus und weitere niedere Instinkte der Leute bediente –, nein, dass es auch noch in der Idylle der bayerischen Berge geschehen war, in einem gemütlichen Wochenendhaus in malerischer Umgebung, in einer Gegend, wo Hinz und Kunz gerne wanderten und die Natur und die Landschaft genossen, war noch eine zusätzliche Steigerung des Sensationellen. Herrlich auch, dass der Täter flüchtig war – und damit die Drohung aufgebaut werden konnte, dass dieser Mord erst der Anfang war und dass der Mörder noch weitere Opfer suchen würde. Der Boulevard, ob nun in Form der Printmedien oder im Fernsehen, tat dies offen und ganz infam, nannte Tobias T. das „Sex-Monster von Mittenwald", fragte, wann der Frauenmörder wieder zuschlagen werde und brüstete sich mit vermeintlichen Recherchen, denen zufolge noch einige weitere Frauenmorde aus der jüngeren Vergangenheit dem „jungen Sexsüchtigen aus München" zugeschrieben werden konnten.

Die sogenannte seriöse Presse agierte subtiler, stieß aber ins selbe Horn. Die kruden Thesen vom Serienmörder wurden mit Statements selbsternannter Experten unterfüttert (bei einem handelte es sich um einen ehemaligen Kripo-Beamten, der es nicht aushielt, im Ruhestand gelandet und ansonsten nicht mehr gefragt zu sein) sowie mit der rasant erfolgten Hintergrundrecherche des familiären Umfeldes (Tod der Mutter! Keine stabile Berufssituation), und es kam jener Psychologe zum Einsatz, der immer und zu allem etwas wusste, der in jeden Mensch hineinschauen konnte wie Normalsterbliche in ein halb volles Gurkenglas. Für diesen von Selbstzweifeln völlig unbehelligten Fachmann lag die Sache klar auf der Hand: starke Mutterbindung, Auswirkungen des Verlusts und, früh geprägt, ein verqueres Frauenbild.

Von alldem bekam Tobs droben auf der Tiroler Hütte nichts mit. Auch nicht, dass in Mittenwald und Scharnitz, in Seefeld und Garmisch-Partenkirchen ein derartiges Medienecho Wirkung zeigte. Die Menschen waren geschockt von dem, was da in ihrer Region geschehen war. Der Mord war Gesprächsstoff Nummer eins in den Büros und den Geschäften, an den Tankstellen und in den Gaststätten, in den Schulen und in den Betrieben. Bei vielen Frauen und Mädchen ging die Angst um. Viele Männer reagierten mit Aggression: Sie würden den Kerl erschlagen, wenn er ihnen in die Finger käme.

Noch hatte keine Zeitung und kein TV-Sender ein Foto von Tobs Thanner zeigen können, doch es war nur mehr eine Frage der Zeit.

***

Dass Brunner ihm Glauben schenken würde, hatte Tobs schon beim Speckfrühstück in der Hütte geahnt. Und doch hatte er einen dicken Kloß im Hals verspürt, als er mit seiner Geschichte herausrücken musste. Wie würde Brunner, Vater einer vergewaltigten und traumatisierten Tochter, es aufnehmen, wenn er ihm berichtete, dass man ihn wegen eines vermeintlichen Sexualmordes suchte?

Zögernd hatte Tobs zu erzählen begonnen, ängstlich und mit leiser Stimme. Doch von Satz zu Satz war ihm die grauenvolle Geschichte leichter über die Lippen gekommen und er hatte gemerkt, wie gut es ihm tat, sich jemandem zu öffnen, sich alles von der Seele zu reden, ohne auch nur das Geringste zu verschweigen.

Brunner hörte zu, ließ Tobs reden, unterbrach ihn nicht ein einziges Mal. Erst als er fertig war und offensichtlich nichts mehr hinzuzufügen hatte, sagte Brunner: „Du bist nicht der Einzige, der behauptet, unschuldig zu sein. Wenn du ins Gefängnis kommst, wird dir auch keiner sagen, was er auf dem Kerbholz hat. Jeder sagt: Justizirrtum. Unschuldig. Falscher Verdacht. Du kannst mir glauben, dass ich weiß, von was ich spreche.“

„Bei mir stimmt's aber", sagte Tobs. „Ich lüg dich nicht an."

Brunner schwieg. Er fragte auch nicht, warum sich Tobs nicht gestellt hatte. Wahrscheinlich, dachte Tobs, hätte er sich auch nicht gestellt. Zu viel Misstrauen gegenüber der Exekutive. Kein Freund der Bullen.

„Bleib hier", hatte Brunner dann gesagt und ihm ein Hemd von sich gegeben und eine alte Jeans. „Schuhe habe ich keine für dich, da musst du mit deinen Gummistiefeln klarkommen. Meine Tochter wird dir den Kopf rasieren, damit du anders aussiehst als auf den Fotos, die bald in den Zeitungen abgedruckt sein werden. Und dann gehst du erst mal raus zu den Schafen und tust so, als wärst du ihr Hirte. In Kürze tauchen hier die ersten Wanderer auf oder Bergsteiger, die von der Brunnsteinhütte kommen und über den Höhenweg gehen wollen. Damit du keinen Sonnenbrand auf der Platte bekommst, kannst du dich mit der Schwarte vom Speck einschmieren. Piz-Buin-Sonnenöl haben wir hier nämlich nicht."

Es war das erste Mal, dass er Brunner so viele Worte sprechen hörte, und er war froh darüber. Nur dass seine Haare runter sollten, erfüllte ihn mit Bestürzung. Doch er sah ein, dass Brunner recht hatte. Er, Tobs, war für die Welt ein Verbrecher. Da konnte ihm kaum jemand besseren Rat geben als einer, der selbst auf eine ganz reale kriminelle Laufbahn zurückschaute.

Mit der batteriebetriebenen Schafschere wurden die Haare abgeschnitten.

***

„Du musst dich stellen. Ich habe nachgedacht. Es ist die einzige Möglichkeit, aus dem Dreck herauszukommen und dabei auch noch den wirklichen Mörder zu erwischen."

Brunner sagte das, als er zwei Stunden später über die steile Wiesenflanke zu Tobs und den Schafen heraufgestapft kam.

Zwei Stunden lang war er bei den Schafen gesessen, die erst einmal Reißaus genommen hatten, sich dann aber ihn gewöhnten, ihn entweder ignorierten oder aber sogar zu ihm herantrotteten, um sich neugierig nach Fressbarem umzusehen.

Die Sonne stand schon hoch am Himmel; selbst hier, in zweitausend Metern Höhe, war es angenehm warm. Am Boden sitzend und an einen Felsbrocken gelehnt, schaute er zu den zahllosen Gipfeln des Karwendels. Er genoss den Geruch des Grases, der Luft, der Schafscheiße. Alles vermittelte ein besonderes Gefühl von Freiheit, die er im Moment nur geborgt hatte.

Bisweilen döste er ein, wachte wieder auf, dachte darüber nach, wie ein Leben für ihn wäre, wenn er es als Senner auf einer Alm oder als Schafhirte auf einem Hochleger zubringen würde – fernab von PC und Laptop, ganz zurückgezogen, allein mit sich, und vor allem: ohne Mörder, ohne Opfer, ohne die ganze Katastrophe.

Er konnte sich gut vorstellen, hier oben zu bleiben, den ganzen Sommer über und bis in den späten Herbst. Ja, länger noch: bis der erste Schnee käme, zart wie Feinzucker das Gras und die Felsen und die Wege und das Hüttendach bepudern würde. Doch wohin dann?

Über solche Sachen hatte er nachgedacht, ehe Brunner kam und ihm sagte, dass er sich stellen musste und dass sie deshalb morgen ins Tal absteigen würden.

„Bist du verrückt?“

Tobs sprang auf, alle Tagträumerei war verschwunden, es war ein Schock, dass Brunner, der ihm gerade noch geholfen hatte, ihn jetzt ausliefern wollte.

„Ruhig“, sagte Brunner. „Hock dich wieder hin und führ hier keinen Affentanz auf. Vor der Hütte sind Wanderer.“

Brunner setzte sich neben ihn, der Hund kam angelaufen und legte sich vor ihre Füße.

„Ich hab dir was zu essen und zu trinken mitgebracht. Auf dieser Höhe und in der Sonne macht auch das Nichtstun durstig. Und jetzt hör mir einfach zu.“

***

Kölbl lehnte alle Presseanfragen, die ihm von seiner Dienststelle weitergeleitet wurden, kategorisch ab. Er hatte Journalisten dick. Und zwar nicht nur, weil er sie allesamt für schmierige Schnüffler hielt, sondern vor allem auch, weil die meisten unerträgliche Besserwisser waren: Ohne für irgendetwas Verantwortung übernehmen zu müssen, maßten sie es sich ständig an, demokratischer als die Politiker, musikalischer als die Musiker, literarischer als Grass oder Lenz und spürsinniger als die Polizei zu sein.

„Die sollen mich alle am Arsch lecken“, maulte er in sein Mobiltelefon. „Sag ihnen das. Und sag ihnen noch was: Sollte irgendeiner von diesen Schwachköpfen weiterhin Unwahrheiten verbreiten oder Dinge ausposaunen, die von uns nicht freigegeben sind, dann reiß ich dem den Arsch auf … Was? ... Nein, das meine ich ernst.“

Nach dem Gespräch mit Donath, das besser und ergiebiger verlaufen war als er das zuvor angenommen hatte, brauchte er eine Dreiviertelstunde für sich. Erst mit dem Entspannen würden sich die Gedanken lichten, so viel wusste er aus Erfahrung.

Mit dem Taxi fuhr er in die Innenstadt. „Lassen Sie mich am Stachus raus“, sagte er zum Fahrer.

„Stachus?“, fragte der Fahrer, ein Farbiger, der eine orangefarbene CD in der Mittelkonsole liegen hatte, die den Titel „Channel Orange“ trug. Die CD, die er in dezenter Lautstärke spielte, konnte durchaus dieser Hülle entnommen sein.

Klingt sogar irgendwie orange, dachte Kölbl.

„Stachus? Ich kenn nicht. Wo soll sein? Vielleicht heißt anders …“

Kölbl musste selbst einen Moment nachdenken, ehe ihm die hochoffizielle Bezeichnung einfiel: „Karlsplatz“, sagte er. „Da lassen Sie mich raus.“

Nach dem Verlassen des Krankenhauses hatte er daran gedacht, zu einer Prostituierten zu gehen. Er kannte ein paar Etablissements, doch in seinen muffigen Klamotten kam das für ihn nicht infrage. Er hatte die Gedanken an eine Asiatin verdrängen müssen, die ihm mit der hohen Kunst thailändischer Massage wirkliche Entspannung verschafft hätte. Ein andermal, hatte er gedacht.

Stachus statt Puff. Um diese Zeit war es in der Stadt noch halbwegs ruhig. Man konnte durch die Fußgängerzone gehen, ohne sich ans Gedränge auf dem Oktoberfest erinnert zu fühlen. Die Geschäfte hatten erst vor einer halben Stunde aufgemacht; die Stadt in ihrer ganzen Konsum-Perversion räkelte sich noch im Halbschlaf. Es war wohl die einzige Stunde bei Tageslicht, wo er es in einer solchen Fußgängerzone überhaupt aushalten konnte. Den Fassaden und Schaufenstern der Konzern-Läden schenkte er keinen Blick: Karstadt, H&M, C&A, Esprit, New Yorker, Kaufhof und und und.

Dazwischen das alte Augustiner; hier war er schon einige Male gesessen, doch zu dieser frühen Stunde war ihm nicht nach Brotzeit zumute, nicht nach deftiger Wirtshausluft samt Bierschaum, sondern nach einer Kanne guten Kaffees und ein wenig Ruhe. Da war er hier eigentlich falsch, das sah er ein. So gut kannte er sich nun in München aber auch wieder nicht aus, um zu wissen, wo jetzt ein Alte-Damen-Café geöffnet haben würde und wo es dann Filterkaffee und frische Nusshörnchen gäbe.

Er kaufte sich eine Zeitung, doch in dem Augenblick, da er sie entgegennahm, fiel ihm ein, dass auch in der „Süddeutschen“ der Mord an Elena Donath eine Rolle spielen würde. Er nahm sie ein paar Schritte mit und steckte sie dann ungelesen in den nächsten Papierkorb.

Was die Zeitungen schrieben, das wusste er am allerbesten, war Schnee von gestern.

***

Tobs hatte einen Deal mit Brunner ausgehandelt: Er würde sich nicht stellen, würde keine Stunde in einer Untersuchungshaft-Zelle verbringen, aber er würde sich zu erkennen geben und seine Sicht auf die Dinge darlegen.

Unbemerkt von den Wanderern, die auf eine kleine Stärkung vorbeikamen und nun draußen um den Tisch saßen, schrieb Tobs in der winzigen Stube per Hand alles, woran er sich erinnern konnte, auf einen nicht mehr ganz neuen Schreibblock: seine Rolle als Privatermittler, seine Beziehung zu Elena, die Entdeckung der Bluttat, seine panische Flucht. Nur über die Tiroler Hütte und dass er sich hier jetzt aufhielt, sollte er nichts schreiben, das hatte ihm Brunner eingebläut. „Sonst könnten wir dich genauso gut gleich bei den Kieberern abgeben."

Tobs schrieb und schrieb. Es gab Streichungen und Einfügungen, durch kleine Sternchen gekennzeichnet. Immer wieder schaute er zum Fenster, in dem nichts als das Himmelblau zu sehen war. Oder er betrachtete die kleinen Dinge in der Hütte, die etwas von den Menschen, die hier lebten, erzählten. Ein paar Postkarten, mit Reißnägeln ans Holz gepinnt. Auf einem Sims eine Schneekugel neben einer Spielzeugkuh aus Plastik und einem winzigen Buddha aus silbern glänzendem Metall. Drei gerahmte Bleistiftzeichnungen, gekonnt und geradezu kunstvoll ausgeführt: Berglandschaften, wie man sie hier zu sehen bekam, wie sie aber nur selten wer aufs Papier zu übertragen wusste – so, dass sich die dargestellte Realität und die Stimmungslage des Zeichners ergänzten.

Ob Brunners Tochter das gezeichnet hatte, fragte er sich.

Beim Schürholz lagen ein paar zerlesene Zeitungen, die wahrscheinlich von Bekannten Brunners zur Hütte gebracht worden waren. Tobs griff sich die oberste. Eine Ausgabe der „Tiroler Tageszeitung", ein paar Tage alt. Er blätterte sie durch, flüchtig, und blieb an einer Meldung hängen: Im Kaisergebirge war ein Kletterer in den Tod gestürzt. An der Kleinen Halt. Er kannte die Wand, die sich so eindrucksvoll am Ende des Kaisertales erhob, war aber noch nie in ihr geklettert. Am benachbarten Totenkirchl, dort ja, und an den legendären Felsen über der Steinernen Rinne, dort sowieso. Aber an der Kleinen Halt …

Der verunglückte Kletterer musste, dem knappen Zeitungsbericht zufolge, kurz unterhalb des Gipfels den Halt verloren haben. In einem Gelände, das nicht mehr schwierig war, weshalb die Seilschaft auch auf jegliche Sicherung verzichtet hatte.

Leichtes Gelände!, dachte Tobs. Nichts ist so heimtückisch wie leichtes Gelände. Die Konzentration geht flöten, wenn man sich nicht ganz stark zusammenreißt. Und dann genügt eine falsche Bewegung, ein schlechter Griff …

Künstlerpech, dachte er noch, legte die Zeitung wieder grob zusammen und warf sie zurück neben den Ofen.

Er kaute auf dem Kugelschreiber herum, dachte nach, schrieb ein paar weitere Zeilen in seinen Bericht und strich etwas weg. Er war froh, hier in der Hütte zu sein. Seit er zu Brunner gekommen war, hatte sein Leben wieder Perspektiven. Doch er fürchtete sich auch vor dem nächsten Tag.

Irgendwann döste er am Tisch ein. Den Kopf auf dem Schreibblock, träumte er davon, nicht nur den Sommer und den Herbst hier zu verbringen, sondern auf den Winter, den richtigen Winter zu warten.

Ganz allein war er hier. Der Schnee kam in behäbigen, dicken Flocken aus tief grauem Himmel. Milliarden weißer Punkte und Sternchen verzauberten die karge Landschaft, die herbstbraunen Wiesen, den kalten Fels. Dann schneite es immer dichter, heftiger, binnen einer Tasse Tee, die er in der Hütte trank, war draußen alles weiß eingehüllt, und als er dann barfuß hinaustrat, reichte ihm der weiche, lockere Schnee schon bis über die Fußknöchel.

Stille herrschte ringsumher. Völlige Stille. Der Schneefall schluckte alle nur erdenklichen Geräusche.

Doch dann kam der Wind auf. Er fegte eisig durch die Geländescharte, peitschte den Schnee gegen die Hüttenwände, rüttelte am Kamin und an den kleinen Fenstern, steigerte sich zum Orkan, der alles mit sich zu reißen drohte.

Und dennoch fühlte er sich geborgen in der Hütte, die allmählich in Schnee und Eis gehüllt wurde und die nach und nach einschneite bis hinauf zum Dach. Noch sah er Eisblumen an der Scheibe, und er bestaunte sie wie als kleiner Bub in der Weihnachtszeit.

Als der Sturm vorüber war und es nur mehr schneite, in großen, schweren Flocken, da umgab ihn eine so große Stille, dass er nur noch sein Herz schlagen hörte. Und ab und an einmal ein heimeliges Knacken im alten Holz.

Keine Angst, dachte er. Ich habe überhaupt keine Angst. Hier bin ich sicher, hier kommt niemand bis zu mir durch.

Er träumte davon, Wochen und Monate eingeschneit zu sein, ohne Trinken, ohne Essen, ohne Luft.

Doch dann rüttelte ihn Brunner an der Schulter.

„Wach auf", sagte er. „Ich hab es mir anders überlegt. Wir gehen heute noch runter."

SECHSUNDZWANZIG

Der Weg, den Brunner mit Tobs ging, musste geradezu aus der Frühzeit der Karwendel-Erschließung stammen. Wer nicht genau wusste, dass hier zwischen Fels und Geröll und Grasbüscheln eine Steigspur verlief, wäre nie auf die Idee gekommen, in dieser unübersichtlichen Bergflanke, die über tausend Höhenmeter zum Karwendeltal hin abbrach, den Abstieg zu suchen. Bisweilen aber konnte Tobs sogar rote Markierungspunkte entdecken – beinahe bis zur Unkenntlichkeit ausgebleicht.

„Hier geht das ganze Jahr über kaum jemand rauf und runter“, sagte Brunner, als hätte er die Gedanken seines Begleiters lesen können. „Außer mir natürlich. Ich mag diesen Pfad, wo ich immer allein bin. Allein mit meinen Gedanken und mit den vielen Gämsen, die es hier gibt.“

Tobs hatte sein Schicksal ganz in Brunners Hand gegeben. Er hatte keine Ahnung, wohin sie gingen, wo sie die Nacht verbringen würden, was genau Brunner vorhatte. Klar war, dass die Polizei Tobs’ Aussage bekommen musste. Doch wie sollte das vonstattengehen, ohne dass er eingebuchtet wurde? Und an wen sich wenden? Er hatte schließlich keine Ahnung, wer mit dem Fall und der Suche nach ihm betraut war.

Bei einer kurzen Rast knapp oberhalb der Baumgrenze, wo sie zum letzten Mal an diesem Tag einen freien Ausblick zur markanten Pleisenspitze und zu den Gleirschwänden hatten, schilderte ihm Brunner den Plan.

„Du sagst, du hast sie nicht umgebracht. Glaub ich dir, weil du sie sicher gern noch öfter gebumst hättest und nicht den Eindruck eines perversen Lustmörders machst. Dass ihr Alter es war, so wie du es vermutest, kommt mir höchst unwahrscheinlich vor. Wenn ich mich in seine Situation versetze und dich also mit meiner Frau erwischen würde, dann würde ich dir das Hirn aus dem Schädel prügeln und dir in den Bauch treten, bis dir die Scheiße bei den Beinen runterläuft. Vielleicht würdest du dran verrecken, könnte passieren. Der Frau würde ich ein paar knallen, die sie nie mehr vergisst. Was dann aber auch die letzte Erinnerung an mich wäre."

„Sie ist aber umgebracht worden und ich lebe", warf Tobs ein. „Verstehst du: Ich lebe."

„Stimmt. Und weißt du, warum du lebst?"

Brunner wartete keine Antwort ab, wohl auch weil er ahnte, dass Tobs keine Antwort darauf hatte.

„Du lebst noch, weil du den Kerl nicht interessiert hast. Er hatte eine Rechnung mit ihr zu begleichen, du warst ihm egal. Die Frau ist in eine elendige Falle geraten, und du bist da halt mit reingerutscht. Wahrscheinlich hast du mit der ganzen Sache nicht das Geringste zu tun. Und genau das müssen wir der Polizei klarmachen, verstehst du."

Eine Zeitlang saßen sie schweigend da, schauten zum nächsten Bergkamm hinüber und hinunter ins Karwendeltal, in das sich schon die Schatten des Nachmittags legten.

„Wer tut denn so etwas?" Das war eine der Fragen, die Tobs umtrieb. „Wer mordet so grausam? Kann das Zufall gewesen sein? Ich meine, dass Elena ein ganz zufälliges Opfer war?"

„Das glaube ich nicht. Wenn du mich fragst, hatte es einer auf sie abgesehen. Vielleicht sogar auf sie und ihren Mann. Der Grund für so was kann weit in der Vergangenheit liegen. Hass hält sich verdammt lang."

Brunners Antwort beschäftigte Tobs den gesamten weiteren Abstieg ins Karwendeltal und hinaus nach Scharnitz. Wie konnte es sein, dass jemand wegen einer alten Geschichte, die Jahre zurücklag, so bestialisch mordete? Wer vermochte den Hass über derart lange Zeiträume zu konservieren? Fragen, die er Brunner vorerst nicht stellte.

Denn es gab eine Frage, die ihn noch viel mehr umtrieb: „Was hast du vor, wenn wir unten sind?"

Sie erreichten die ersten Häuser von Scharnitz. Die Sonne war bereits hinter den Arnspitzen verschwunden. Brunner sah ihn zunächst ernst an, dann aber legte sich ein kleines, spöttisches Lächeln über seine Züge.

„Was ich vorhabe? Ich bring dich zur nächsten Polizeistation, sag, ich hab den Frauenmörder überwältigt, und hoffe auf ein gehöriges Kopfgeld. Würdest du an meiner Stelle doch genauso machen, oder?“

***

Für Kölbl ging ein langer Tag zu Ende. Er hatte einige Stunden im Polizeipräsidium an der Ettstraße verbracht, mit den Münchner Kollegen, die zunächst gar nicht davon begeistert waren, dass er in ihrem Revier gewildert hatte, den Fall diskutiert, war noch einmal mit dem alten Paternoster – einer absoluten Rarität! – hinauf und hinunter gefahren, um dann das Präsidium zu verlassen und zu Fuß die Viertelstunde zum Hauptbahnhof zu gehen.

Am Stehausschank im sogenannten Starnberger Bahnhof trank er ein Weißbier, weil er Zeit hatte, bis sein Zug abfuhr. Das Bier tat gut, es kühlte und erfrischte, und zugleich machte es ein klein wenig schläfrig. Er war froh, den jungen Kollegen, der Donaths Haus observiert hatte, gestern schon zurückgeschickt zu haben. Er war froh, allein zu sein, und er freute sich schon darauf, im Zug einen Platz am Fenster zu finden, den Kopf gegen die Scheibe zu legen und halb denkend, halb dösend die letzten sechsunddreißig Stunden an sich vorbeiziehen zu lassen. Vor allem aber freute er sich, wieder herauszukommen aus der Stadt.

Doch im Zug gelang es ihm nicht, zur Ruhe zu kommen. Auf den Plätzen jenseits des Ganges saßen drei Männer und eine Frau, allem Anschein nach Pendler, die nun von der Arbeit nach Hause fuhren, vielleicht bis Weilheim, vielleicht aber auch bis ins Werdenfelser Land.

Sie sprachen über kaum etwas anderes als die Tote von Mittenwald. Alle hatten sie ganz klare Vorstellungen davon, wie es sich zugetragen haben musste. Bis auf einen der Männer stimmten alle darin überein, dass für so ein Delikt die Todesstrafe angebracht wäre.

„Die sperren den jetzt fünfzehn Jahre ein“, sagte einer, „dann kommt er raus und bringt die Nächste um.“

Und alle waren sich einig, dass die Polizei bisher eine schlechte Arbeit geleistet hatte. „Man muss sich das vorstellen“, sagte die Frau. „Der Mörder ist ihnen trotz groß angelegter Suchaktion entkommen. Obwohl der, wie zu lesen war, nicht mal vernünftiges Gewand hatte und auch keine Schuhe. Und wisst ihr, was mir am meisten Angst macht? Dass der sich vielleicht noch in unserer Gegend rumtreibt. Ich für meinen Teil geh jedenfalls nicht mehr aus dem Haus, sobald es dunkel ist. Nicht für viel Geld.“

Zum Glück für Kölbl stiegen zwei in Weilheim aus, ein dritter in Murnau. Nur die Frau fuhr bis Garmisch. Schweigend. So hatte er wenigstens noch eine knappe halbe Stunde Zeit, um seinen Gedanken nachhängen zu können, ohne vom blöden Geschwätz seiner Mitreisenden gestört zu werden.

Er ging noch einmal die Schilderungen Donaths durch. Ein Eingeständnis, seiner Frau nachspioniert zu haben, über Jahre schon. Die krankhafte Eifersucht und die nie bestätigte Gewissheit, dass sie ihm nicht treu war. Dazu aber die Angst, sie könnte ihn irgendwann verlassen. Donath hatte diese Frau geliebt, er liebte sie auf eine irgendwie ungesunde Art, aber es war offensichtlich und glaubwürdig, dass er nicht nur wegen des Vermögens an ihr hing. Allein um an so ein Vermögen zu kommen, war schon oft gemordet worden. Doch Donath hätte seiner Frau nie Gewalt antun können. Wie er nach Kölbls Einschätzung ja überhaupt ein Schwächling und Feigling war, was er aber hinter seinem Neureichengehabe und einer gewissen Großspurigkeit zu verbergen verstand.

Wovon im Moment aber nicht viel geblieben ist, dachte Kölbl. Er ist nur mehr ein Häufchen Elend, was freilich allzu verständlich ist. Die geliebte Frau tot. Fürchterlich. Davor im Bett mit einem anderen. Er hätte nicht sagen können, was schlimmer war.

Im Polizeipräsidium war Donaths PC ausgewertet worden; sie hatten mehrfach die Aufnahmen vom Tête-à-Tête im Ferienhaus angesehen; der Erkenntnisgewinn war vergleichsweise gering gewesen: guter Sex, gefilmt von einer stabil positionierten Kleinstkamera, an und für sich nett und unterhaltsam anzuschauen, wäre da nicht das schreckliche Ende der Frau gewesen, wovon der Film allerdings nichts zeigte. Denn als die Donath und dieser Thanner mit ihrer Turnerei endlich ganz fertig waren und nur mehr langgestreckt beieinander auf dem zerwühlten Laken lagen, war die Vorführung beendet.

Natürlich konnte diese Kamera von Thanner vorab installiert worden sein, dachte Kölbl. Wer weiß, mit welchen illegalen Tricks er bei seinem Observationsauftrag vorgegangen war. Aber es war ein Ding der Unmöglichkeit, dass er dann hatte fliehen können, es schaffte, sich bis nach München durchzuschlagen, in Donaths Haus einzudringen und den Film auf dessen Computer zu laden.

Für Kölbl war in den letzten Stunden völlig klar geworden, dass weder Thanner noch Donath die Frau ermordet hatten. Auch verwarf er den Gedanken, Donath könnte jemanden mit diesem Mord beauftragt haben. Das Leid des Ehemannes war echt, daran hatte er nicht mehr den geringsten Zweifel. So echt wie die Vorgänge in Donaths Haus – eine Inszenierung war das nicht.

Der Mörder war ein anderer.

***

„Der Mörder ist einer, der eine alte Rechnung offen hat. Wahrscheinlich eine Beziehungsgeschichte, in der die Frau eine unrühmliche Rolle gespielt hat. Oder es ist eine offene Rechnung mit beiden, der Frau und ihrem Mann – jetzt ist sie tot und er ist noch schlimmer gestraft, muss damit leben, bis er selbst eingeht. Unter Umständen gilt die Tat auch nur dem Mann, nichts ist unmöglich."

In Scharnitz waren sie in den Zug nach Innsbruck gestiegen. Brunner hatte die Tickets gelöst. Auf der Fahrt hatte er Tobs endlich in seine Pläne eingeweiht.

„Wir können in Innsbruck bei einem alten Bekannten übernachten. Ist zwar nicht die erste Adresse am Platz, aber es wird dich niemand nach dem Woher und Wohin fragen. Und morgen früh treffen wir einen Bundespolizeiler – ein Bulle, ja, aber kein Arschloch. Mit dem werde ich reden. Und wenn alles so läuft, wie ich mir das vorstelle, wirst anschließend du mit ihm reden und danach ganz unbehelligt mit mir zurückfahren nach Scharnitz und wieder zur Hütte hinaufsteigen."

Tobs war skeptisch, dass alles so abginge, wie Brunner sich das dachte. Doch er wusste, dass er kaum Alternativen hatte.

„Meine These ist die", sagte Brunner: „Wir müssen die Polizei auf die richtige Fährte setzen. Von selbst kommt da vielleicht keiner drauf. Aber ich kann dir sagen, solche Typen gibt es, die auch nach zehn und mehr Jahren ihre Opfer für etwas bestrafen, was die ihnen einmal angetan haben. Das kann unerwiderte Liebe sein. Natürlich kann es auch um etwas Geschäftliches gehen, dass sich jemand reingelegt und dadurch existentiell bedroht gefühlt hat. Dass er vielleicht wirklich hereingelegt worden ist und völlig aus der Bahn geriet. Oder auch nur, dass ihn die Frau wegen seines kurzen Schwanzes ausgelacht hat …"

Er hustete zweimal kurz und fügte dann noch an:

„Ich war acht Jahre im Knast. Wird dir bekannt sein, wissen eh alle. Und in diesen acht Jahren ist mir mehr als einer von diesen Vögeln begegnet, für die ihre Rache zur fixen Idee geworden war und die für nichts anderes mehr lebten, als irgendjemandem irgendetwas so grausam wie nur möglich heimzuzahlen. So einem sollte man nicht in die Quere kommen, das kannst du mir glauben."

Tobs dachte an das, was Brunner über Lonnis Vergewaltiger gesagt hatte …

***

Er hatte geglaubt, auf der etwas schäbigen Couch tief schlafen zu können, denn wirklich viel Schlaf hatte er seit der Tragödie nicht bekommen, die Stunden im Heustadel waren viel zu wenig gewesen, um seiner körperlichen und seelischen Erschöpfung ernsthaft entgegenwirken zu können. Brunner und er waren bei einem Paar angekommen, das in einem Rückgebäude der Sillgasse wohnte und von dem er auf Anhieb den Eindruck hatte, dass sie durch Prostitution für beider Lebensunterhalt sorgte, während er entweder gar nichts zu tun hatte oder aber ihr Beschützer war oder temporären Geschäften nachging, die vielleicht nicht ganz in den eng gesteckten Rahmen der Gesetzgebung passten.

Das alles war Tobs egal. Er blieb tatsächlich unbehelligt, bekam ein paar Frankfurter und Brot und ein Bier, und nach diesem Essen wurde ihm in einer kleinen Kammer mit Fenster zur Straße hin die Couch zugewiesen.

Dass er dann nicht schlafen konnte, lag weniger am Verkehrslärm von der Straße und dem nicht allzu fernen Bahnhof, der da zu ihm hereindrang. Das Elend dieser Nacht lag in der Trauer, die ihn urplötzlich und mit großer Macht befiel: War es bislang der Schock gewesen, das Entsetzen über die Bluttat und die ständige Angst, entdeckt und eingesperrt zu werden, die ihn bewegt und erschüttert hatten, so brach nun die Verzweiflung über den Verlust Elenas alle Dämme. Von Weinkrämpfen geschüttelt lag er auf der fremden, nach kaltem Zigarettenrauch muffelnden Couch.

Immer wieder sagte er sich, dass es keine Liebe war. Ja, sie hatten sich geliebt, körperlich, und hatten sich daran berauscht. Aber natürlich war er für Elena nur ein Junge gewesen, ein großer Junge. Nie hätte sie ihn geliebt. Und natürlich war sie nicht die Frau, mit der er das Leben hätte verbringen wollen, klar, das wusste er, hatte es auch gewusst, als sie sich gegenseitig auf das Bett gezogen hatten.

Und doch kam die Trauer mit einer derartigen Intensität, dass Tobs körperliche Schmerzen zu verspüren meinte. Die Brustmuskulatur verkrampfte sich, und Tobs hatte ernsthaft Angst, keine Luft mehr zu bekommen. Was ihm half in dieser Situation, war die Erfahrung aus heiklen Schlüsselstellen in schwierigen Kletterrouten. Wenn die Angst zu groß wurde, daraus resultierend jegliche Handlungsfähigkeit verloren zu gehen drohte und beinahe nichts mehr blieb, als aus der Wand zu stürzen wie eine an Herzversagen verstorbene Eintagsfliege von der Zimmerdecke, dann musste der Atem beruhigt und dadurch die Panik eingedämmt werden. Autogenes Training in senkrechten bis überhängenden Felszonen.

All das wusste er, hatte es immer angewendet und war bisher noch aus jeder glimpflichen Situation heil herausgekommen. Aber jetzt, in der Sillgasse in Innsbruck, in der Wohnung dieser sonderbaren Leute, erschien ihm alles schwieriger als in der schwierigsten Klettertour.

Atmen, sagte er mit ganz leiser Stimme zu sich selbst. Atmen. Tief einatmen ... langsam ... ganz langsam ausatmen ... einatmen ...

Ganz allmählich beruhigte sich Tobs ein wenig. Seine Weinkrämpfe ebbten ab. Und doch war jetzt alles noch schlimmer als bisher. Das Gefühl des Verlusts versetzte ihn in tiefe Depression. Mit Elena hatte er einen Menschen verloren, der ihm rätselhaft geblieben war. Eine Frau, die ihm eine Nacht lang alles gegeben hatte. Mit der er niemals mehr schlafen würde und, was er als noch viel tragischer empfand, auch niemals mehr würde sprechen können.

Mit dem, was sie in der Hütte geredet hatten, vor und nach dem Sex, war sie, ob er wollte oder nicht, zum Bestandteil seiner Biographie geworden. Jetzt war sie tot, und er fühlte sich amputiert.

Tobs Thanner war untröstlich. Er litt sich in einen Schlaf, der ihm keine Erholung bringen sollte.

SIEBENUNDZWANZIG

Sich zur Verfügung halten, dachte Mel. Was bilden sich diese Idioten eigentlich ein! Ich soll mich zur Verfügung halten …

Sie war wütend auf die Polizei. Und sie war wütend auf Tobs. Hundert Mal hatten Ricardo und sie sich gegenseitig bestätigt, dass er unschuldig war, selbst ein Opfer, auf keinen Fall ein Täter.

Mit jeder Stunde, die sie noch in München war, in München sein musste, wurde sie jedoch auch überzeugter, dass es ein Fehler war, hierherzukommen, ihn treffen zu wollen. Wenn er auch kein Mörder war, so war er doch ein Arschloch, wie die meisten Männer, mit denen sie bisher näher zu tun gehabt hatte.

Am liebsten hätte sie sich über die Auflage, in München zu bleiben, hinweggesetzt und wäre mit dem nächsten Zug Richtung Norden gefahren. Sie war lange nicht mehr zu Hause gewesen, und wenn sie „zu Hause" dachte, meinte sie das Elternhaus. Sie hielt es meist ganz gut auch über längere Zeit ohne Kontakt zu Vater und Mutter aus. Jetzt aber sehnte sie sich nach dem Versinken in der gut geordneten bürgerlichen Welt, und für die Geborgenheit hätte sie bereitwillig die nervigen Sprüche ihrer Mutter in Kauf genommen: dass sie sich ständig Sorgen mache; dass es doch wohl an der Zeit wäre, das Studium voranzutreiben, anstatt immer nur in der Welt herumzureisen; dass die Kletterei bestimmt faszinierend sei, letztlich aber doch brotlose Kunst; dass sie von einigen Mädchen ihres Abiturjahrgangs wisse, die bereits verheiratet und sogar schon Mütter seien; ob sie nicht irgendwann sesshaft zu werden gedenke und ob sie nicht gern wieder in die Nähe zöge, eine Wohnung am Ort; es wäre doch schön, wenn man sich wieder öfters sehen und sprechen würde; und übrigens: Hennens Klaus habe sich neulich nach ihr erkundigt; er habe sich sehr nett entwickelt, ein wirklich adretter und sehr angenehmer junger Mann …

Es war Ricardo, der ihr das fluchtartige Verlassen Münchens ausredete. Er hatte sich freigenommen und vorgeschlagen, in den Boulderraum der Thalkirchner Kletterhalle zu gehen.

„Es macht keinen Sinn, dass du dich mit der Polizei anlegst. Und es macht genauso wenig Sinn, dass wir weiter hier hocken und die Köpfe hängen lassen. Es wäre sicher das Beste, wenn wir uns beim Bouldern ein bisschen auspowern würden. Du weiß es doch selbst: Das macht den Kopf frei. Und wenn nicht, wird es uns zumindest nicht schaden."

Sie dachte an ihr lädiertes Knie, sagte aber nichts, nickte nur zustimmend.

Es war noch früh; die Halle machte erst in eineinhalb Stunden auf. Sie gingen zu einer Bäckerei in der Nähe, frühstückten Butterbrezen, Croissants und bitteren Kaffee – Ricardo hätte lieber daheim gegessen, hatte aber gemerkt, dass die Gefahr drohte, die Decke würde ihnen auf den Kopf stürzen.

Sie sprachen nicht über Tobs und den Mord. Beide vermieden sie es, das, was sie am meisten beschäftigte und ihnen eine ziemlich schlechte Nacht eingebracht hatte, auch nur mit einer Silbe zu erwähnen. Die Stimmung war mehr als gedrückt, und so manche Kundin in der Bäckerei hatte sich wohl gefragt, ob da ein Paar seinen letzten Morgen zusammen verbrachte oder ob ein Vater den Trouble mit seiner Tochter schweigend auslebte.

***

Zur selben Zeit wertete die Kripo in München alle Informationen aus, die Donath mittlerweile geliefert hatte. Mit dem Garmisch-Partenkirchner Kollegen Kölbl war man sich einig, dass der Täter im früheren Umfeld von Donath oder dessen ermordeter Frau zu suchen sei. Die Beamten gingen zahlreichen Hinweisen nach, insbesondere in Bezug auf frühere Beziehungen und etwaige Liebhaber der Frau beziehungsweise geschäftliche Querelen mit möglicherweise finanziell geschädigten Geschäftspartnern.

Was sich bald herausstellte war, dass bei beiden Donaths der Lebensweg mit „Leichen“ gepflastert war: Menschen, die zum privaten oder geschäftlichen Umfeld der beiden gehört hatten und irgendwann zum Opfer geworden waren. Freunde, Geliebte und Liebhaber, Geschäftsfreunde, Kunden. Doch das war nicht weiter verwunderlich. Erfahrenen Kriminalbeamten war nur zu gut bewusst, dass man kein schlechter Mensch sein musste, um eine Vielzahl von Verletzungen zu verursachen und andere zu Opfern zu machen.

Aber sie wussten auch: Nicht jedes Opfer nimmt diese Rolle auch an. Es gibt welche, denen es zur Bestimmung wird, es dem Täter heimzuzahlen. So ein Opfer mussten sie finden.

***

Etwa zur selben Zeit betrat Brunner das Gebäude der Bundespolizei in Innsbruck. Das dunkelgrün gestrichene und durch den Stadtschmutz noch weiter verdüsterte Haus wirkte trostlos auf ihn.

Auf was habe ich mich da nur eingelassen, dachte er. Dass einer wie ich freiwillig zu den Kieberern geht …

Es war ein verdammtes Scheißgefühl! Die Visagen der Leute hier. Sie sahen ihn an, als ob sie ihn wegen irgendetwas verdächtigen würden. Auch mitten in der Innsbrucker Fußgängerzone, zwischen den unzähligen Menschen, hätte er mit großer Treffergenauigkeit sagen können, bei welchen es sich um Bullenfressen handelte. Und umgekehrt, da hätte er einen Fünfziger drauf gewettet, sahen die in seinem Gesicht die Verbrecherfresse und die Gitterstäbe, die sich in seinen Pupillen spiegelten.

Er fragte nach dem Büro von Kommissar Hosp.

„In welcher Angelegenheit?“, fragte ein junger Uniformierter knapp.

Brunner musste dagegen ankämpfen, ihm einfach zu sagen, dass ihn das einen Dreck anging.

„Brunner“, sagte er. „Ich werde erwartet.“

Der junge Uniformierte musterte ihn mit einem kritischen Blick und schickte ihn dann in den zweiten Stock.

Hosp kam hinter seinem Schreibtisch hervor, nachdem Brunner eingetreten war. Er hielt ihm die Hand entgegen, sagte: „Brunner! Wie geht's Ihnen? Und vor allem: Was führt Sie zu mir?"

Brunner hatte eine gute Erinnerung an diesen Mann. Deshalb hatte er sich ja auch an ihn gewandt. Am Telefon hatte er nicht gesagt, um was es ging. Nur so viel: dass es dringend war und er nur mit ihm würde sprechen wollen, mit niemandem sonst.

Jetzt, da er vor ihm stand, sah er seine Erinnerung bestätigt. Hosp war ein Polizist, der auch in Tätern noch Menschen sah. Der mit seinem etwas traurig wirkenden Blick wohl immer und oft ergebnislos der Frage nachging, wie es in einem Menschen dazu hatte kommen können, dass er zum Mörder wurde.

Alt ist er geworden, dachte Brunner. Alt sieht er aus, und irgendwie fertig.

„Setzen Sie sich doch", sagte Hosp.

Brunner setzte sich. Und dann erzählte er die Geschichte von Tobs Thanner und der ermordeten Frau.

ACHTUNDZWANZIG

Tobs hockte auf einer steinernen Bank vor der SOWI, der Hochschule für Sozial- und Wirtschaftswissenschaften. In der Mensa mit ihren Gartentischen hatte er sich einen Eistee und ein Nusshörnchen geholt; das nötige Kleingeld hatte ihm Brunner dagelassen.

Als er Brunner jetzt in Begleitung eines in die Jahre gekommenen, zivil gekleideten Beamten auf sich zukommen sah, rutschte ihm das Herz in die Hose. Einen Moment lang dachte er daran, aufzuspringen und wegzurennen. In den Gummistiefeln, die ihm an den Füßen klebten und ihm auf die Zehen drückten ...

Im nächsten Moment aber dachte er, dass es nichts brächte, immerzu wegzulaufen. Er würde nicht auskommen, würde irgendwann gefasst werden, vielleicht hielt Brunner ja Wort und dieser Mann stellte ihm keine Falle, sondern hörte sich nur an, was er zu sagen hatte.

Brunner und der Beamte würdigten ihn keines Blickes, setzten sich aber mit geringem Abstand zu ihm auf die Bank. Tobs wusste nicht, was er davon halten sollte. Brunner und der Mann sprachen miteinander, ihn jedoch beachteten sie nicht. Es war, als würden sie ihn gar nicht kennen.

Doch das änderte sich rasch.

„Herr Thanner, Ihre Situation ist mir geschildert worden. Sie klingt nicht gerade überzeugend. Und doch will ich ihr mehr Glauben schenken als ich eigentlich sollte.“

Tobs schaute zu dem Mann hinüber, aber der guckte in den Himmel, zu den kleinen weißen Wölkchen über Innsbruck, schien gleichsam laut nachzudenken und seine Worte nicht an ihn, Tobs Thanner, sondern an Brunner zu richten.

„Dass wir uns verstehen: Ich kenne Sie nicht und Sie kennen mich nicht. Wir sind uns nie begegnet, auch nicht hier und heute. Sie haben, so sagt man mir, Ihre Version der Vorgänge schriftlich festgehalten. Das ist gut, aber ich brauche Ihre Aufzeichnungen nicht. Mir genügt, was Brunner erzählt hat. Ich bin hier, weil ich …"

Ein Flugzeug kam von Osten her im Landeanflug über die Stadt herein, und einige Sekunden lang konnte Tobs nicht verstehen, was der Mann sagte. Er getraute sich aber auch nicht zu fragen.

„… erfährt Brunner das. Ich melde mich, sobald ich weiß, wer in Deutschland mit dem Fall betraut ist. Vielleicht habt ihr Glück und es ist ein Kollege, der nicht nur eins und eins zusammenzählt."

Dann erhob er sich, gab Brunner die Hand und sagte laut genug, dass Tobs es hören konnte: „Ich muss wieder an die Arbeit. Ich wünsche Ihnen viel Glück – und kann nur hoffen, dass Sie die Wahrheit gesagt haben."

Und dann wandte er sich doch noch für einen Augenblick direkt an Tobs: „Sie werden Tobs genannt, habe ich gehört. Seien Sie mir nicht böse, aber das ist wirklich ein selten blöder Name. Mit so einem Namen ist man prädestiniert dafür, in die unmöglichsten Schwierigkeiten zu geraten."

Dann drehte er sich um und ging mit großen Schritten und etwas müden Schultern in Richtung Bundespolizei zurück.

***

Am Morgen hatte sich Kölbl über den Stand der Dinge informieren lassen: Von Thanner fehlte jede Spur. Er ließ die Suchaktion reduzieren, was bei den Kollegen auf Unverständnis stieß. Das sah er an ihren Gesichtern, und es machte ihn wütend.

„Ihr habt den Kerl bislang nicht erwischt", fuhr er lautstark aus der Haut. „Glaubt ihr, dass ihr ihn erwischt, wenn ihr noch weitere Tage im Umkreis von drei Kilometern mit Hundertschaften nach ihm sucht? Ich sage euch, der ist längst fort. Der ist schlauer als ihr – aber dazu gehört auch nicht allzu viel …"

Er war froh, als alle draußen waren und er sich in Ruhe noch einmal seine Aufzeichnungen aus dem Gespräch mit Donath durchsehen konnte. Viel Zeit dafür bekam er allerdings nicht; es hatte am frühen Morgen eine schwere Familienauseinandersetzung im Garmischer Ortsteil Burgrain gegeben; ein stark angetrunkener Mann hatte seine Frau geohrfeigt, sie getreten, die beiden Kinder, fünf und acht Jahre alt, hatten alles mit ansehen müssen; auch, dass ihre Mutter zu einer vollen Schnapsflasche gegriffen und sie ihrem Peiniger über den Schädel gezogen hatte. Der Mann lag im Krankenhaus, zum Glück außer Lebensgefahr, die Kinder waren vorerst in einem Heim untergebracht und die Frau, die, wie es aussah, im selben Maße Opfer wie Täterin war, harrte in einer Wachzelle der Befragung. Er sollte das machen.

Die Frau tat ihm leid. Und trotzdem musste sie sich gedulden. Seine Gedanken waren bei dem Fall Elena Donath. Und wenn er auch im Moment nichts tun konnte außer Warten, so war es doch ein Warten in Anspannung, und die Überlegungen drehten sich in seinem Kopf wie schmutzige Socken im Waschmaschinenschaum.

Er fällte einen für ihn ganz ungewöhnlichen Entschluss. Er fragte nach einer Streife, die gerade nichts Dringendes zu tun hatte, und ließ sich vom Büro an den Fuß der Berge bringen. Dort, zwischen Hausbergbahn-Talstation, Boulderhalle des Alpenvereins, dem Schwimmbad und dem Eisstadion ging er ein wenig spazieren. Er sah hinüber zu den dem Wetterstein vorgelagerten Bergen, zum Kramer und zum Wank, und seine Gedanken erhielten dick unterstrichene Bestätigung: Das Gebirge war ein landschaftliches Chaos, gegliedert nur auf den ersten Blick, in Wirklichkeit aber eine Urwildnis aus Fels und Erde und Wald und Wiesen, und es gab so viele Möglichkeiten, sich dort zu verstecken, sich unsichtbar zu machen. Man musste sich nur auskennen im Gebirge, klarkommen mit Wetter, Regen und Kälte, mit nichts als Bachwasser, ein paar wilden Beeren oder was man sonst so fand.

Dass sich Thanner in den Bergen auskannte, war bereits festgestellt worden. Der konnte wohl sogar nackt dort oben irgendwo überleben.

Aber wahrscheinlich ist er längst aus den Bergen verschwunden, dachte er. Unsere Suche ist umsonst und vergebens. Doch was sollen wir tun?

Am Eisstadion, einem Relikt der Hitler-Olympiade von 1936, blieb er stehen. Von drinnen hörte er die Schlagschüsse, die wuchtigen Schläge auf den Puck. Die erste Mannschaft des SC Riessersee war wohl bereits wieder im Training für die nächste Saison.

Eishockey im Hochsommer – pervers, dachte er. Doch er bekam sofort auch Lust, wieder einmal ins Stadion zu gehen. Allerdings nicht vor November, wenn es draußen kalt sein würde und der Winter nicht nur auf den Bergen, sondern auch im Ort Einzug hielt. Kölbl fand Eishockey viel spannender als Fußball, und wenn er seiner Mannschaft zuschaute, konnte er in der Hektik und Rasanz des Spiels alles andere vergessen, hervorragend abschalten.

***

Mit müden Armen kehrten Mel und Ricardo von der Kletterhalle zurück. Es war sicher eine gute Idee gewesen, etwas zu unternehmen, sich ein wenig auszupowern, und während der anstrengenden Griff-und Trittfolgen im meist überhängenden Terrain war es sogar wirklich gelungen, das, was sie so bedrückte, auszublenden. Sogar Mels Knie hatte durchgehalten.

„Du kannst die nächsten Tage gern weiterhin bei mir wohnen", sagte Ricardo in ihr Schweigen hinein. „Morgen muss ich allerdings wieder zur Arbeit. Aber du kannst ausschlafen und die Stadt erkunden. Und vielleicht rufst du ja noch mal bei der Polizei an und fragst, wie lange sie dich hier noch greifbar haben wollen."

„Hmmm", machte Mel. Und nach einer Weile sagte sie noch „danke".

Ricardo bemerkte, dass sie über etwas nachdachte, gründlich und tief in sich gekehrt. Sie waren schon fast wieder bei Ricardos Wohnung angelangt, da blieb sie vor einem Tabak-

und Zeitschriftenladen stehen und sagte: „Du hast die Zeitungen gelesen, oder? Hast du eine Vorstellung, wo diese Hütte oder dieses Ferienhaus ist, wo das alles passiert ist? Ich weiß, dass sich dadurch nichts ändert, aber ich würde gerne dorthin fahren und mir das anschauen."

Ricardo zog die Stirn in Falten. „Wo die Frau ermordet worden ist? Also, ich weiß nicht …"

„Musst ja nicht mit", erwiderte Mel beinahe aggressiv. „Ich will nur wissen, ob du mir sagen kannst, wo das ist und wie ich am besten hinkomme."

Ricardo sah sie nachdenklich an. Nach einer Weile antwortete er: „Es ist mir gar nicht recht, dass du allein dorthin willst. Ich kann dir nicht sagen, warum. Aber irgendwie habe ich kein so gutes Gefühl dabei. Andererseits … Ich kann nicht mitkommen. Irgendwann ruft ja auch die Pflicht wieder. Und so gut glaube ich dich mittlerweile zu kennen, dass du dir eh nichts ausreden lässt."

Er fuhr sich mit der Hand durchs Haar, schaute, als ob er etwas suchen würde (und er suchte ja auch nach der richtigen Entscheidung) und sagte dann: „Ich zeige dir auf der Karte, wo das Haus sein müsste. Du kannst Tobs' Auto nehmen. Meins habe ich ja noch nicht wieder. Aber ich habe Tobs' Opel. Komischerweise wollte den die Polizei gar nicht. Wenn du unbedingt willst, kannst du noch heute Nachmittag nach Mittenwald rausfahren. Ich war einige Male zum Klettern dort, am Gerberkreuzpfeiler und am Predigtstuhl. Nach allem, was die Polizei gesagt hat und was in den Zeitungen stand, müssten wir das auf der Karte ausfindig machen können."

Er schaute sie prüfend an, sah die Spur eines Lächelns in Mels Gesicht. „Mach, was du willst. Auch, wenn ich es nicht ganz verstehen kann. Ich glaube nämlich nicht, dass Tobs auf der Bank vor der Hütte sitzt und dir fröhlich zuwinkt, wenn du daherkommst."

Mel lächelte. „Ich bin dir wirklich sehr, sehr dankbar für alles."

***

Die Vernehmung der Frau, die ihren Mann halb erschlagen hatte, war ohnehin schon schwierig. Dass Kölbl zwischendurch zweimal ans Telefon gerufen wurde, machte ihre Angelegenheit nicht leichter. Er hätte es gerne einem Kollegen überlassen, sich mit der abwechselnd wütend schimpfenden und geradezu hysterisch heulenden Frau zu befassen. Am besten einer Kollegin, für die eine Frau nicht gleichermaßen rätselhaft war wie für ihn, doch im Moment war niemand verfügbar und er hatte die Geschichte am Hals.

Der erste Anruf kam aus Innsbruck von der Bundespolizei. Ein gewisser Hosp informierte ihn darüber, dass Thanner in Innsbruck aufgetaucht war und auf Umwegen übermitteln ließ, dass er nicht der Mörder und nur in Panik geflüchtet sei, jetzt aber fürchtete, fälschlicherweise festgenommen und eingesperrt zu werden.

„Er hätte sich gewiss direkt an Sie gewandt", hatte ihm dieser Hosp gesagt. „Doch er wusste ja nicht, wer mit dem Fall betraut war. Und dann hat er eben jemanden geschickt, der mich kennt, und so weiter, und so fort. Dass ich dabei eine obskure Rolle spiele, ist mir schon klar. Und ich wäre froh, wenn Sie mir mein unpolizeiliches Verhalten nachsehen wollten. Ist sonst nicht meine Art …"

„Mit polizeilichem Verhalten", hakte Kölbl ein, „kämen wir oft nicht allzu weit. Sie glauben seiner Version also. Das ist für mich gut zu wissen. Ich danke Ihnen sehr für die Information, sie deckt sich weitgehend mit meinen Vermutungen. Deshalb meine Bitte: Sollten Sie noch einmal mit Thanner Kontakt haben, sagen Sie ihm doch durch die Blume, dass nicht nur Sie ihm Glauben schenken. Allerdings …" Er kritzelte Strichmännchen auf seine schon arg zerkritzelte Schreibtischunterlage. „Allerdings tut er gut daran, sich noch einige Tage lang nirgendwo blicken zu lassen."

Hosp schien auch ohne weitere Erklärungen ganz genau zu verstehen.

Der zweite Anruf kam von den Kollegen aus München. Donath war noch etwas Wichtiges eingefallen. Eine Geschäftsverbindung, die in großem Streit zerbrochen war. Zwölf Jahre lag das zurück.

„Dieser Donath hat im Lauf seines Lebens mit allem Möglichen Geschäfte gemacht, mit Waren, mit Aktien, mit Immobilien. Bisweilen erfolgreich, öfter aber nicht ganz so erfolgreich. Wie es scheint, war es das Geld seiner Frau, das ihn aus allen Miseren heil herauskommen hat lassen. Und es war wohl auch das Geld seiner Frau, das ihm den Luxus garantiert hat, in dem er lebt. Aber auf das will ich gar nicht raus. Dass er selbst als Mörder eher nicht infrage kommt, hatten wir ja schon besprochen."

Kölbl hörte nur zu.

„Auf was ich hinaus will, ist das: Dieser Donath ist kein Menschenfreund. In meinen Augen ist das ein ganz rücksichtsloser Geschäftsmann, dem es völlig egal ist, wenn einer wegen ihm auf der Strecke bleibt. Ich bin überzeugt, dass er so manchen übers Ohr gehauen hat …"

Jetzt unterbrach ihn Kölbl aber doch: „Welcher Immobilienmakler tut das nicht?"

Sein Gegenüber lachte. „So gesehen haben Sie auch wieder recht. Doch zurück zu meiner Vermutung: Dieser Donath hat eine ganze Reihe Leute geschädigt. Das hat er natürlich nicht gesagt, aber man kennt diese Sorte von Geschäftemachern ja zur Genüge. Dieser eine aber, mit dem er jetzt noch rausgerückt ist, scheint eine besondere Rolle zu spielen. Ein gewisser Hombach-Weiß. Eines der üblichen GmbH-Dramen: Aus Freunden werden Geschäftspartner, und irgendwann schlägt der Stärkste dieser Gesellschaft zu, macht die anderen kaputt und nimmt sich alles. So scheint es wohl gelaufen zu sein. Gar nichts Besonderes, ein Fall von vielen. Nur dass dieser Hombach-Weiß ihm gedroht haben muss.

Donath sagt, damals, als es zur Trennung kam, hat Hombach-Weiß ihm ins Gesicht gesagt, dass er ihn töten würde, eines Tages. Und wenn er ihn nicht töten würde, dann würde er etwas tun, so schlimm, dass Donath lieber tot wäre als weiterleben zu müssen."

„Schlitzt man wegen eines finanziellen Verlustgeschäfts und einer menschlichen Enttäuschung eine Frau auf?“, fragte Kölbl.

Der Münchner Kollege schien nachzudenken.

„Das ist die Frage“, sagte er dann. „Wir versuchen gerade, am Amtsgericht der Geschichte dieser GmbH, die es schon lange nicht mehr gibt, nachzugehen. Natürlich versuchen wir auch, diesen Hombach-Weiß ausfindig zu machen. Und um Ihre Frage doch noch zu beantworten: Wenn dieser Mann die Donath ermordet hat, dann steckt noch mehr dahinter als Geld und verletzte Freundschaft. Auf gut Deutsch: Wir müssen ihn finden. So schwer wird das ja nicht sein.“

NEUNUNDZWANZIG

„Du kannst gehen, wohin du willst“, sagte Brunner. „Doch wahrscheinlich wäre es das Beste, du würdest noch ein paar Tage bei uns am Berg bleiben. Da findet dich keiner. Und sobald ich was von Hosp erfahre, kann ich es dir sagen …“

Tobs schüttelte den Kopf.

„Ich bin dir dankbar“, sagte er. „Verdammt dankbar. Und ich werde das alles wiedergutmachen.“

Brunner schenkte ihm ein kühles Lächeln. Und dann sagte er, mehr durch die Zähne hindurch als wirklich gut verständlich: „Es kann ja sein, dass ich eines Tages ein Versteck oder sonst irgendwie Hilfe brauche. Dann melde ich mich bei dir. Und dann sind wir quitt, oder?“

Tobs dachte daran, wie es wäre, den beschwerlichen Weg aus dem Karwendeltal zur Hütte wieder hinaufzusteigen, zwischen Gämsrudeln hindurch bis zur unverstellten Aussicht in der Zweitausend-Meter-Region. Er dachte an das Glockengebimmel der Schafe, an eine Tasse heißen Tee, an Brot und Speck. Und an die Sicherheit und Geborgenheit, die er in diesem Versteck gefunden hatte.

Aber da war noch ein anderer Gedanke, der sich schon am Vortag in seine Seele eingeschlichen hatte, der mit ihm ins Tal gestiegen und nach Innsbruck gefahren war, und der sich jetzt mit Macht in den Vordergrund drängte.

„Brunner“, sagte Tobs.

Brunner hielt inne, sah ihn an.

„Ich gehe nicht mir dir zur Hütte hinauf.“

Einen Moment lang stand eine Frage in Brunners Gesichtszügen. Aber gleich darauf wischte ein Lächeln die Frage weg. Er nickte.

Tobs und Brunner reichten sich die Hand. Dann machte sich Tobs, in den Klamotten von der Tiroler Hütte und in den Gummistiefeln, auf den Weg. Es war ein Abschied, der ihm nicht leicht fiel. Ganz und gar nicht. Doch sein Entschluss stand fest.

Was er nicht wusste: Zur selben Zeit, als er sich in Scharnitz von Brunner verabschiedete, stieg Mel in München in sein Auto, um nach Mittenwald zu fahren. Sie wollte auf ihre Art dasselbe wie er: die Gegend erkunden, die für mehrere Personen zum Verhängnis geworden war, für Elena Donath, für ihren Mann und natürlich auch für Tobs.

Was sie noch trennte, waren rund hundert Kilometer Autostrecke und ihre verschiedenen Überzeugungen: Er war sich mittlerweile sicher, Elena Donaths Tod nicht verschuldet zu haben. Mel aber fand keinen Weg, ihre Zweifel ganz zu bannen. Sie wusste nicht, was sie von dieser mörderischen Geschichte halten sollte.

***

Er ging am Bahngleis entlang. Nach einer Stunde erreichte er den Stadel, in dem er auf der Flucht geschlafen hatte. Er überlegte, ob er hier wieder Unterschlupf suchen und die Nacht verbringen sollte. Es war bereits recht spät; was zu erledigen war, konnte genauso gut am nächsten Tag erledigt werden. Doch Tobs ging weiter. Die Erinnerung an das Haus, in dem Elena gestorben war, bedrängte ihn und trieb ihn an. Von den Leuten unbeachtet erreichte er den Ortsrand von Mittenwald und stieg hinauf zum Lautersee.

Jetzt, dachte er, gibt es kein Zurück mehr. Entweder ich komme zum Haus und kann mir das alles noch einmal ansehen und erhalte hoffentlich ein paar Antworten auf meine Fragen, oder sie erwischen mich. Sei's drum. Wie hat der österreichische Beamte gesagt: Es wäre das Beste, sich zu stellen. Wenn ich unschuldig bin, wird sich alles klären. Also … Schluss mit dem Versteckspiel, gehen wir's an, Tobs Thanner.

***

Mel hatte das Auto auf dem großen Parkplatz abgestellt, die Gebühr entrichtet und war, den Wegweisern folgend, losgegangen. Zwischen den Häusern hindurch, die sich auch noch ein Stück die Bergflanke hinauf erstreckten, dann in einem schluchtartigen Bachtal, das wildromantisch anmutete und sie doch nicht zu begeistern vermochte. Es war nicht weit zum Lautersee, dessen Wasser im Licht des späten Nachmittags herrlich glitzerte. Grandios erhoben sich südlich davon die mächtigen Flanken der Wettersteinspitze. Rund um den See herrschte noch Ausflugsbetrieb: Spaziergänger, Radler, Jogger, Leute, die ihre Hunde ausführten, junge Eltern mit Kinderwagen. Nichts deutete darauf hin, dass in dieser Idylle erst vor wenigen Tagen eine Frau umgebracht worden war.

Wie schön das hier ist, dachte Mel. Und korrigierte sich gleich wieder: Wie schön das hier wäre …

Sie dachte an das, was Ricardo ihr noch erzählt hatte: „Es ist lange her, dass ich dort gewesen bin. Irgendwann mit dem Mountainbike. Da bin ich von Mittenwald zum Schloss Elmau geradelt und weiter ins Reintal und bis fast zur Reintalangerhütte. Das letzte Stück habe ich nicht geschafft, nicht auf dem Rad, da bin ich zu Fuß gegangen. Und den Kranzberg, den kenne ich vor allem als netten Skiberg. Vom Gipfel, der nur irgendwas über dreizehnhundert Meter hoch ist, hat man einen unglaublich schönen Blick aufs Karwendel, zu den Arnspitzen und zur Alpspitze und dem Blassengrat. Es ist faszinierend, mit so wenig Aufstiegsmühen so tief hineinzublicken ins richtige Gebirge."

„Und wo ist die Hütte?", hatte sie gefragt.

„Wenn mich nicht alles täuscht", hatte er gesagt und dabei einen Punkt auf der ausgebreiteten Karte gesucht, „müsste man am rechten Seeufer entlang, dann ein Stück bergauf, es kann nicht allzu weit sein."

Jetzt war sie da. Irgendwo ganz in der Nähe musste das Haus sein. Sie zögerte, beobachtete die Leute am See.

Was in diesen Menschen wohl vorgeht, überlegte sie. Vor ein paar Tagen ist hier in der Nähe eine Frau ermordet worden … Sie gab sich die Antwort selbst: Touris und Ausflügler. Die meisten wussten wohl gar nichts von dem Mord. Und die,

die davon erfahren hatten, hatten es schon wieder vergessen. Die Nachrichten von gestern waren so alt wie der Schnee vom letzten Jahr. Den Leuten genügte es, dass sie einen schönen Tag hatten, dass es ihnen gut ging.

***

Donath konnte die Klinik verlassen. Doch er wollte nicht in sein Haus zurück. Nicht nur wegen der Erinnerungen an die gemeinsame Zeit mit seiner Frau. Auch aus Furcht vor der Person, die sich Zugang verschafft und den Film auf seinen Computer geladen hatte.

Er ließ sich ein Zimmer in einem ruhig gelegenen Stadtrandhotel besorgen, die Medikamentenempfehlungen hatte ihm der behandelnde Arzt aufgeschrieben, nun war Donath wieder allein mit sich, seiner hoffnungslosen Schwermut und seinen Gedanken, die sich ständig um den Mann drehten, der diese infamen Drohungen gegen ihn ausgesprochen hatte.

Ob dieser Hombach-Weiß tatsächlich in der Lage war, jemanden zu töten? Ob die Demütigung – die er sich doch verdient gehabt hatte, Herrgott noch mal! – in der Tat so drastisch gewesen war, dass sich so viel Hass auf diesem Humus hatte bilden und über zwölf Jahre genährt werden können?

Und dann war da noch die Frage, ob der Mann jemals über Fähigkeiten verfügt hatte, die es ihm erlaubten, sich in sein Leben einzuschleichen wie ein Virus in die Blutbahn?

Vor allem Letzteres bezweifelte er sehr. In seiner Erinnerung hatte er von Hombach-Weiß das Bild des Idioten behalten. Eines Mannes, der ihm in allen Belangen unterlegen war, nicht stark genug, nicht hart genug, einer, den das Leben wegschwemmen musste wie das Hochwasser einen dürren Ast.

Nein, mein Lieber, dachte er. Das bist nicht du.

Doch wer war es dann? Die Angst überfiel ihn wie ein Schüttelfrost.

***

Um das Haus waren polizeiliche Absperrbänder von Baum zu Baum gezogen: grellrot und weiß und in gleichmäßigen Abständen mit der Aufschrift „Halt, Polizei! Tatort nicht betreten!“ versehen.

Auf Mels Rücken und Armen bildete sich eine Gänsehaut. Weit und breit war niemand zu sehen. Sie war ganz allein hier. Und es herrschte eine wahre Todesstille. Hatten anderswo die Vögel gezwitschert oder wenigstens eine Elster ihren aggressiven Ruf gekrächzt, hatte irgendwo ein Hund gebellt oder ein Traktor war auf einer nahen Forststraße getuckert – hier war nichts als Stille. So, als hätten alle Lebewesen diesen tödlichen Ort geflohen, weil er verflucht und verhext war.

Ich gehe zurück, dachte sie. Ich will hier nicht sein.

Und sie fragte sich, warum sie den weiten Weg auf sich genommen und was sie eigentlich erwartet hatte. Genau: Sie hatte wissen wollen, was mit Tobs hier geschehen war. Oder wenigstens herausfinden, wie und wohin er geflohen sein konnte.

Sie betrachtete das Haus, das verlassen und totenstill dastand, sie hatte Angst und versuchte doch, diese Angst in den Griff zu bekommen. Für nichts auf der Welt würde sie unter dem Absperrband durchschlüpfen, um einen Blick durchs Fenster zu werfen. Aber wenigstens konnte sie sich umsehen und überlegen, wie und wo sie an seiner Stelle versucht hätte, sich in Sicherheit zu bringen.

Ich bin eine Idiotin, dachte sie.

Außerhalb der Absperrung umrundete sie das Haus. Mehrfach ging sie rundherum und entfernte sich dabei immer ein Stück weiter. Es tat gut, aus dem Schatten des Hauses zu treten und den Blick in die Weite und zu den Bergen frei zu bekommen. Ihre Furcht nahm im selben Maß ab, in dem sie sich entfernte. Jetzt, da sie mindestens hundert Meter davon weg war, verlor das Haus, das so bedrohlich auf sie gewirkt hatte, etwas von seinem Schrecken. Nicht viel, aber immerhin.

***

Kölbl ließ das Telefon läuten, er hatte keine Lust, ranzugehen. Doch der Klingelton war penetrant. Verärgert hob er schließlich ab.

„Donath. Sie erinnern sich.“ Es war keine Frage, wäre als Frage ja auch zu blöd gewesen. Es war mehr ein Ausdruck der Verlegenheit.

Kölbl räusperte sich, wartete ab, was Donath ihm zu sagen hatte.

„Ich möchte Sie bitten, sich noch einmal mit mir zu treffen. Ich weiß, Sie sind nicht von hier … Von Mittenwald, glaube ich, oder von Garmisch, stimmt's? Jedenfalls wollte ich fragen, ob es möglich wäre, dass Sie mich aufsuchen …“

„Dafür sind eigentlich jetzt die Münchner Kollegen zuständig. Ich kann jemanden zu Ihnen schicken.“

Donath blieb stumm.

Kölbl spürte, dass der Mann, aus welchen Gründen auch immer, nur mit ihm und mit niemand anderem sprechen wollte. Dass er vielleicht Wichtiges zu sagen hatte, was ungesagt bliebe, wenn er jetzt falsch reagierte.

„Können wir das vielleicht am Telefon …?“

Die Antwort kam sofort: „Nein. Nicht am Telefon. Ich bitte Sie …“

Kölbl hörte jetzt auch die Angst in der Stimme des Anrufers. Er schaute auf seine Armbanduhr, schaute auf die Akten auf seinem Schreibtisch, überlegte einen Augenblick, was er eigentlich am Abend lieber getan hätte als in München bei Donath zu sitzen (der ihm letztlich vor allem unsympathisch war), und sagte schroff:

„Sagen Sie mir, wo ich Sie antreffen kann. Ich komme mit dem Zug. Ich hoffe, Sie haben etwas zu erzählen, das die Anreise lohnt.“

Noch aber konnte Kölbl nicht weg. Per Mail kam die Nachricht von der Kripo aus München, dass sie den gesuchten Mann namens Hombach-Weiß ausfindig gemacht hatten. Nach allem, was bisher an Erkundigungen eingeholt werden konnte, war es der richtige Hombach-Weiß – allzu viele Männer dieses Namens gab es im deutschsprachigen Raum ohnehin nicht. Allerdings – und jetzt kam's – war eine Täterschaft dieses Mannes vollständig auszuschließen: Vor einigen Jahren hatte er versucht, sich das Leben zu nehmen. Im letzten Augenblick war er gerettet worden, hatte jedoch bleibende Schäden davongetragen. Seither lebte er in einem Pflegeheim im Westen von München. Als Auskunftgeber war sein Wert gering; es gab lichte Momente, in denen er sich gut an sein früheres Leben erinnern konnte; oft aber, und wie das Pflegepersonal gesagt hatte: meist, schloss er sich in seiner eigenen, anderen Menschen völlig unzugänglichen Welt ein, und was er dann sprach, ergab üblicherweise wenig Sinn.

Das Opfer, dachte Kölbl. Der Mann ist wahrscheinlich mit dem Mal des Opfers auf die Welt gekommen. Der Donath hat ihn irgendwann fertiggemacht. Und jetzt hockt er im Heim und dämmert vor sich hin und irgendwelche Russinnen müssen ihm den Arsch wischen.

„Möchte den Mann treffen", schrieb er im Antwortmail. „Ich bitte um genaue Adresse per SMS auf mein Handy. Bin ohnehin in München. Beste Grüße, Kölbl."

Ein Teil in ihm war verärgert. Die Spur, die Donath mit diesem Hombach-Weiß aufgetan hatte, war schon im Sande verlaufen, ehe man ihr auch nur ein paar Meter gefolgt war. Im Fall Elena Donath fehlte alles: das Motiv, der Mörder und sogar der Mann, der die letzte Nacht mit ihr verbracht hatte.

Ein anderer Teil in ihm hatte sofort reagiert. Die Intuition hatte ihm gesagt, dass er den Bewohner des Pflegeheims unbedingt treffen musste. Es war nur so ein Gefühl, gegen das aber die Vernunft noch ankämpfte. („Was willst du bei einem unzurechnungsfähigen Kerl? Du kannst die Zeit anders sicher besser nutzen!") Dieses Gefühl meldete sich leise, aber doch nachdrücklich zu Wort: Bei diesem Hombach-Weiß lag der Schlüssel für diese Geschichte, die er bislang nicht lesen konnte. Bei einem Mann, der so sehr Opfer war, dass er nicht mal seinen Selbstmord geschafft hatte.

Er ließ sich zum Bahnhof bringen, überlegte, ob er sich noch eine Zeitschrift für die Zugfahrt kaufen sollte, ließ es dann aber sein und beschloss, die Zeit aus dem Fenster schauend zuzubringen. Es war ein schöner Tag, ein milder Sommernachmittag, und bis hinter Starnberg war ja auch die Landschaft schön und sehenswert.

Über den Fall und die Treffen, die ihm nun bevorstanden, wollte er sich in der nächsten Stunde keine Gedanken machen.

DREISSIG

Tobs ging um das Haus herum. Was ihn am meisten interessierte war die Seite, über die er eingestiegen und von wo er geflüchtet war. Er sah rote Flecken an der Wand, Elenas Blut, das er an seinem nackten Körper gehabt haben musste, als er durchs Fenster entkommen war. Ein hässlicher Anblick, der ihn in der Realität aber weniger verstörte als in der Erinnerung an die Flucht. Die Erinnerung hatte ihn gequält. Jetzt aber …

Tobs war ruhig. In anderen Schuhen und anderer Kleidung hätte er sich sogar stark gefühlt.

Er ging weiter, einmal um das Haus herum, blieb stehen, um seinen Fluchtweg nachzuverfolgen, horchte dabei ständig auf Geräusche, die es ratsam hätten erscheinen lassen, sich aus dem Staub zu machen. Doch es blieb alles ruhig, sehr ruhig.

Noch einmal umrundete er das Haus, presste sein Gesicht gegen die Scheibe eines Fensters im Erdgeschoss, konnte aber nicht viel erkennen, die Spiegelung war zu stark, und außerdem war es drinnen viel zu düster.

Er entschied sich, in das Haus einzudringen, durch die Tür oder ein Fenster – und wenn er es einschlagen musste. Doch dann machte er eine Entdeckung, die ihm zuvor verborgen geblieben war. Er sah die amtliche Versiegelung an der Haustüre, ein Selbstklebestreifen mit Siegel, wie er es aus den Fernsehkrimis kannte. Nur, dass dieses Band durchtrennt war.

***

Mel war sechzig, siebzig Meter vom Haus entfernt, als sie dort eine Bewegung sah. Sie duckte sich instinktiv hinter einen Strauch. Sie glaubte ihr Herz klopfen zu hören. Die Augen zog sie zu Schlitzen zusammen, um besser erkennen zu können, was dort geschah.

Ein Mann schlich ums Haus. Sie sah ihn um die Ecke kommen, stehen bleiben, zum Dach hinaufsehen. Dann drehte er sich um, schaute in ihre Richtung – sie spannte die Muskeln an, um aufspringen und wegrennen zu können, falls er sie entdeckt hatte und auf sie zukommen würde.

Aber er wandte sich wieder ab, ging weiter, verschwand hinterm Haus.

Eine sonderbare Gestalt, dachte sie. Jung noch, ein Bauernbursch vielleicht. Stiefel, eine alte Hose, das ganze Outfit sprach dafür. Nur: Was ließ den Kerl so neugierig hier herumschnüffeln?

Am besten, dachte sie, ich verschwinde. Koscher ist der Typ nicht.

Doch sie verschwand nicht. Mel blieb zusammengekauert hinter dem Busch hocken und wartete, ob noch irgendetwas geschah.

Minutenlang blieb alles ruhig. Der junge Mann war verschwunden. Die Stille ringsumher war unheimlich.

***

Langsam, ganz langsam neigte sich der Tag seinem Ende entgegen. Die Sonne stand schon tief, doch um diese Stunde schien sie am meisten Spaß daran zu haben, mit den Bergen zu spielen, ständig neue Schatten zu kreieren und die zerklüftete Landschaft in eine unablässig wechselnde Lightshow zu tauchen.

„Dieser Hosp hat angerufen", sagte Brunner zu seiner Tochter. Doch bevor er weitersprach, konnte er nicht anders, als sich auch selbst diesem erschütternd schönen Naturschauspiel hinzugeben. Die Bergspitzen leuchteten in Tönen zwischen Rostrot und Orange, die Farbe des Himmels changierte von hellem Blau in ein mattes Blaugrauviolett, das von zarten roten Streifen durchsetzt war. Die Felsflanken schienen näher heranzurücken, und alle Details, die Risse, Kanten, Grate und Bänder zeichneten sich so scharf ab, dass man mit bloßem Auge einen imaginären Durchstieg durch eine scheinbar ungangbare Wand hätte planen können.

Bald würde es hier, oberhalb der Zweitausend-Meter-Marke, kühl werden. Noch aber war die Luft mild, und sie roch nach Erde und Fels, ein wenig nach Schafdung, vor allem aber nach grenzenloser Freiheit. Es war ein Geruch, der das ganze übrige Leben infrage stellte: den Alltag, die Arbeit, die Sorgen. Brunner sog diese Luft tief in sich ein.

Dann erst sagte er: „Der deutsche Kripo-Mann heißt Kölbl, sitzt in Garmisch und soll laut Hosp ganz in Ordnung sein. So wie es aussieht, ist Tobs in der Tabelle der Verdächtigen ziemlich nach unten gerutscht. Ich habe herausgehört, dass sie einen anderen suchen. Ganz aus dem Schneider ist er deshalb aber immer noch nicht. Das Beste wäre schon gewesen, wenn er noch ein paar Tage hiergeblieben wäre. Aber ich kann ihn verstehen."

Lonni schwieg, wie sie es immer tat.

Nun schwieg auch er. Er sah seine Tochter von der Seite an, und wie jedes Mal schmerzte es ihn tief drinnen in seiner Brust.

Im Winter suche ich die Kerle, die meiner Tochter das angetan haben, dachte er. Oft dachte er das, und sein Entschluss war durch die Zeit, durch die dahinziehenden Wochen und Monate, nie abgeschwächt worden. Ich reiß denen die Eier raus.

Lonni verschwand in der Hütte. Brunner blieb noch ein wenig draußen stehen.

„Du solltest denen nicht die Eier rausreißen", hatte Tobs gesagt. Brunner erinnerte sich mit einem Lächeln daran. Beinahe im Wortlaut fiel ihm ein, was Tobs erwidert hatte, als er voller Hass über das, was er vorhatte, gesprochen hatte und darüber, dass er vielleicht einmal bei ihm ein Versteck brauchen würde:

„Wenn du die Typen erwischst und fertigmachst, sitzt du wieder im Knast. Mit deiner Vorgeschichte wirst du nicht gerade auf ein mildes Urteil hoffen können. Man wird dir zugutehalten, dass du deine Tochter gerächt hast, dass du also emotional in einem Ausnahmezustand warst, aber dass du wieder gewalttätig geworden bist, wird dich doch gehörig hineinreiten. Selbst wenn du die Schweine nicht umbringst, werden sie dich auf Jahre hin wegsperren, da bin ich mir ganz sicher."

Gestern Abend, dachte Brunner. Es war erst gestern Abend.

Dabei kam es ihm viel länger vor. Die ganze Geschichte kam ihm länger vor. Als wäre Tobs schon Tage, vielleicht Wochen hier heroben bei ihnen gewesen.

Er erinnerte sich an die raumgreifende Handbewegung, ähnlich einem Reiseführer, der dem dummen Touristen das ganze Panorama mit einem Satz erläutern will: „Das da, diese Berge, dieses Licht, diese Luft, wirst du lange Zeit entbehren müssen. Und, was noch schlimmer ist: Wenn sie dich einsperren, ist deine Tochter ganz allein."

Brunner war wütend gewesen. Er wollte das nicht hören. Und jetzt wollte er nicht weiter darüber nachdenken. Er warf dem abendlichen Naturschauspiel einen letzten Blick zu und ging dann ebenfalls hinein.

***

Als Kölbl sich im Heim als Polizist ausgewiesen hatte, war er in ein winziges Besucherzimmer geführt worden: ein kleiner Tisch, drei Stühle, ein Kunstdruck von Monet in schlichtem Rahmen an der Wand, die Luft stickig. Nach einigen Minuten brachte eine Frau, die zumindest wie eine Krankenschwester gekleidet war, Hombach-Weiß herein. Sie führte ihn, der an einem Stock ging, zu einem Stuhl, sagte „Ihr Besuch, Weißi", und an Kölbl gewandt: „Bitte nehmen Sie Rücksicht auf seinen Gesundheitszustand. Sie sollten ihn nicht aufregen und nicht übermäßig strapazieren." Dann ging sie zur Tür, drehte sich noch einmal um und sagte: „In einer Viertelstunde schaue ich wieder rein."

Kölbl spürte, dass sie ihm nicht mehr als diese Viertelstunde gewähren wollte. Der Mann war freundlich. Er lächelte, nickte ständig mit dem Kopf, schien sich über den Besuch zu freuen.

Welch ein Drama, dachte Kölbl. Der Mann ist vielleicht fünfundfünfzig, bestimmt noch keine sechzig. Doch er kommt daher wie ein Greis und lebt dieses armselige Leben vielleicht noch weitere Jahrzehnte. Manchmal ist es ein Unglück, dachte er weiter, wenn der Notarzt zu schnell vor Ort ist.

„Ich bin von der Polizei", sagte Kölbl. „Ich möchte Ihnen, wenn es Ihnen recht ist, ein paar Fragen stellen."

Hombach-Weiß, den die Pflegerin flapsig Weißi genannt hatte, nickte. Kölbl dachte, wie soll ich den Mann zu einem Mord befragen, ohne ihn aufzuregen. Blöde Kuh.

„Sie waren früher im Aktienhandel tätig", fing er an. „Fonds- und Vermögensberatung."

Hombach-Weiß nickte lächelnd.

„Sie hatten Erfolg. Das war zu einer Zeit, als man sich an der Börse eine goldene Nase verdienen konnte. Sie haben sich mit Herrn Donath zusammengetan. Können Sie mir sagen, woher Sie ihn kannten?"

Einen Moment lang hörte das Nicken auf; Kölbl glaubte ein Flackern in den Augen des Mannes oder eine Art Schatten über sein Gesicht gleiten zu sehen. Doch dann nickte und lächelte er wieder.

So ging das eine ganze Weile. Kölbl redete und fragte, Hombach-Weiß lächelte und nickte, sprechen jedoch tat er nicht.

Nach fünf Minuten wurde Kölbl klar, dass der Besuch bei dem Mann ein vergebliches Unterfangen war. Hombach-Weiß war nicht nur kein Mörder, er wäre nicht einmal in der Lage gewesen, jemanden mit einem Mord zu beauftragen. Der Mann lebte wirklich in seiner ganz eigenen Welt.

Wenigstens scheint er in dieser Welt halbwegs zufrieden zu sein, dachte Kölbl.

Da bei Hombach-Weiß nichts bis ins tiefste Innere vorzudringen schien, scheute Kölbl sich nicht, ihm die ganze grausame Geschichte um Elena Donath zu erzählen. Er sprach ruhig, unaufgeregt, ganz sachlich, ein Kochrezept hätte er nicht leidenschaftsloser herunterbeten können.

Hombach-Weiß zeigte keine Regung bei der Geschichte; allem Anschein nach entnahm er der Schilderung nicht, dass sie irgendetwas mit ihm zu tun hatte.

Kölbl trat auf den Flur hinaus, suchte die Pflegerin, die Hombach-Weiß gebracht hatte, sagte, dass er das Gespräch beendet habe und dass sie den Mann wieder auf sein Zimmer bringen könne.

„Wollen Sie uns nicht noch das Stück begleiten, Herr Kommissar?“, sagte die Frau mit ausgeprägt ostdeutschem Akzent. „Das würde uns freuen, nicht, Weißi?“

Kölbl ging mit. Der bekommt doch eh nicht mit, ob ich da bin oder nicht, dachte er, schaffte es aber nicht, der Pflegerin eine Absage zu erteilen.

Es hätte einen Aufzug gegeben, doch sie zog es vor, mit Weißi die Treppe in den ersten Stock zu nehmen. „Ein bisschen Bewegung tut auf alle Fälle gut.“

Hombach-Weiß lächelte. Auf der Treppe blieb er abrupt stehen, sah Kölbl mit zusammengekniffenen Augen an und sagte mit schwer verständlicher Aussprache: „Ich kenn Sie.“

Kölbl zog die Augenbrauen fragend in die Höhe.

„Doch“, sagte Hombach-Weiß. „Vom Fernsehen. Mein Sohn auch.“

„Sein Sohn kommt ihn regelmäßig besuchen“, sagte die Pflegerin. „Ein sehr netter Mann. Kommt mindestens zweimal die Woche. Dabei hat er doch einen so weiten Anfahrtsweg. Da muss man schon gehörig Respekt haben. Er kümmert sich wirklich sehr.“

Als sie vor dem Zimmer mit der Nummer 23 standen, wollte Kölbl sich verabschieden. Immerhin hatte er noch ein Treffen mit Donath auf dem Programm, von dem er sich mehr Erkenntnisgewinn erhoffte als von diesem Besuch bei Hombach-Weiß.

„Ach“, sagte die Pflegerin. „Einen Moment können Sie schon noch mit reingucken. Der Herr Hombach-Weiß, der freut sich. Und Sie können sich einen Eindruck verschaffen, wie angenehm er es bei uns hat. Wo sonst doch nur immer Kritik geübt wird an den Pflegeeinrichtungen.“

Der Zustand der Pflegeeinrichtung interessierte ihn kein bisschen, auch hatte er genug zu tun, wollte sich nicht mehr länger aufhalten – und doch war da etwas, das ihn neugierig machte. Intuition? Siebter Sinn? Oder einfach nur das Gefühl, dass es nach diesem unergiebigen Gespräch auf zwei, drei Minuten auch nicht mehr ankäme?

Das Zimmer war geräumig und hell. Durch ein großes Fenster kam selbst am frühen Abend noch viel Licht herein. Die Möblierung war sparsam, dabei weder unpraktisch noch ungemütlich. Ein Bett, ein Einbauschrank, ein kleiner Tisch mit Stuhl, ein bequemer Sessel, ein Flachbildfernseher und ein Regal mit ein paar Büchern und persönlichen Dingen. Dann war da noch eine Tür, die wahrscheinlich den Durchgang zum Bad und WC vermittelte.

Bestimmt schweineteuer, dachte Kölbl. Im nächsten Augenblick klappte ihm das Kinn nach unten. Was er da sah … Das war doch einfach nicht möglich … Das war unglaublich, unfassbar … Trotz seiner Erfahrung als Polizist bei der Kripo hatte er das Gefühl, weiche Knie zu bekommen, sich setzen zu müssen.

„Seine Familie“, sagte die Pflegerin und zeigte auf die Fotos im Din-A4-Format, die mit Reißnägeln neben dem Fernseher an die Wand gepinnt waren. „Das ist sein Bruder“, sagte sie. „Selbst schwer krank. Ich bin jetzt drei Jahre hier; habe ihn aber noch nicht hier gesehen. Soweit ich weiß, kann er sein Haus nicht mehr verlassen. Die Fotos hat sein Sohn gemacht. Der arbeitet irgendwas mit Foto oder Film und Computer. Ja, und die Frau, das ist seine Frau, die aber vor Langem verstorben ist. Krebs, glaube ich. Habe sie auch nicht mehr kennengelernt.“

Hombach-Weiß stand dabei und nickte.

„Auf dem Foto ganz links ist mal sein Sohn zu sehen. Und das Haus, da weiß ich nicht so genau, wo es ist. Der Sohn hat was vom Ferienhaus gesagt, aber keine Ahnung.“

Kölbl hörte ihr kaum zu. Es war ohnehin alles falsch. Denn abgesehen vom Foto, das den Sohn zeigen sollte, war das nicht Hombach-Weiß’ Familie. Der vermeintliche Bruder war Donath. Das andere Bild zeigte ein Porträt der Elena Donath.

Und das Haus stand zweifellos am Fuß des Kranzbergs – Elena Donath war darin ermordet worden.

***

Tobs blickte sich um. Niemand zu sehen und nichts zu hören. Er drückte auf die Türklinke, die Tür gab nach, er konnte sie öffnen. Ein miefiger Geruch schlug ihm entgegen. Ganz so stark, das spürte er, hätte er sich jetzt auch in seinen eigenen Hosen und in Turnschuhen nicht mehr gefühlt. Unsicher blieb er einen Moment lang auf der Schwelle stehen, dann aber trat er ein.

Er brauchte brauchte einige Sekunden, sich an die Düsternis im Haus zu gewöhnen. Doch noch bevor dies geschehen war, hörte er aus dem Nirgendwo eine Männerstimme, die gepresst sagte: „Legen Sie Ihre Waffe weg."

Die Polizei, war sein erster Gedanke. Er stammelte eine Entschuldigung und dass er schon wisse, dass sein Eindringen gesetzeswidrig war, dass ihn aber halt die Neugier umgetrieben habe ...

„Halten Sie Ihren Mund und legen Sie die Waffe weg!", forderte die Stimme jetzt lauter und nachdrücklicher. Dort, wo die Stimme herzukommen schien, hörte er ein metallenes Klicken, und er vermutete, dass es das Geräusch einer Schusswaffe war.

„Ich habe keine Waffe", sagte er, und überlegte fieberhaft, ob es ihm gelingen konnte, die Tür aufzureißen und zu verschwinden, ehe eine Kugel ihn traf. Aber ein Polizist würde doch nicht einfach auf jemanden schießen, nur weil der ein verbotenes Haus betreten hatte. Oder?

„Ich habe keine Waffe", sagte er noch mal. „Mich hat wirklich nur die Neugier hier hereingetrieben."

„Setzen Sie sich auf den Boden", befahl die Stimme. „Im Schneidersitz!"

Tobs blieb nichts anderes übrig als der Aufforderung Folge zu leisten. Denn mittlerweile hatten sich seine Augen an den

Lichtmangel gewöhnt und er konnte sehen, woher die Stimme kam: Ein Mann hockte auf einer der unteren Stufen der Treppe, die ins obere Geschoss führte. Und er hatte einen groß und grausam wirkenden Revolver auf ihn gerichtet.

Irgendetwas an dieser Situation oder an der Erscheinung des Mannes machte ihm klar, dass es sich nicht um einen Polizisten handelte. Und dass von diesem Mann Gefahr ausging. Tödliche Gefahr.

Obwohl es nicht heiß war, trat Tobs der Schweiß auf die Stirn und er hatte das Gefühl, dass sein ganzer Körper vor Angst noch mehr zu stinken begann als er es in diesem Gewand ohnehin tat.

Die Gewissheit, nicht mehr lebend aus diesem Haus herauszukommen, bohrte sich wie ein Pfeil in sein Herz.

EINUNDDREISSIG

„Ich bin nicht blöd", sagte der Mann, der auf der Treppe saß. „Als ich Sie draußen kommen hörte war mir klar, dass jetzt die Polizei da ist. Wie viele sind es?"

„Ich bin nicht von der Polizei", sagte Tobs. Seine Stimme zitterte. Der Raum lag im Dunkeln, durch das kleine Fenster trat kaum Licht und es reichte gerade dazu, den Mann schemenhaft erahnen, aber nicht sehen zu können. „Ich bin wirklich nicht von der Polizei."

Der Mann schien zu lachen, kurz, trocken.

„Ist ja auch egal, wie viele da draußen sind." Er schwieg ein paar Sekunden lang, dann sagte er: „Jedenfalls Respekt! Ich hätte nicht geglaubt, dass ihr so schnell auf mich kommt. Dass mein Ablenkungsmanöver sich derart schnell in Luft auflöst. Doch als vorhin das Heim angerufen hat, dass einer eurer Kommissare bei meinem Vater ist, da wusste ich, dass ihr das Netz nach mir auswerfen werdet."

Ist das der Mörder von Elena?, dachte Tobs. Das ist der Mörder! Aber warum ist er hier? Warum sitzt er in dieser Hütte, als ob er auf mich oder sonst irgendwen gewartet hätte?

Er sagte nichts. Er spürte, dass Schweigen die einzige Möglichkeit bot, mehr zu erfahren. Und Zeit zu gewinnen! Es würde einen Moment geben, darauf gründete seine ganze Hoffnung, in dem er aus der Hütte fliehen würde können.

„Ich war der Meinung, ihr würdet diesen unfähigen Privatdetektiv als Köder schlucken. Hätte ich ahnen sollen, dass der Kerl entkommt und in den Bergen verschwindet? Ihr habt ihn noch immer nicht, oder?"

Tobs schüttelte verneinend den Kopf. Wahrscheinlich ist es das Beste, ihn in seinem Glauben zu lassen.

„Dabei hatte ich das so wunderbar eingefädelt. Stimmt's etwa nicht? Dieser Thanner, dieser schäbige Privatdetektiv, den Donath selbst beauftragt hat, als Mörder seiner Frau – ist das nicht eine herrliche Konstellation?"

Er verstummte für einige Sekunden, schien nachzudenken. „Ich hatte ja nichts gegen diesen Mann. Aber in seiner Unbeholfenheit kam er mir sehr gelegen. Es war ja weiß Gott nicht schwer, das Spinnennetz auszulegen. Und darauf ist er dann immer mehr ins Zentrum gekrabbelt."

Er lachte.

„Wie ein Käfer. Wie ein dummer, dummer Käfer, der gleich gefressen wird."

Und dann, übergangslos:

„Der Wein, den ich bereitgestellt hatte, muss ihm wirklich gemundet haben. Dass die beiden die Flasche aufmachen würden, habe ich nicht wissen können. Aber – einen Versuch war es wert. Habe ein Mittel reingegeben, dass tiefen, schweren Schlaf bescheren soll. Ein schöner Tod, finden Sie nicht? Erst Sex, dann Ohnmacht, dann nichts mehr. Eigentlich doch beneidenswert."

Vielleicht ist der Mann verrückt, dachte Tobs. Aber er ist in jedem Fall intelligent. Er kann sich ausdrücken, hat einen guten Wortschatz.

„Sie müssen mir das nicht erzählen", sagte er.

Der Mann schnäuzte sich laut.

„Glauben Sie, ich habe noch eine Chance, euch auszukommen? Glauben Sie das wirklich? Ich nicht. Ich habe schließlich zwei Fehler gemacht. Zum einen, mich auf Thanner zu verlassen, zum anderen, dass ich noch mal hierhergekommen bin. Doch denken Sie nicht, ich wäre unzufrieden. Weit gefehlt. Ich weiß heute, dass es sich gelohnt hat, diese Sache über Jahre vorzubereiten. Sie ist tot, und Donath wird das nie verwinden. Er wird sein Lebtag keine gute Stunde mehr haben, und damit ist er schlimmer dran als die süße Elena, die längst im Nirwana ist, finden Sie nicht?"

Er ist verrückt, dachte Tobs.

„Warum?", fragte er. „Warum um Gottes willen diese grausame Tat?"

Der Mann spielte mit seiner Waffe; Tobs glaubte das schnarrende Geräusch der Revolvertrommel zu hören. Es hätte ihn unter anderen Umständen an seine Kindheit erinnert, an Westernfilme und Cowboy-und-Indianer-Spiele. So aber klang es nach Russischem Roulette, nach Gefahr und nach Tod.

„Warum? Sie möchten erfahren, warum Elena hat sterben müssen und warum Donath leiden soll, bis er krepiert oder bis er einsieht, dass es besser ist, sich irgendwo aus dem Fenster zu stürzen. Und damit wollen Sie Zeit gewinnen, bis sich eure Sondereinheit rund ums Haus postiert hat, stimmt's?"

Wieder das Geräusch der Trommel, die sich im Corpus des Revolvers drehte.

„Da sollten Sie aber wissen, dass mir Ihre Spezialeinheit vollkommen egal ist. Ich habe zwei Kugeln hier drinnen. Mehr habe ich nicht geladen. Wozu auch? Eine für Notfälle und eine für mich. Der Notfall sind jetzt Sie. Bleibt eine für mich. Mit anderen Worten: Sobald hier auch nur einer Ihrer Kollegen auftaucht, verabschieden wir uns beide von dieser Welt."

Er ließ die Trommel an der richtigen Stelle einrasten.

„Also haben wir ja Zeit, damit ich Ihnen meine Geschichte erzählen kann. Sitzen Sie gut? Ja? Und Sie machen gewiss auch keine faulen Tricks, okay? Dann hören Sie zu."

***

Nach einigen ereignislosen, jedoch unheimlich anspannenden Minuten war Mel in Richtung See losgelaufen. Sie hatte einen großen Bogen um das Haus geschlagen; dem komischen Bauern wollte sie nicht begegnen. Genau genommen wollte sie gar niemandem begegnen.

Am See angekommen, hatte sich ihre Angst gelegt.

Sie ließ sich auf eine freie Bank fallen, streckte die langen Beine von sich und schaute auf das Wasser. Die Sonne war längst hinter den hohen Bergen im Südwesten verschwunden; das Licht des frühen Abends zauberte filigrane Muster auf die leicht bewegte Wasseroberfläche. Ein Schwan ließ sich unweit des Ufers an Mel vorbeitreiben, erkannte aber schnell, dass sie nichts Fressbares abzugeben hatte.

Jetzt erst fiel ihr auf, dass sie beinahe allein hier war. Bei ihrer Ankunft hatte sie Spaziergänger und Jogger gesehen. Jetzt war nur mehr eine Frau mit Hund in der Ferne zu erblicken. Die Ausflügler hatten die Lauterseeregion verlassen, waren wohl schon zurückgelaufen oder zurückspaziert zu den Parkplätzen in der Umgebung oder gleich bis hinunter nach Mittenwald.

Die Angst von vorhin war zwar verschwunden, ein ungutes Gefühl aber war geblieben. Irgendwie fühlte sie sich von diesen Bergen, von diesem stumpfen Licht, von der sich der Menschen entledigenden Landschaft bedroht. Sie hätte nicht sagen können, woran genau das lag. Sie glaubte jedoch zu spüren, dass irgendeine Gefahr drohte.

***

„Sie haben keine Vorstellung, wie es ist, wenn Ihr Vater zerbricht. Die Donaths haben ihn wirtschaftlich in den Ruin getrieben. Haben ihm ein faules Geschäft untergejubelt, er hatte die Kosten, sie irgendwann seine Anteile an der GmbH. Ich muss Ihnen das ja nicht alles erzählen, so richtig verstanden habe ich es selbst nie. Doch es war klar, dass mein Vater auf diese Art alles verlor: Nachdem er aus der Partnerschaft ausgestiegen war, hatte er nichts mehr außer Schulden. Aber damit nicht genug: Sie haben ihn auch weiter nicht in Ruhe gelassen. Haben versucht, ihn mit Rechnungen über Gelder zu traktieren, die ihnen, den Donaths, noch zustünden. Mein Vater ist zusammengebrochen. Er war nervlich am Ende. Dann hat er sich aufgerappelt, hat versucht, wieder Fuß zu fassen. Aber einem, der nichts hat, gibt auch keine Bank etwas. Und die Arschlöcher vom Finanzamt …“

Tobs fiel auf, dass der Mann die Fassung verlor, sich weit weniger gewählt ausdrückte als bisher. Das machte ihm noch mehr Angst.

„… die Arschlöcher vom Finanzamt haben ihm dann den Rest gegeben. Die beharren nämlich auf die von ihren Korinthenkackern festgelegten Vorauszahlungen, auch dann, wenn man nicht mal mehr das Geld für geregelte Mahlzeiten hat. Verstehen Sie?“

Er schnäuzte sich wieder, und Tobs fragte sich, ob das von der Rührung, der Verzweiflung kam, oder ob der Mann einen Schnupfen hatte.

Schweiß lief ihm über den Rücken. Er überlegte fieberhaft, wie er aus der Situation herauskommen konnte.

„Meine Mutter hat das nicht verkraftet. Sie hat versucht, zu ihm zu halten, sie ist nicht weg, aber vielleicht wäre das besser gewesen. Kennen Sie den Zusammenhang zwischen psychischer Belastung und Krankheit? Wahrscheinlich nicht. Es gilt als erwiesen, dass extreme psychische Belastungen schwere Erkrankungen hervorrufen können, Herz, Magen, Krebs. Meine Mutter bekam Unterleibskrebs. Ich war jung, ein Heranwachsender, wollte mit Freunden unterwegs sein, mit Mädchen was anfangen, wie das so ist in diesem Alter.“

Der Mann schluchzte. Tobs hörte es deutlich. Und er hoffte, diese Schwäche für sich nutzen zu können.

Der Mann schnäuzte sich und sagte dann mit einer Stimme, die nach verstopfter Nase klang: „Sie sollten die Situation nicht falsch einschätzen. Ich schieße Ihnen ein Loch in den Kopf, wenn Sie auch nur eine falsche Bewegung machen.“

Dann fuhr er fort mit seinem Bericht.

„Ich habe meinen Vater verzweifeln und meine Mutter sterben sehen. Langsam ist sie gestorben, unter unmenschlichen Schmerzen ist sie gestorben, einem Tier hätte man den Gnadenschuss gegeben. Was hätten Sie getan? Sagen Sie mir, was Sie getan hätten.“

Er wartete keine Antwort ab.

„Ich sage Ihnen, was ich getan habe. Ich habe am Krankenhausbett, in dem meine tote Mutter lag, geschworen, dass ich die Schuldigen bestrafen würde. Dass sie leiden sollten wie meine Mutter. Oder, wenn möglich, noch schlimmer. Ich habe mir im Stillen geschworen, Donath zu töten und seine Frau zu entstellen. Hässlich sollte sie sein, so hässlich, dass sie niemals mehr von einem Mann angeschaut worden wäre, diese dreckige Schlampe."

Der Mann stand auf, schüttelte seine Beine aus, ging ein paar Schritte auf und ab. Tobs sah, dass auch dabei die Waffe immer auf ihn gerichtet blieb.

„Es ist anders gekommen, wie Sie ja wissen. Aber deswegen nicht weniger zufriedenstellend für mich. Klar, ich hatte nicht vor, am Ende als Verlierer dazustehen. Das Gefängnis war und ist für mich keine Alternative. Aber ich bereue nichts."

Der Mann setzte sich wieder hin.

„Ich möchte Sie bitten, mich gehen zu lassen", sagte Tobs so ruhig wie nur irgend möglich. „Ich habe Verständnis für Ihre Situation. Und Sie können mir glauben, ich werde mich für Sie verwenden – ich weiß einen Rechtsanwalt, der …"

„Hören Sie mit diesem Scheiß auf", brüllte der Mann ihn an. „Mit einem guten Rechtsanwalt komme ich für fünfzehn Jahre ins Gefängnis, mit einem schlechten achtzehn. Ich werde aber keinen Tag und keine Stunde im Gefängnis sein. Da können Sie sich darauf verlassen."

Dann beruhigte er sich wieder, blieb still, schien zu horchen, ob sich draußen vor dem Haus irgendetwas regte.

„Ich habe es mir zur Lebensaufgabe gemacht, die Donaths zu zerstören", fuhr er urplötzlich fort. „Habe mich in ihr Haus geschlichen, in ihren Computer, in ihr ganzes Leben. Ich habe mal eine Ausbildung als Fernsehtechniker absolviert, die ist mir dabei sehr gelegen gekommen. Und alles andere lernt man ja, wenn man nur will. Heutzutage findet man doch alles im Internet, egal, ob man einen Tresor öffnen, eine Bombe bauen oder Wanzen in einem Schlafzimmer verstecken will. Alles kein Problem."

Er sprach jetzt wieder ganz entspannt, wirkte dabei sehr zufrieden mit sich, beinahe glücklich.

„Irgendwann hat es angefangen, mir unsägliche Freude zu bereiten, ihr Leben so zu unterwandern wie ein Computerwurm einen PC, die Donaths auszuhorchen und sie mehr und mehr zu manipulieren. Es war sozusagen das Vorspiel für das große Finale. Und, ich gebe es ja zu, ich konnte lange Zeit gar nicht genug davon bekommen."

***

Es war Schwachsinn, hierherzufahren, dachte sie. Ein Frösteln lief ihr über den Rücken. Vom See her stieg Feuchtigkeit auf und ihr wurde kalt.

Absoluter Schwachsinn.

Sie beugte sich vor, um die Schuhe fester zu binden. Mel wollte weg, nur weg. Sie beschloss, ihr obskures Unternehmen zu beenden und im Laufschritt zum Auto, Tobs' Auto, zurückzukehren. Sie hoffte, niemandem zu begegnen. Die Angst nämlich, die sich zwischenzeitlich gelegt hatte, begann wieder in ihr aufzusteigen und ihr das Atmen schwer zu machen.

Ich hätte mich auf all das nicht einlassen dürfen, dachte sie.

***

„Es war gar nicht schwierig, mir überall Zugang zu verschaffen. Und es hat nicht lange gedauert, bis ich alles über die beiden gewusst habe. Sie können sich nicht vorstellen, welch ein Gefühl von Macht das ist, wenn man alles von jemandem weiß, wenn eine Person kaum mehr einen Schritt tun kann, ohne dass man diesen Schritt mitverfolgt. Und als ich erst einmal so weit war, brauchte ich doch nur mehr Zweifel zu säen, Zwietracht zu schüren, die Leute zu verunsichern. Ganz subtil natürlich, ganz allmählich, ich hatte ja Zeit, und ich habe mir gern Zeit gelassen."

„Warum haben Sie die Frau ermordet?", fragte Tobs, der sich völlig im Klaren darüber war, dass er leben würde, solange das Gespräch nicht versiegte. „Sie hatten Donath töten und die Frau entstellen wollen."

Der Mann schien zu überlegen. Dann sprach er weiter, leiser als zuvor, und die Stimme klang nach Hass und nach Rache, die noch immer nicht gestillt war.

„Ich habe sie getroffen. Bin zu ihr hingegangen. Eigentlich war das ihre Chance. Sie hat es bloß nicht begriffen, verstehen Sie?“

Tobs verstand nicht.

„Sie hätte sich retten können. Aber diese blöde Kuh hat alles nur noch schlimmer gemacht. Ich habe gesagt, wer ich bin. Der Sohn von Hombach-Weiß, auch wenn ich den Namen meiner Mutter trage. ‚Ich bin der junge Hombach-Weiß‘, habe ich zu ihr gesagt. ‚Ich wollte Sie schon lange einmal kennenlernen‘, habe ich gesagt. Sie hat sich nicht nach meinem Vater erkundigt. Kein Wort. Hat mich von oben bis unten gemustert, wie durchleuchtet kam ich mir vor. Und dann hat sie gefragt, ob ich was Vernünftiges gelernt habe oder ob mir dasselbe Schicksal wie meinem Vater bestimmt wäre: ein Bankrotteur zu sein, ein Mann, der für diese Welt zu schwach und zu feige war. Genau in diesem Moment habe ich beschlossen, sie umzubringen. Doch das war … Das war … Hören Sie mir zu? Das war noch nicht alles …“

Der Mann begann zu schreien.

„Können Sie sich vorstellen, was sie noch getan hat? Nein, das können Sie nicht, weil Sie keine Ahnung haben, wie schmutzig die Welt ist und wie abgründig die Menschen. Keine Ahnung haben Sie.“

Mit drei, vier schnellen Schritten trat er an Tobs heran, hielt ihm die Waffe seitlich an die Stirn und fasste ihm mit der anderen Hand an die Schulter.

„Meinem Vater habe ich das nie erzählt“, sagte er durch die zusammengepressten Zähne hindurch. Tobs konnte ihn jetzt erstmals deutlich sehen. Ein unauffälliger Mann von vielleicht knapp dreißig Jahren. Ein eher langweiliger Typ, bieder frisiert, mit ziemlich weichen Zügen. Nur die Augen verrieten Gewalttätigkeit, sein Gesicht war bubenhaft und nicht gerade das, was man als sehr männlich bezeichnet hätte.

„Ich habe ihm kein Wort davon erzählt. Und dennoch hat er versucht, sich das Leben zu nehmen. Hat sich einen Strick um den Hals gelegt und sich am Fensterstock aufgehängt.“

Der Mann fuchtelte mit dem Revolver vor Tobs Kopf herum. Tobs war außer sich vor Angst, hörte nicht mehr zu, wollte nichts mehr von dieser Sache hören, betete stumm, wie er es noch nie getan hat, flehte zu Gott und allen Heiligen, dass er nicht erschossen würde, und presste sein Gesäß zusammen, weil ihm der Kot vor lauter Angst sonst dünnflüssig aus dem Darm geschossen wäre.

„Er hat das überlebt. Man hat ihn rechtzeitig gefunden und heruntergeschnitten. Aber das Gehirn war nicht genug mit Sauerstoff versorgt. Er hat einen Schaden im Kopf, ist ein Pflegefall. Aber Sie wissen das ja eh alles. Was Sie aber nicht wissen …"

Er wurde wieder lauter, aggressiver, und er schien den Revolver nicht mehr wirklich im Griff zu haben.

„Habe ich Ihnen erzählt, was sie getan hat? Nein, habe ich nicht, habe ich natürlich nicht. Sie, diese Elena Donath, hat mir an die Schulter gefasst, so …"

Er packte Tobs noch fester an der Schulter.

„Und dann hat sie gesagt, dass ich doch einen ganz guten Eindruck mache. Mit etwas Glück könnte noch ein richtiger Kerl aus mir werden. Und dann, wörtlich: ‚Nicht so ein Schlappschwanz wie dein Vater.' Was, frage ich, was hätten Sie an meiner Stelle getan?"

Tobs sah zu ihm auf.

„Was ich getan hätte?"

Er nahm die gesamte Spannung, zu der sein Körper aus dieser Sitzposition fähig war, zusammen, schlug gegen die Hand, die den Revolver hielt und sprang in derselben Sekunde hoch.

Der Mann wollte ausweichen, er verlor dabei ein wenig das Gleichgewicht. Tobs sah ihn zurücktaumeln. Und dann sah er das Mündungsfeuer, und er hörte einen ohrenbetäubenden Knall.

ZWEIUNDDREISSIG

Mel war noch keine zwanzig Schritte gelaufen, als sie den Schuss hörte. Und gleich danach noch einen. Sie hätte später nicht sagen können, was sie so absolut sicher machte, dass es sich um Schüsse handelte. Instinktiv verließ sie den Weg, sprang in die Büsche, warf sich auf den Boden. Ihr erster Gedanke war: Dort, wo schon wer ermordet worden ist, wird wieder geschossen – warum? Ihr zweiter Gedanke war: Ich muss Ricardo anrufen! Den zweiten Gedanken tat sie als Unsinn ab – wie hätte Ricardo hier helfen können? Sie nestelte mit zittrigen Fingern ihr Handy aus der Hose und tippte eins-eins-null.

Mel lag im fahlbraunen Laub des letzten Herbstes, das sich auf dem Boden zwischen dem Gesträuch angesammelt hatte. Silbergraues Geäst und helles Blattwerk zweier Buchen bildeten Schirme über ihrem Versteck. Sie presste ihre Wange auf den Boden und sie spürte, wie sich ihr heftiger Herzschlag auf den Untergrund übertrug. Das Adrenalin in ihrem Körper hatte alle Sinne extrem geschärft, sie hörte die Ameisen unterm morschen Laub und sie roch den Waldboden mit all seinen Ingredienzien: Das Aroma von Walderdbeeren mischte sich, auch wenn deren Zeit längst vorüber war, mit dem schweren Geruch von Pilzen und der süßlichen Fäulnis der Blätter tief unter ihr.

Mel lag da und lauschte. Wie lange konnte es dauern, bis die Polizei käme – mit Martinshorn und Blaulicht? Drei Minuten, fünf Minuten? Länger?

Sie begann zu zittern wie unter Schüttelfrost. Ihre Gedanken drehten sich um die Frage, was geschehen war. Wer geschossen hatte, wer getroffen war. Ob jemand verletzt war. Oder tot. Oder geflüchtet. Und warum das alles.

Sie horchte, glaubte einen Moment lang in weiter Ferne das Tatü-tata eines Polizeifahrzeugs zu hören. Doch sie musste sich getäuscht haben.

Dann, plötzlich, ein Geräusch ganz in ihrer Nähe. Ein unheimliches, lautes Rascheln, höchstens zwei Schritte von ihr entfernt. Sie wagte nicht aufzuschauen. Sie hatte das Gefühl, dass jemand da war und sie ansah.

Wieder ein Rascheln, diesmal weniger markant.

Schau hin! Schau hin!, sagte sie sich lautlos vor. Wenn es der mit der Waffe ist, der zweimal geschossen hat, dann erschießt er dich auch so. Schau hin! Ich will sehen, wer das ist.

Ruckartig riss sie den Kopf hoch und sah in die Richtung, aus der die Geräusche gekommen waren. Wenn die Lage, in der sie sich befand, nicht so ernst gewesen wäre, Mel hätte wahrscheinlich lauthals zu lachen begonnen. Zwei, drei Meter von ihr entfernt hockte ein schwarzbraunes Eichhörnchen im Laub und äugte mit seinen Kulleraugen neugierig zu ihr her. Angst schien es kaum zu haben, zumindest nicht in dem Maß, wie sie Mel gerade ausgestanden hatte. Erst als sie sich aufsetzte, hüpfte das Eichhörnchen mit aufgerichtetem Schwanz ein paar Meter weg, kletterte dann behände ein Stück am Stamm einer Linde empor, schaute dabei jedoch immer wieder nach Mel, die ihm zwar rätselhaft, aber nicht allzu gefährlich vorkommen musste.

Mel behielt diese Begegnung mit dem possierlichen Tier auf ewig in Erinnerung, schloss den Moment, da die große Panik von ihr abfiel, gleichsam ins Herz ein und liebte fortan Eichhörnchen noch weit mehr, als sie das von klein auf ohnehin getan hatte.

***

Zwei Polizeiwagen bremsten Staub aufwirbelnd auf der Forststraße am Seeufer. Aus dem ersten Wagen sprangen zwei uniformierte Beamte, beide hatten ihre Dienstwaffen gezogen, und rannten los. Der andere Wagen nahm schlitternd die Auffahrt zur Hütte.

Mel lief ihnen wild gestikulierend entgegen. Atemlos schilderte sie noch einmal, was sie am Haus gesehen hatte, dass später zwei Schüsse gefallen waren, dass sie die Polizei verständigt und sich bisher versteckt gehalten hatte.

„Nein, es gab keine weiteren Schüsse“, sagte sie. „Ich habe jedenfalls nichts gehört.“

„Sie bleiben beim Fahrzeug“, sagte einer der Polizisten. „Wir kümmern uns um die Sache.“

Mel stapfte den Beamten einfach hinterdrein.

„Sie sollen hierbleiben!“, sagte der zweite Polizist energisch, doch Mel machte keine Anstalten, der Anweisung zu folgen.

„Ich komme mit.“

„Wir haben jetzt nicht Zeit, um noch lange zu diskutieren“, sagte der erste.

Sie kümmerten sich nicht mehr um Mel, die ihnen hinterherrannte, sondern stürmten durch das Wiesengelände, wo nur wenige Bäume und Büsche Deckung boten.

Als sie näherkamen, sahen sie das Blaulicht des ersten Einsatzfahrzeuges schon direkt vor dem Haus, die Türen des Wagens waren offen, zum Glück aber fielen keine Schüsse mehr.

Mel überholte auf den letzten fünfzig Metern sogar noch einen der Beamten, den älteren der beiden. Sie sah das durchdringende Blaulicht in der mildblauen Dämmerung und hatte sofort das Gefühl, sich übergeben zu müssen. Blaulicht – das bedeutete ihr von jeher Schrecken, Schmerzen und Tod.

Doch es kam noch schlimmer. Als sie etwas näher herangelaufen war, sah sie den jungen Mann, den Bauernburschen. Er saß an die Hauswand gelehnt, die Beine weit von sich gestreckt, die Arme schlaff neben sich, den Kopf auf der Brust. Und er war voller Blut.

Sie sah weg, schaute wieder hin, wollte wieder wegsehen, aber …

Sie konnte nicht glauben, was sie sah, traute ihrer eigenen Wahrnehmung nicht. Das war … auch wenn er keine Haare hatte und ihr völlig heruntergekommen erschien … das war …

Sie hatte das Gefühl, den Boden unter den Füßen zu verlieren. Sie tat einen Schritt und noch einen Schritt, fand aber mit den Füßen keinen Halt mehr. Sie sah ihre Arme, ihre Hände vor ihrem Gesicht, wie sie suchend herumruderten. Und die zuvor noch so wachgerüttelten Sinne verließen sie jetzt ganz: Sie sah einen Polizisten vor sich, sah, wie er die Arme ausbreitete, um sie aufzufangen oder um sie nicht vorbeizulassen, sah auch seine Mundbewegungen – er sagte etwas! Immer wieder sagte er etwas! –, doch sie hörte nichts mehr, jedes Geräusch, jeder Ton war weg. Keine Schritte mehr auf dem Kies, kein Schlagen der Autotür, keine Anweisungen der Beamten. Sie glaubte, zu stürzen.

Doch mit einem Mal spürte sie kraftvolle Arme. Von hinten packte sie jemand, hielt sie fest, ein Griff wie ein Schraubstock. Selbst in Bestform hätte sie es nicht geschafft, sich loszureißen – und von Bestform war sie in diesem Augenblick weit entfernt.

Sie schrie. Lautlos schrie sie. Sie zumindest konnte anfangs nichts von ihrem Schreien hören. Doch allmählich drang ihr Schrei zu ihr durch, sie hörte sich wieder, hörte ihre ganze Panik und verstand ihre eigenen Worte: „Was ist mit Tobs? Lasst mich zu ihm durch! Ich kenne den Mann, glauben Sie mir! Was ist mit ihm? Ihr sollt mich zu ihm durchlassen …“

Nachdem einer der Beamten besänftigend auf sie eingeredet hatte und sie auch tatsächlich etwas ruhiger geworden war, erklärte ein zweiter sich bereit, mit ihr zu Tobs zu gehen. „Aber nur zu Ihrem Bekannten. Das Haus betreten Sie unter keinen Umständen.“

Sie ließ sich zu Tobs führen.

Sie war noch nicht ganz bei ihm, als sie sah, dass er den Kopf leicht bewegte. Und dass er eine Handbewegung machte, die ein winziges Winken sein konnte.

Sie riss sich von dem Beamten los, rannte zu ihm, kniete sich neben ihn, nahm seine Hand, wollte fragen, wollte etwas sagen, ihn trösten, doch sie brachte keine Worte heraus, die irgendeinen zusammenhängenden Satz hätten bilden können.

„Tobs“, sagte sie nur immer wieder, „Tobs.“ Und dann: „Was ist denn geschehen? Was ist nur mit dir geschehen?“

Tobs sah sie an. „Ist schon gut“, sagte er leise und mit kraftloser Stimme. „Alles wird gut werden.“

Erst jetzt schien er zu begreifen, wer die junge Frau war, die neben ihm kniete. „Aber ich versteh das nicht … Warum bist du hier?“

„Das ist der Schock“, hörte sie einen Polizisten hinter sich sagen. „Der Krankenwagen ist schon unterwegs.“

Ein anderer Polizist, sie glaubte den zu erkennen, den sie beim Herrennen noch überholt hatte, begriff, dass Mel die Situation noch nicht in der ganzen Tragweite erfasst hatte. Er ging neben ihr und Tobs in die Hocke, fasste sie am Arm und sagte: „Er ist nicht verletzt, zumindest nicht schwer. Das Blut auf seinem Hemd und in seinem Gesicht ist nicht seines …“

Mel starrte den Beamten fassungslos an. Was redete der Mann? Was sollte dieses blöde Beruhigungsgefasel.

„Glauben Sie mir“, sagte der Polizist. „Das ist nicht sein Blut. Da drinnen liegt einer, der Ihren Bekannten in seiner Gewalt hatte, der sich dann aber selbst erschossen hat. Ihr Freund hier hat einfach Glück gehabt, dass ihn der erste Schuss nicht getroffen hat. Und mit dem zweiten hat dieser Mann sich selbst in den Kopf geschossen. Kein schöner Anblick so was, das kann ich ihnen sagen.“

Sie sah von dem Beamten zu Tobs, noch mal zu dem Beamten und wieder zu Tobs zurück. Stimmt das auch wirklich?, schien alles an ihr zu fragen, ihre Augen, ihr Gesicht, ihre ganze Haltung.

Der Polizist nickte. Und was noch viel wichtiger war, Tobs nickte auch.

„Stimmt wirklich“, sagte er. Seine Stimme hätte nicht schwächer sein können, wenn er nach drei Tagen Notbiwak in achttausend Metern Höhe ins Basislager zurückgekehrt wäre. „Stimmt wirklich. Nur eines … eines stimmt nicht … Der Mann hat mich nicht erschießen wollen, da bin ich mir sicher … Es hätte passieren können, aber er hatte es nicht beabsichtigt. Er war noch mal in die Hütte gegangen, um irgendeine Spur zu tilgen oder irgendwas an sich zu nehmen … und dann, ja, dann bin ich ihm in die Quere gekommen. Er hätte mich nicht erschossen, glaub mir …“

Mel hörte das nächste Martinshorn näherkommen.

„Die Sankafahrer“, sagten die Polizisten. Und: „Wo bleiben eigentlich die Rechtsmediziner?“

Als die Sanitäter dann vor Ort waren, Tobs auf die Bahre gehievt hatten und diese nun in den Wagen schieben wollten, griff er nach dem Arm eines der Polizisten.

„Ich glaube“, sagte er, „dieser Mann war vor allem auch ein armes Schwein. Vielleicht könnten Sie das in ein Protokoll aufnehmen. Geht das?“

Der Beamte nickte nur und sagte: „Wichtig ist doch nur, dass Sie alles gut überstanden haben.“

DREIUNDDREISSIG

Als Tobs am nächsten Tag aus dem Garmischer Krankenhaus entlassen und bei der Kripo vernommen worden war, war Mel bei ihm gewesen.

Irgendwie war es ein gutes Gefühl, sie bei sich zu haben, und irgendwie war es ihm auch nicht recht.

„Ich möchte als Erstes noch einmal zur Hütte hinauf, wo ich mich versteckt hatte“, sagte er zu ihr. Die Kripo hatte ihm Kleidung und Sportschuhe aus dem Polizeifundus besorgt; seine eigenen Sachen konnten in der laufenden Untersuchung noch nicht freigegeben werden. Es saß nicht optimal, aber doch viel besser als das, was er von Brunner bekommen hatte.

„Warum willst du da jetzt hin?“, fragte Mel.

„Weil es so verdammt schön ist dort oben“, gab er zur Antwort. „Und weil ich jemandem etwas Wichtiges zu sagen habe.“

Er dachte an Brunner, der ihm geholfen hatte, wie kaum ein anderer es getan hätte, und an seine Tochter Lonni, die kein Wort mit ihm gesprochen hatte. Er dachte an die Schulden, die er bei Brunner hatte, und dass er sie schnellstmöglich begleichen wollte. Er konnte Brunners Stimme geradezu hören: „Ach, scheiß auf die paar Euro“.

Es ging ihm aber noch etwas ganz anderes durch den Kopf, das er Brunner zu sagen hatte – das Ergebnis seines Nachdenkens, während er vor der Hütte gehockt war und in die Landschaft geschaut hatte.

„Ich bin mir ziemlich sicher“, wollte er sagen, „dass ich nach den Erlebnissen der letzten Tage den Job als ‚Detektiv‘ an den Nagel hänge. Vielleicht sollte ich etwas machen, was mich mehr in die Berge bringt. Bergführer, Hüttenwirt, Senner, ich weiß noch nicht was. Ich weiß nur, hier fühle ich mich daheim, die Natur ist mir vertraut, und ich werde den Ausblick von hier oben sonst immer vermissen.“

Und noch etwas: „Ich glaube, dass ich dir bei der Suche nach den Männern helfen kann, die Lonni das angetan haben.

Ich bin vielleicht ein beschissener Detektiv. Aber ich bin kein Mörder – und ich erschlage nicht gleich jemanden, wie du das tun würdest …"

Mel sah ihm an, dass er mit seinen Gedanken weit weg war, tief in der Geschichte, in die er hineingeraten war. Und sie fühlte, dass sie keine Rolle dabei spielte.

Das machte sie traurig, sehr, sehr traurig. Sie hatte sich nach ihm gesehnt, hatte etwas auffrischen wollen, was augenscheinlich längst verloren war, und stand nun einem Mann gegenüber, der zu irgendeinem Freund auf einer Hütte hinaufwollte, der nicht fragte, wie es ihr ging, wie es ihr ergangen war in den letzten Monaten, der nichts von ihren Plänen wissen wollte, der nur gefangen war in seinem eigenen Schicksal.

„Du kannst auch in ein paar Tagen dorthin", sagte sie. „Ich bringe dich jetzt erst mal nach Hause."

Zu ihrer Überraschung fügte sich Tobs ohne auch nur ein Wort des Widerspruchs.

***

Donath saß in seinem Hotelzimmer im vierten Stock. Die Vorhänge hatte er zugezogen. Er wollte den blauen Himmel nicht sehen. Er wollte die Sonne nicht ins Zimmer lassen. Der Fernseher lief und Donath saß auf dem Bett und starrte auf den Bildschirm und durch den Bildschirm in die Technik des Geräts und durch die hintere Verkleidung auf die tapezierte Hauswand und durch die Ziegel hindurch nach draußen, wo aber keine Sonne schien, kein blauer Himmel herrschte, wo es dunkel war, dunkel wie in einer mond- und sternlosen Nacht.

***

Als sie in München ankamen, war es bereits später Abend. Mel parkte das Auto direkt vor Tobs' Haus. Während der ganzen Fahrt von Garmisch-Partenkirchen in die Stadt war nie ein richtiges Gespräch in Gang gekommen. Irgendwann hatte

Mel den CD-Player angeschaltet, aber diese harte und heftige Musik ging ihr auch auf die Nerven. Sie war froh, endlich da zu sein.

„Danke“, sagte Tobs. „Dank dir für alles.“

„Kann ich noch mit reinkommen?“, fragte sie und fügte schnell hinzu: „Keine Sorge, ich werde dir nicht zur Last fallen. Ich wohne bei Ricardo. Und ich schätze mal, dass ich morgen ohnehin weiterziehe.“

Tobs nickte.

Sie hatte das Gefühl, dass er froh war, so spät, beinahe zu nachtschlafender Zeit schon, in seiner Straße anzukommen. Wahrscheinlich wollte er niemanden sehen und, vor allem, von niemandem gesehen werden.

Im Haus fanden sie ein wahres Chaos vor. Da war alles durchsucht und in höchster Unordnung zurückgelassen worden. Mel war geschockt über die Vorgehensweise der Polizei, ihm schien es egal zu sein. Tobs holte zwei Flaschen Bier aus dem Kühlschrank, öffnete beide und reichte eine Mel.

„Hast du Hunger?“, fragte er sie, wartete eine Antwort aber gar nicht erst ab. „Ich für meinen Teil muss erst einmal ein Bad nehmen. Im Kühlschrank ist bestimmt was. Oder irgendwas in Dosen … im Küchenschrank …“

Er ließ sich die Badewanne volllaufen, schüttete, ohne auf die Verpackung zu sehen, einen Badezusatz ins Wasser – jeder Duft war besser als der Hamstergeruch, den er immer noch an sich roch, obwohl er sich im Krankenhaus gründlich gewaschen hatte. Langsam, ganz langsam ließ er sich ins Wasser sinken, erst die Beine, seinen Hintern und sein Geschlecht an das heiße Wasser gewöhnend, schließlich den Rücken, der besonders empfindlich reagierte. Er streckte sich aus, so weit es die Wanne zuließ, räkelte sich im seifigen Wasser, genoss den Duft des schäumenden Badezusatzes, und während sein Körper in der Hitze zu schwitzen begann, hielt er sich die eiskalte Flasche an die Lippen und trank das Bier in langen Zügen.

Wenige Minuten später schlief er ein. Er merkte, dass ihm der Halt im Hier und Jetzt verlorenging, dass er hinüberdämmerte in einen Zustand, der halb Schlaf, halb Ohnmacht war. Und sein letzter Gedanke war der, dass er mit etwas Pech ertrinken könnte in der eigenen Badewanne.

Er bemerkte allerdings nicht mehr, dass Mel ins Bad trat, eigentlich nur, um nach ihm zu sehen.

Er bemerkte nicht die Traurigkeit in ihren Augen, nicht ihre Hand, die ihm über seine Haarstoppeln strich.

Er bemerkte auch nicht, dass sie sich auf den Klodeckel setzte, ihn anschaute, die ganze Zeit über, bis sie ihr Bier ausgetrunken hatte.

Er bemerkte nicht, was er ihr bedeutete.

Und er bemerkte nicht, dass dann die Tür ins Schloss fiel und sie gegangen war.

Als er wieder erwachte, war es helllichter Tag und er zitterte am ganzen Körper. Das Wasser war abgekühlt und er klapperte mit den Zähnen.

Wenigstens nicht ertrunken, dachte er.

Als er sich abgetrocknet und angezogen hatte und hinunterging, um nach Mel zu sehen, fand er unter ihrer leeren Bierflasche einen Zettel:

„Schade. Deine Mel."

***

Durch das zerkratzte Kunststofffenster konnte Mel zurückschauen auf die Stadt und die kleinen Orte an der Peripherie. Die Häuser, die Straßen, die Bäume, die Autos wurden so schnell so klein, dass ihr alles wie ein Märchen vorkam. Dabei war es ein Alptraum gewesen. Und eine der großen Enttäuschungen in ihrem Leben. Sie hatte gehofft, die Beziehung mit Tobs aufzufrischen und vielleicht etwas Richtiges daraus zu machen: eine Gemeinschaft, Partnerschaft, was auch immer. Dann hatte sie erfahren, dass er als Detektiv arbeitete, in eine Mordgeschichte verwickelt war und mit der Frau, die getötet worden war, kurz zuvor geschlafen hatte.

Kein guter Ausgangspunkt für einen Neuanfang, dachte sie.

Jetzt war sie wütend auf sich selbst. Wie konnte ich nur auf die Idee kommen, hier Station zu machen, ihn treffen zu wollen, ihm nachzulaufen.

Die Frau hätte ich ihm verziehen, dachte sie.

Sie ertappte sich bei der leisen Hoffnung, Tobs würde sich in den nächsten Tagen bei ihr melden, wenigstens um ihr zu sagen, wie leid es ihm tue, dass sie einfach so gegangen war.

***

Am nächsten Tag rief Kölbl bei Hosp in Innsbruck an. Er hätte nicht sagen können, warum ihm der österreichische Kollege, den er eigentlich gar nicht kannte, so sympathisch vorkam.

„Ich danke Ihnen nochmals für Ihre unbürokratische Hilfe", sagte er. Und er erzählte Hosp, wie alles zum Ende gekommen war.

Dann schwiegen beide in die Leitung hinein. Jeder schien über diese schreckliche Tat nachzudenken. Und über den schrecklichen Beruf, den sie ausübten, der eine in Bayern, der andere in Tirol.

Dann sagte Hosp mit dem typischen Tiroler „oder?" am Schluss: „Es ist schon erschütternd, welche Abgründe sich in den Menschen immer wieder auftun, oder?"

„Hmmm", stimmte Kölbl zu. Und er fügte etwas hinzu, was beide wieder zu einem telefonischen Schweigen veranlasste: „Die Abgründe sind nicht nur in den Mördern verborgen. Sondern auch in den Menschen, die andere zu Mördern machen. Und wenn man es genau nimmt, tragen wir sie doch alle in uns."

Hosp war es, der als Erster wieder das Wort ergriff: „Von Garmisch-Partenkirchen nach Innsbruck ist es nicht weit …"

„Umgekehrt auch nicht", sagte Kölbl.

„Ich meine", sagte Hosp, „dass es vielleicht ganz schön wäre, wenn wir uns einmal treffen würden. Wir könnten in Innsbruck miteinander essen gehen, oder?"

„Das ist eine gute Idee“, sagte Kölbl. „Eine sehr gute Idee.“

Sie machten keinen Termin aus, versprachen aber, sich demnächst anzurufen. Als Kölbl aufgelegt hatte, dachte er: Schnell ist wieder ein Jahr vorbei – und ich werde ihn immer noch nicht getroffen haben.

***

Als sich Tobs etwas gefasst hatte – Mels stiller Abgang verstörte ihn noch mehr, als er ohnehin schon durcheinander war – schaltete er seinen Computer an. In Anbetracht des Saustalls, den die Beamten in seinem Arbeitszimmer hinterlassen hatten, war er erstaunt, dass sie den PC nicht mitgenommen hatten.

Wahrscheinlich haben sie das Passwort so leicht knacken können, dachte er, dass sie hier vor Ort alles checken konnten.

Auf dem Schreibtisch, auf dem Boden, überall lagen verstreut und durcheinander Papiere. Jetzt wurde ihm ganz schlecht bei der Vorstellung, das alles wieder aufräumen zu müssen. Er hob ein Blatt auf, es war ein Schreiben von der Krankenversicherung. Ein anderes vom Bestattungsamt. Auf das nächste hatte er nur eine Telefonnummer gekritzelt, die er nicht mehr zuordnen konnte. Dann fand er den Zettel, den er am Anfang der bösen Geschichte angelegt hatte.

arrogant
intelligent (umkringelt)
blasiert
scheu (erst unterstrichen, dann durchgestrichen)
gefährlich
gefährdet (mit dickem Fragezeichen)
sexy (unterstrichen)
attraktiv (unterstrichen und dann auch noch umkringelt)
langweilig (durchgestrichen)
dumm (durchgestrichen)
nymphoman (erst unterstrichen, dann durchgestrichen)
prüde (durchgestrichen)

Es kam ihm vor, als hätte er diese Notizen vor Monaten, wenn nicht vor Jahren geschrieben. Er setze sich auf seinen Stuhl und las die Worte wieder und wieder. Einiges war zutreffend gewesen, einiges auch ganz falsch. Er hatte eine Frau zu charakterisieren versucht; jetzt war sie tot, in seinen Armen ermordet.

Tränen liefen ihm übers Gesicht.

Er führte das Blatt Papier an seine Lippen, küsste es. Dann knüllte er es zusammen und warf es in eine Ecke des Zimmers.

Tobs atmete tief durch und begann aufzuräumen, wobei er nach einem Schraubenzieher Ausschau hielt, Kreuzschlitz, um so schnell wie möglich das Schild von der Tür abzumontieren: „Tobias Thanner. Fahndung – Sicherheit – Diskretion".

***

Hombach-Weiß kam mit dem Aufzug aus dem ersten Stock, tappste in den Eingangsbereich und starrte nach draußen.

„Wo wollen Sie denn hin, Weißi?", fragte die Pflegerin, die mit Bettwäsche auf dem Arm daherkam. „Sie sollten nicht im Zug stehen. Überall sind Fenster offen."

Hombach-Weiß sah sie an. Er nickte mit dem Kopf, aber er lächelte nicht. An seinen Augen hätte man so etwas wie Besorgnis ablesen können.

„Mein Sohn", sagte er. „Kommt heute."

Die Pflegerin konnte nicht heraushören, ob es eine Feststellung oder eine Frage war. Sie wusste nur, dass sein Sohn nicht kommen würde, nicht heute und nicht morgen.

„Ach", sagte sie, ohne ihm dabei in die Augen zu schauen, „er hat bestimmt viel um die Ohren. Wenn er heut nicht kommt, dann gewiss morgen. Morgen kommt er bestimmt. Und wenn nicht, dann auf jeden Fall übermorgen."

Sie hoffte sehr, dass Hombach-Weiß das Zeitgefühl ganz verlieren würde, dass er selbst nicht mehr wusste, ob sein Sohn bei ihm gewesen war oder nicht.

Hombach-Weiß nickte ohne zu lächeln.

Am nächsten Tag stand er wieder unten am Eingang, wo Besucher mit Blumen, Kuchen, Gebäck oder Fruchtsäften ankamen. Er lächelte nicht mehr, nickte aber immer noch unablässig mit dem Kopf. Und zu jedem, der nicht schnell genug an ihm vorbei war, sagte er:

„Mein Sohn. Kommt heute."

Ein Anfang

Tobs trat vors Haus, um sein glänzendes Firmenschild, vor ein paar Tagen erst angebracht, wieder abzuschrauben. In einem der gegenüberliegenden Häuser sah er jemand hinter den Vorhängen herausluren. Leck mich, dachte er.

Der Vorgarten war verwahrlost, und er beschloss, sich darum zu kümmern, ehe er wieder nach Mittenwald fahren würde, um Brunner und seine Tochter zu besuchen.

Was den Job anging, war sein Entschluss gefasst. Er sehnte sich nach der Zurückgezogenheit und Stille in den Bergen. Als er sah, dass der Briefkasten überquoll, musste er fast lachen. In seinem neuen Leben würde so etwas kaum mehr eine Rolle spielen.

Er legte den Schraubenzieher auf die Stufe vor der Haustür und holte die Post aus dem Briefkasten. Werbung das meiste, ein weiteres Schreiben vom Bestattungsamt, irgendwas vom Alpenverein, eine Postkarte von Bekannten, die in Nepal unterwegs waren, eine Einladung zu einer Fete an der Münchner Uni. Lauter so Zeug. Und dazu ein etwas größeres Kuvert, auf dem in Handschrift „Dringend" stand. Absender: Reinhard Henning, Rumfordstraße, München.

Henning, so hieß ein Kletterfreund, einer, der durch Tobs erst zum richtigen Klettern gefunden hatte. Kein Riesentalent, aber hin und wieder ein angenehmer und dankbarer Seilpartner. Dessen Name war aber nicht Reinhard, sondern Peter. Peter Henning. Um was ging es? Tobs hatte ein ungutes Gefühl. Mehr noch: eine Ahnung. Beinahe Angst.

Dieses Gefühl wurde ihm nachdrücklich bestätigt. Das Kuvert enthielt Kopien von Zeitungsausschnitten und einige Zeilen, die in gut leserlicher Handschrift verfasst waren.

„Mein Name ist Reinhard Henning. Ich bin Peter Hennings Vater. Er hat mir des Öfteren von Ihnen erzählt. Dass Sie ihm das Klettern beigebracht und damit die Tür zur Leidenschaft seines Lebens geöffnet haben. Ich habe versucht, Sie persön-

lich anzutreffen, aber Leute wie Sie sind natürlich immer in ihren Bergen unterwegs."

Dann kam ein Absatz und die Schrift wurde fahriger:

„Wie Sie wahrscheinlich schon gehört haben, ist Peter im Kaisergebirge, genauer: an einem Berg namens Kleine Halt, tödlich verunglückt. Die Bergwacht, die Polizei, sein Partner an diesem Klettertag – alle gehen von einem Unfall aus."

Tobs hockte sich auf die Stufe vorm Haus. Was er in den letzten Tagen erlebt hatte, war eine Überdosis an Tragik und Tod. Mehr, verdammt noch mal, wäre nicht nötig gewesen.

Er schaute über das Schreiben von Peter Hennings Vater hinweg, irgendwohin, nirgendwohin. Er dachte an den jungen Mann, dem er bei einer von ihm geführten Hochtour des Alpenvereins erstmals begegnet war – zum Similaun im Stubai. Er erinnerte sich an die Stunden in der Thalkirchner Kletterhalle, wo er ihm zunächst Grundbegriffe und dann allerlei nützliche Tricks des Sportkletterns beigebracht hatte. Am intensivsten jedoch war die Erinnerung an die Freude, die aus Peters Gesicht sprach, als er ihn das erste Mal zu einer alpinen Tour mitnahm – es war die „Fahrradlkante" im Oberreintal. Das Leuchten in den Augen! Die Dankbarkeit, diese Klettertour erlebt haben zu dürfen! Die Begeisterung für die Landschaft im Großen und die Details in der Natur!

„Ich habe dich nicht sehr gut gekannt, Peter", sagte Tobs halblaut vor sich hin. „Aber es ist verdammt traurig, dass es dich nicht mehr gibt. Ich frage mich, warum Gott viele Arschlöcher alt werden lässt und einen guten Menschen wie dich einfach in den Tod schickt …"

Darüber muss ich mit Ricardo reden, dachte er. Muss mich eh bei ihm melden. Bei ihm und bei Mel.

Dann las er den Brief von Peter Hennings Vater zu Ende.

„Ich habe keinerlei Beweise, aber ich bin mir sicher, dass Peters Tod kein Unfall war. Bitte lachen Sie mich nicht aus! Wenn Sie bereit wären, sich mit mir zu treffen, würde ich alles zu erklären versuchen. Ich bin mir sicher, dass der Tod meines Sohnes kein Unfall war. Ganz sicher. Meines Erachtens ist

er von seinem Seilpartner in den Tod geschickt worden. Ich möchte Ihre fachmännische Meinung, Ihren Rat, wenn möglich Ihre Hilfe erbitten."

Tobs überflog die Kopien der Zeitungsberichte. Es bedurfte lediglich der Überschriften, um zu wissen, worum es ging: „Münchner Kletterer im Kaisergebirge abgestürzt" – „Sturz in den Tod" – „Leichtsinn mit dem Leben bezahlt" …

Er hatte darüber gelesen. Vor Tagen, als Elena Donath noch lebte und er sie aus dem Wagen observiert hatte. Und dann noch einmal – die alte Zeitung bei Brunner in der Hütte. Nie wäre er auf die Idee gekommen, dass es seinen Freund Peter Henning erwischt hatte.

Tobs faltete die Kopien zusammen und steckte sie mit dem Brief in das Kuvert zurück.

„Ich kann es nicht glauben", murmelte er vor sich hin. „Ich kann es einfach nicht glauben."

Dann hob er den Kreuzschlitzschraubenzieher auf und ging wieder ins Haus.

Draußen glänzte das Schild im Licht des Vormittags:

„Tobias Thanner. Fahndung – Sicherheit – Diskretion".

Demnächst erscheint bei uns ein weiterer Rother Bergkrimi:

ISBN 978-3-7633-7062-7

Eigentlich könnte es Martin Keller bestens gehen: Er arbeitet erfolgreich bei einer Konstanzer Pharmafirma, hat eine attraktive neue Freundin und wohnt in unmittelbarer Nähe zu seinen geliebten Bergen.
Doch dann entdeckt er durch Zufall etwas, was er nie hätte erfahren dürfen. Nun muss er wählen zwischen Loyalität und ärztlichem Gewissen. Um sich über seine Situation klar zu werden, fährt er in die Tiroler Berge. Doch während einer Rast auf dem Gipfel muss er mit ansehen, wie zwei Männer seinen Campingbus im Tal aufbrechen und anschließend in seine Richtung loslaufen.
Eine gnadenlose Verfolgungsjagd durch das Gebirge beginnt, die für einen der Beteiligten tödlich endet.